SPUR INS EIS

Der Autor

Blake Crouch stammt aus North Carolina und studierte Englisch und Creative Writing an der Universität Chapel Hill. Er hat bisher zehn Romane sowie zahlreiche Erzählungen und Kurzgeschichten veröffentlicht.
Blake Crouch lebt in Durango, Colorado. Mehr über den Autor erfahren Sie unter www.blakecrouch.com.

BLAKE CROUCH

SPUR INS EIS

Thriller

Aus dem Amerikanischen
von Margarethe van Pée

Weltbild

Die amerikanische Originalausgabe erschien 2010 unter dem Titel
Snowbound
bei Minotaur Books, an imprint of St. Martin's Press, New York.

Besuchen Sie uns im Internet:
www.weltbild.de

Übersetzung: Margarethe van Pée
Projektleitung: usb bücherbüro, Friedberg/Bay
Umschlaggestaltung: *zeichenpool, München
Umschlagmotiv: www.shutterstock.com
Satz: Catherine Avak, München
Druck und Bindung: CPI Moravia Books s.r.o., Pohorelice
Printed in the EU
ISBN 978-3-86365-307-1

2019 2018 2017 2016
Die letzte Jahreszahl gibt die aktuelle Ausgabe an.

Für Jordan Crouch
Ich liebe dich, Bruder

Danksagungen

Im September 2007 fuhr mein väterlicher Freund und Onkel, Greg »Zig« Crouch, mit mir in die Redoubt Mountain Lodge am Crescent Lake im Herzen der Chigmit Mountains in Alaska. Ich verbrachte dort eine wundervolle Zeit und bin für diese Einladung zutiefst dankbar. Sollte es einen landschaftlich schöneren Flecken auf dieser Welt geben, so kenne ich ihn nicht. Die Einsamkeit und Schönheit von Redoubt inspirierte mich zu diesem Buch.

Auch John Grove machte diese Reise möglich, und Ryan und Heather Richards, die die Redoubt Mountain Lodge leiten, waren großartige Gastgeber und Führer. Als Personen in diesem Buch kommen sie jedoch nicht vor, ebenso wie niemand vom Personal oder von den Gästen, die sich in Redoubt aufhielten, als ich dort war. Niemand außer Zig.

Mein tief empfundener Dank gilt Linda Allen, die sich für die Veröffentlichung dieses Buches stark gemacht hat.

Michael Homler, mein Lektor, machte dieses Buch auf tausendfache Weise besser.

Anna Cottle und Mary Alice Kier haben mich wie immer gut beraten und unermüdlich unterstützt.

Anne Gardner bei St. Martin's Press ist die beste Pressefrau, die ich jemals hatte. Worte reichen nicht aus, um anzuerkennen, wie hart und brillant sie gearbeitet hat, um meine Bücher bekannt zu machen.

Und schließlich noch Umarmungen, Küsse und Liebe an Rebecca, Aidan und meine neue Tochter, Annslee Gray Crouch. Ich liebe euch.

1

Die falschen Sterne

Am Abend des letzten guten Tages, den sie beide in den nächsten Jahren erleben würden, zog das Mädchen die Glasschiebetür auf und trat auf die hintere Veranda.

»Daddy?«

Will Innis legte die Akte beiseite und zog Devlin auf seinen Schoß. Seine Tochter war klein für ihre elf Jahre, und er fühlte ihre zarten Knochen, als er die Arme um sie legte.

»Was tust du hier draußen?«, fragte sie. Ihre Stimme war noch belegt von der letzten Erkältung, die sie gehabt hatte.

»Ich arbeite an einem Plädoyer für meine Verhandlung morgen früh.«

»Vertrittst du wieder den Bösen?«

Will lächelte. »Du bist wie deine Mutter. So darf ich es nicht sehen, Süße.«

»Was hat er denn getan?« Die untergehende Sonne warf einen rötlichen Schimmer auf das Gesicht des kleinen Mädchens, und die helleren Strähnen in ihrem ansonsten tiefschwarzen Haar traten deutlicher hervor.

»Er ist wegen vermeintlichem …«

»Was bedeutet das?«

»Vermeintlich?«

»Ja.«

»Das bedeutet, dass es nicht bewiesen ist. Er wird beschuldigt, Drogen verkauft zu haben.«

»So was, was ich genommen habe?«

»Nein, deine Drogen sind gut. Sie helfen dir. Er hat schlechte Drogen an die Leute verkauft.«

»Warum sind sie schlecht?«

»Weil du davon die Kontrolle über dich verlierst.«

»Warum nehmen die Leute sie denn dann?«

»Sie finden es schön, wie sie sich dann fühlen.«

»Und wie fühlen sie sich?«

Er küsste sie auf die Stirn und blickte auf seine Uhr. »Es ist schon nach acht, Devi. Komm, wir gehen mal inhalieren.«

Sie seufzte, widersprach aber nicht. Sie versuchte nie, die Prozedur zu umgehen.

Er stand auf und trat mit seiner Tochter auf dem Arm ans Geländer.

Sie blickten in die Wildnis, die an Oasis Hill, ihren Vorort grenzte. Die Gärten bei den Häusern auf der No-Water Lane bestanden aus der Sonora-Wüste.

»Schau mal«, sagte er. »Siehst du sie?« In einiger Entfernung bewegten sich Punkte aus einer trockenen Schlucht durch die Wüste auf einen schattenlosen Wald aus riesigen Kakteen zu, die sich gegen den Horizont abzeichneten.

»Was ist das?«, fragte sie.

»Kojoten. Wollen wir wetten, dass sie anfangen zu jaulen, wenn die Sonne untergeht?«

Als Devlin im Bett lag, las er ihr aus *Gefangene der Zeit* vor. Sie waren mittlerweile schon beim vorletzten Kapitel angelangt, aber Devlin war erschöpft und schlief ein, noch ehe Will die zweite Seite beendet hatte.

Er klappte das Buch zu, legte es auf den Teppich und schaltete das Licht aus. Kühle Wüstenluft drang durch ein offenes Fenster ins Zimmer. Im Nachbargarten surrte die Bewässerungsanlage. Devlin gähnte und gab einen gurrenden Laut von sich. Er musste daran denken, wie er sie als Baby in den Schlaf gewiegt hatte. Ihre Augenlider flatterten, und sie sagte leise: »Mom?«

»Sie hat Spätdienst in der Klinik, Süße.«

»Wann kommt sie nach Hause?«

»In ein paar Stunden.«

»Sagst du ihr, sie soll noch zu mir kommen und mir einen Kuss geben?«

»Ja, das mache ich.«

Er war mit seinen Vorbereitungen auf die morgige Verhandlung noch nicht fertig, aber er blieb und strich Devlin über die Haare, bis sie wieder eingeschlafen war. Schließlich erhob er sich vorsichtig von ihrem Bett und ging auf die Terrasse, um seine Bücher und Akten zu holen. Vor ihm lag eine lange Nacht. Eine Kanne mit starkem Kaffee würde ihm sicherlich helfen.

Nebenan schwiegen die Sprinkler.

Eine einsame Grille zirpte in der Wüste.

Irgendwo über Mexiko zuckten Blitze über den Himmel, und die Kojoten begannen zu heulen.

2

Das Gewitter holte Rachael Innis fünfzig Kilometer nördlich der mexikanischen Grenze ein. Es war halb zehn Uhr abends, und sie hatte einen langen Tag in der freien Klinik in Sonoyta hinter sich, wo sie einmal in der Woche kostenlos ihre Zeit und ihre Dienste als zweisprachige Psychologin zur Verfügung stellte. Die Scheibenwischer glitten hin und her, und im Licht der Scheinwerfer sah sie, dass Dampf vom Asphalt der Straße aufstieg. Im Rückspiegel sah Rachael etwa hundertfünfzig Meter entfernt die Scheinwerfer, die sie seit zehn Minuten verfolgten.

Auf dem Seitenstreifen direkt vor ihr tauchten auf einmal leuchtende Punkte auf. Sie trat heftig auf die Bremse und der Grand Cherokee geriet ins Schleudern, bevor er zum Stehen kam. Ein Reh und sein Kitz traten mitten auf die Straße und blickten wie gebannt in das grelle Licht. Rachael ließ die Stirn aufs Lenkrad sinken, schloss die Augen und holte tief Luft.

Die Tiere verschwanden, und sie fuhr wieder an. Einen weiteren Kilometer fuhr sie durch die Dunkelheit. Es hatte zu hageln begonnen, und die Körner prasselten auf die Motorhaube.

Der Cherokee brach wieder aus, und als sie versuchte, ihren Fahrfehler zu korrigieren, verlor sie erneut beinahe die Kontrolle über den Wagen. Rachael nahm den Fuß vom Gaspedal und hielt am Straßenrand an.

Als sie den Motor abstellte, war nur noch das Prasseln des Hagels zu hören. Das Auto, das hinter ihr gefahren war, schoss vorbei. Sie legte ihre Brille auf den Beifahrersitz, öffnete die Tür und trat prompt mit ihren Pumps in eine Pfütze. Der Regen durchnässte ihr schwarzes Kostüm. Sie fröstelte. Blitze zuckten über den pechschwarzen Himmel. Vorsichtig tastete sie sich an der Motorhaube entlang.

Nur ein paar Hundert Meter entfernt schlug ein Blitz in die Wüste ein. Ihr Körper prickelte, und das Blut in ihren Ohren rauschte. *Ich werde verschmoren.* Donnerschläge krachten und Blitze zuckten, und kurz wurde es so hell, dass sie sehen konnte, dass die Reifen auf der Fahrerseite intakt waren.

Ihre Hände zitterten jetzt. Ein großer Säulenkaktus stand brennend wie ein Kreuz in der Wüste. Hagelkörner, groß wie Murmeln, schlugen ihr auf den Kopf, als sie sich zur Beifahrerseite hangelte. Erneut erhellte ein Blitz die Landschaft.

In dem unheimlichen blauen Licht konnte sie erkennen, dass der Vorderreifen auf der Beifahrerseite platt war. Rachael setzte sich wieder ans Steuer. Im Spiegel sah sie, dass ihre Wimperntusche ihr wie schwarze Tränen übers Gesicht lief. Sie wrang ihre langen schwarzen Haare aus und massierte ihre Schläfen. Langsam bekam sie Kopfschmerzen. Ihre Tasche lag auf der Beifahrerseite auf dem Boden. Sie nahm sie auf den Schoß und kramte nach ihrem Handy. Als sie es gefunden hatte, wählte sie die Nummer ihres Mannes, aber wegen des heftigen Gewitters hatte sie keinen Empfang.

Rachael drehte sich um und betrachtete den Ersatzreifen, der hinten im Cherokee lag. Sie hatte keine Möglichkeit, den Automobilclub zu erreichen, und um diese späte Stunde würden nur wenige Autos auf diesem entlegenen Highway vorbeikommen. *Ich warte einfach und rufe Will noch einmal an, wenn das Gewitter nachgelassen hat.*

Sie umklammerte das Lenkrad und starrte durch die Windschutzscheibe in das Unwetter, das irgendwo im Norden der Grenze im Organ Pipe Cactus National Monument niederging. *Mitten im Nirgendwo.*

Ein besonders heller Blitz zuckte über den Himmel. In diesem Bruchteil einer Sekunde sah sie einen schwarzen Escalade, der ein Stück weiter auf dem Randstreifen geparkt hatte.

Der Donner ließ die Fensterscheiben klirren. Fünf Sekunden

vergingen. Als der Himmel wieder taghell erleuchtet wurde, verspürte Rachael auf einmal den unwiderstehlichen Drang, zur Beifahrerseite zu blicken.

Ein Mann schwang eine Brechstange gegen die Scheibe.

3

Will fuhr erschreckt auf, desorientiert und durstig. Es war so still – nur das leise Rauschen des Computerventilators und das Ticken der Uhr im Schlafzimmer nebenan waren zu hören. Er war auf dem ledernen Schreibtischsessel in seinem kleinen Arbeitszimmer eingeschlafen. Der Computer war noch an, und der Monitor war auf Energiesparmodus heruntergefahren.

Während er noch gähnte, überfiel ihn erneut Nervosität. Er hatte an seinem Schlussplädoyer gearbeitet und gegen zehn Uhr festgestellt, dass er verlieren würde. Nur einen Moment lang hatte er die Augen geschlossen, um wieder einen klaren Kopf zu bekommen.

Er griff nach seinem Kaffeebecher und trank einen Schluck. Kalt und bitter. Als er die Mouse bewegte, und der Bildschirm zum Leben erwachte, stellte er fest, dass er heute Nacht gar nicht mehr ins Bett zu gehen brauchte. Es war 4.09 morgens. In weniger als fünf Stunden musste er vor Gericht erscheinen.

Das Wichtigste zuerst – er brauchte sofort einen starken Kaffee.

Sein Arbeitszimmer grenzte an das große Schlafzimmer, und als er es auf dem Weg in die Küche durchquerte, fiel ihm etwas Merkwürdiges auf. Er hatte eigentlich erwartet, seine Frau unter den Quilts und Decken auf ihrem Bett liegen zu sehen, aber sie war nicht da. Die Tagesdecke war unberührt, seit sie gestern früh das Bett gemacht hatten.

Er ging durch Wohnzimmer und Esszimmer und dann den Gang entlang. Wahrscheinlich war Rachael nach Hause gekommen, hatte ihn am Schreibtisch gesehen und war gleich nach oben gegangen, um Devlin einen Kuss zu geben. Und dann war sie wohl, erschöpft von ihrem langen, anstrengenden

Arbeitstag, dort eingeschlafen. Er sah ihre Gesichter im Schein des Nachtlichts bereits vor sich, als er die Tür zum Zimmer seiner Tochter erreichte.

Sie war nur angelehnt, so wie er das Zimmer vor sieben Stunden verlassen hatte.

Er schob die Tür auf. Rachael war nicht bei Devlin.

Mit einem Schlag war Will hellwach. Er schloss die Tür zu Devlins Zimmer und eilte wieder ins Esszimmer.

»Rachael? Bist du da, Liebes?«

Er ging zur Haustür, schob den Riegel zurück und trat nach draußen.

Dunkle Häuser. Licht an den Eingängen. Die Straßen noch nass von dem Gewitter, das vor einigen Stunden niedergegangen war. Kein Wind, der Himmel sternenklar.

Als er sie in der Einfahrt sah, gaben seine Knie nach. Er ließ sich auf die Stufen sinken und versuchte, ans Atmen zu denken. Ein Beamer, kein Cherokee und zwei Streifenwagen, aus denen zwei uniformierte Beamte auf ihn zukamen, die Kappen unter die Arme geklemmt.

Die Streifenpolizisten setzten sich auf die Couch im Wohnzimmer. Will ließ sich auf einem Sessel ihnen gegenüber nieder. Am vergangenen Wochenende hatten er und Rachael die Wände und die Gewölbedecke in einem Terrakotta-Ton gestrichen, und es roch noch stark nach Farbe. Die meisten der Schwarz-Weiß-Fotografien, die für gewöhnlich die Wände zierten, lehnten noch an der antiken Kommode und warteten darauf, wieder aufgehängt zu werden.

Die Gesetzeshüter berichteten ihm sachlich und mit ruhiger Stimme, was passiert war. Sie wechselten sich ständig ab, als ob sie vorher geübt hätten, wer was sagen sollte.

Viele Informationen gab es noch nicht. Rachaels Cherokee war auf dem Seitenstreifen der Arizona 85 in Organ Pipe Cactus National Monument gefunden worden. Der rechte Vorderreifen war platt. Jemand hatte einen Nagel hineingedrückt, damit der Reifen langsam und stetig Luft verlor. Das Fenster an der Beifahrerseite war eingeschlagen.

Keine Rachael. Kein Blut.

Sie stellten Will ein paar Fragen. Sie versuchten, mitfühlend zu reagieren und sagten ihm, wie leid es ihnen täte. Bill starrte zu Boden. Sein Brustkorb zog sich zusammen, als ob ihm langsam die Luft abgeschnürt würde.

Irgendwann einmal blickte er auf, und da stand Devlin in der Diele, in einem rosa T-Shirt, das bis zum Boden reichte. Die zerschlissene Decke, mit der sie jede Nacht seit ihrer Geburt einschlief, hing über ihrem linken Arm. An ihrem Blick sah er, dass sie jedes Wort gehört hatte, das die Streifenpolizisten über ihre Mutter gesagt hatten. Ihre Augen füllten sich mit Tränen.

4

Rachael Innis war mit Gurtbändern an den Ledersitz hinter dem Fahrer gefesselt. Sie starrte auf die Lichter am Armaturenbrett. Die Digitaluhr zeigte 4.32 Uhr an. Sie konnte sich nur noch an die Brechstange erinnern, die die Scheibe eingeschlagen hatte. Danach wusste sie nichts mehr.

Aus der Bose-Stereoanlage ertönte Bachs Suite für vier Lauten mit John Williams an der klassischen Gitarre. Draußen zeigte sich bereits ein schwacher Lichtstreifen am Horizont, und obwohl sie in einem luxuriösen SUV saß, spürte sie deutlich die Schlaglöcher des primitiven Wegs, den sie entlangfuhren.

Ihre Handgelenke und ihre Knöchel waren fest mit Nylonschnur umwickelt. Sie war nicht geknebelt. Von ihrem Platz aus konnte sie nur den Hinterkopf des Fahrers sehen, und gelegentlich zeichnete sich in der Glut seiner Zigarette sein Profil ab. Er war glatt rasiert, hatte dunkle Haare und roch unaufdringlich nach einem würzigen Rasierwasser.

Kurz ging ihr durch den Kopf, dass er gar nicht wusste, dass sie wach war, aber sie hatte den Gedanken noch nicht zu Ende gedacht, als er sie auch schon im Rückspiegel musterte.

Sie fuhren weiter. Nagetiere huschten über die Straße, und ein Gedanke quälte sie: Er wollte ihr etwas antun. Nur deshalb fuhr er so tief mit ihr in die Wüste hinein. Irgendwann würde er anhalten.

»Hast du auf meinen Sitz uriniert?« Sie meinte, einen ganz leichten Akzent zu hören.

»Nein.«

»Sag mir Bescheid, wenn du pinkeln musst. Dann halte ich an.«

»Okay. Wo sind Sie …«

»Halt den Mund. Du sagst nur etwas, wenn du pinkeln musst.«

»Ich wollte nur …«

»Soll ich dir den Mund zukleben? Du hast eine Erkältung. Es würde dir schwerfallen, Luft zu holen.«

Devlin war das Einzige, um das sie jemals gebetet hatte, und das war schon Jahre her, aber während sie jetzt auf die Büsche und Kakteen blickte, die an den getönten Scheiben vorbeizogen, flehte sie Gott erneut an.

Jetzt wurde der Escalade langsamer und hielt schließlich an. Er schaltete den Motor aus, stieg aus und schloss die Tür. Ihre Tür wurde geöffnet. Er stand da und sah sie an. Er sah sehr gut aus, mit makelloser brauner Haut (abgesehen von einer Kerbe auf dem Nasenrücken), leuchtend blauen Augen und schwarzen Haaren, die er mit Gel zurückgekämmt hatte. Seine schönen Zähne schimmerten in der Dunkelheit. Rachael holte tief Luft, sodass sich die Riemen um ihre Brust spannten.

»Ganz ruhig, Rachael«, sagte er. Aus seinem Mund klang ihr Name wie ein fremdes Wort. Er holte eine Spritze aus seiner schwarzen Lederjacke und zog die Kappe von der Nadel.

»Was ist das?«, fragte sie.

»Du hast schöne Venen.« Er beugte sich vor und ergriff ihren Arm. Als die Nadel eindrang, keuchte sie auf.

»Bitte. Wenn dies eine Entführung ist …«

»Nein, nein. Du gehörst mir schon. Im Moment gibt es für dich keinen sichereren Platz auf der Welt, als in meinem Besitz zu sein.«

Ein Rudel Kojoten begann irgendwie draußen in der leeren Dunkelheit zu heulen. Es hörte sich an wie die Schreie einer Frau, die bei lebendigem Leib verbrannte. Auch Rachael begann zu schreien, bis die Droge von ihr Besitz ergriff.

5

Nach vier Uhr nachmittags trudelten sie nacheinander ein. Gegen fünf war Rachaels Verschwinden der Aufmacher sämtlicher Nachrichtensender, sogar in Tucson und Phoenix. Und gegen sechs standen mehr Autos an der No-Water Lane als beim letzten Vierter-Juli-Barbecue der Hasslers.

Um Viertel nach sieben abends hielten sich mehr als vierzig Personen in Wills und Rachaels bescheidenem, kleinem Lehmsteinhaus in Ajo, Arizona, auf. Sie saßen im Esszimmer, im Wohnzimmer, in der Küche, ja sogar auf der Terrasse. Es war eine seltsame Versammlung. Man hatte das Gefühl, sich auf einem Leichenschmaus zu befinden, es gab zu essen und zu trinken, Gespräche fanden im Flüsterton statt, niemand lachte. Will, der mit Devlin im Arm auf dem Sofa saß, dachte, dass all die, die er liebte, Freunde, die er seit Jahren nicht gesehen hatte, Nachbarn, mit denen er kaum ein Wort wechselte, dass all diese Leute gekommen waren, um mit ihm Wache zu halten. Sie warteten darauf, dass verkündet wurde, man habe sie gefunden, obwohl jeder wusste, dass normalerweise niemand, der so nahe an der Grenze verloren ging, lebend, wenn überhaupt jemals, gefunden wurde.

»Will?« Er erwachte aus seiner Erstarrung und blickte Rachaels Mutter an, die mit einem Glas Bourbon in der Hand an den eingebauten Bücherregalen stand.

Debra sah ihrer Tochter sehr ähnlich, bis hin zu ihrer schlanken Figur und ihren schwarzen Haaren. Von Weitem hätte man sie für Schwestern halten können. Aus der Nähe betrachtet jedoch sah man die silbernen Strähnen und die ledrige Haut, die vom jahrzehntelangen Aufenthalt in der unbarmherzigen Wüstensonne kam.

»Ich weiß nicht mehr, ob du Eis nimmst oder nicht«, sagte sie.

»Doch, ich nehme Eis. Danke, das ist perfekt.« Sie reichte ihm seinen vierten Whiskey.

»Kann ich sie nehmen?« Debra wies auf ihre Enkelin, die in Wills Armen eingeschlafen war. Eigentlich hätte er es zugelassen, aber sie war vollgepumpt mit Valium und Wodka.

»Sie muss mich spüren, Mom.« Sein Gesicht rötete sich, als er den Whiskey trank, und einen Moment lang malte er sich aus, dass er in seinem Bourbonrausch gar nicht mitbekommen hatte, dass Rachaels Beerdigung bereits stattgefunden hatte. Es waren Trauerreden gehalten worden, die Sargträger hatten ernste Gesichter gemacht, und Devlin war in Tränen ausgebrochen, als der Sarg mit ihrer Mutter hinuntergelassen worden war.

Schwankend stand er auf und trug Devlin in ihr Zimmer. Sie war mittlerweile völlig erschöpft. Er allerdings auch. Er legte sie ins Bett, deckte sie zu und hockte sich auf den Fußboden, um ihr beim Schlafen zuzusehen. Bei jedem Atemzug schmerzte sein Brustkorb. Nach einer Weile stand er auf und ging in sein Schlafzimmer. In Rachaels und sein Schlafzimmer. Er verschloss und verriegelte die Tür hinter sich und öffnete die Truhe, die am Fußende ihres Bettes stand.

Es lag ganz unten – ein verschlissenes Sweatshirt, das Rachael immer trug, wenn es kühler wurde. Es war marineblau, und vor Jahren hatte es den Schriftzug ihrer Universität getragen. Die weißen Buchstaben waren jedoch im Laufe der Zeit der Waschmaschine zum Opfer gefallen.

Er drückte das Sweatshirt ans Gesicht und roch seine Frau.

Auf seinem Weg zurück ins Esszimmer blieb er am Gästezimmer stehen. Hinter der Tür schluchzte jemand laut. Er öffnete die Tür. Das Licht war ausgeschaltet, aber als seine Augen sich an die Dunkelheit gewöhnt hatten, erkannte er die schwerfällige Gestalt von Rachaels Schwester Elise, die in der Ecke neben der Kommode kauerte.

»Alles in Ordnung?«, fragte er. Es dauerte einen Moment, bis sie ihre Stimme wiederfand. Er blickte über ihren Kopf aus dem Fenster, und ihm fiel auf, dass im Vorgarten seltsame Lichter waren.

»Sie ist tot, Will. Ich spüre es.« Er schloss die Augen und versuchte sich gegen ihre Worte zu wappnen. Am liebsten hätte er sie geschlagen, weil sie die Befürchtung aussprach, die alle insgeheim hegten. »Spürst du es nicht auch, Will?« Er verließ das Zimmer und ging wieder ins Esszimmer. Sein Whiskey stand noch auf dem Tisch.

Mit einem großen Schluck verstärkte er das wundervolle Kissen, das ihn vor der Realität abschirmte. Der Raum um ihn herum summte, und wenn er noch mehr trinken würde, würde sich alles drehen.

Er war gerade auf dem Weg zur Haustür, um nachzusehen, was es mit den merkwürdigen Lichtern auf sich hatte, als ihn jemand am Arm packte.

»Hey, Will. Sie halten doch durch, oder?« Er konnte sich an den Namen des Mannes nicht erinnern, und dann fiel ihm ein, warum. Er wohnte in der Nachbarschaft, aber sie hatten sich nie kennengelernt. Will erkannte ihn nur, weil der Mann jeden Samstagmorgen, wenn Will und Rachael auf dem Weg ins Fitnessstudio an seinem Haus vorbeifuhren, seinen weißen Lexus in der Einfahrt wusch.

Er war in Wills Alter, Latino.

»Entschuldigung, wie ist Ihr Name?«, fragte Will.

»Miguel. Sie und Ihre Frau winken immer, wenn Sie an meinem Haus vorbeifahren. Ich habe die Nachrichten gesehen und all die Autos da draußen. Ich dachte, ich komme mal vorbei. Wenn ich etwas tun kann …«

Will spürte, wie ihm Tränen in die Augen traten, und ob es nun am Whiskey oder an diesem ganzen, schrecklichen Tag lag, er war plötzlich völlig überwältigt von der Freundlichkeit dieses Mannes, den er nur durch Gesten kannte.

»Danke, Miguel.« Er wischte sich über die Augen und räusperte sich. »Wollen Sie sich nicht etwas zu essen oder zu trinken holen? In der Küche ist ein Riesen-Büffet aufgebaut.«

Als Miguel gegangen war, öffnete Will die Haustür und trat auf die Veranda.

»O Gott«, flüsterte er. Das Kissen löste sich auf, und das ganze Gewicht von Rachaels Abwesenheit drückte ihn nieder. Er sank auf die Stufen. *Das alles passiert also wirklich.* Vor dem Haus stand der Lieferwagen eines Nachrichtensenders, eine große Satellitenschüssel auf dem Dach. Und auf dem Rasen stand etwa ein Dutzend Leute im Kreis zwischen den Yuccas und Saguaros. Sie hielten Kerzen in den Händen, deren Flammen im Abendwind aus der Wüste flackerten.

Er betrachtete den Flammenkreis. Der Himmel wurde dunkler, und er hatte solche Magenschmerzen, dass er nur ganz flach atmen konnte.

Die Stimme einer Frau sagte: »Gott im Himmel, du sagst, du bist anwesend, wo sich auch nur zwei in deinem Namen versammeln. Nun, hier stehen wir, Herr, und bitten dich darum, uns Rachael Innis zurückzubringen.«

Schwankend stand er auf und stolperte auf sie zu. Er hatte seit Jahren nicht mehr gebetet, seit sie erfahren hatten, dass ihre Tochter krank war. Er war sauer auf Gott gewesen. Das war heute Nacht vorbei.

6

Will trat aus dem Kerzenkreis und wandte sich zum Haus, um nach Devlin zu schauen. Er hatte es zwar eigentlich gewollt, aber dann hatte er doch nicht laut gebetet. Es war schon zu lange her, und seine Kommunikation mit Gott war eingerostet, vor allem in der Gegenwart fremder Menschen.

Er war gerade an der Haustür angekommen, als sie aufging. Rachaels Mutter stand auf der Schwelle.

»Im Wohnzimmer wartet ein Detective, Will. Er möchte mit dir sprechen.«

Aus irgendeinem Grund hatte Will einen jüngeren Mann erwartet, jemanden in seinem Alter, mit militärisch kurzen Haaren und strengem, misstrauischem Blick. Als Verteidiger hatte er viel mit Polizisten zu tun, und seiner Meinung nach waren die meisten süchtig nach Autorität, ein fantasieloser, reaktionärer Haufen, der sich rasch eine starre Meinung von etwas bildete. Aber auf den ersten Blick entsprach der Detective, der auf seiner Couch saß, nicht diesen Vorurteilen. Er saß zwischen zwei Freundinnen Rachaels aus dem Yogakurs, die Hände flach auf den Knien, und betrachtete mit stoischer Ruhe eine gerahmte Fotografie über dem Kaminsims – eine Aufnahme aus ihrem Sommerurlaub im Grand Canyon vor zwei Jahren. Er war ein älterer, glatt rasierter Herr mit dichten weißen Haaren und klaren blauen Augen. Als er Will sah, stand er auf, knöpfte sein Jackett zu und lächelte ihn verhalten an.

»Mr Innis«, sagte er, als sie einander die Hände schüttelten. »Detective Teddy Swicegood. Wenn ich mich nicht irre, haben sie mich vor Gericht ein paarmal im Kreuzverhör vernommen. Aber keine Sorge – ich nehme es Ihnen nicht übel. Es tut mir leid, dass ich unter diesen Umständen hier sein muss.«

Er war mindestens einen Kopf größer als Will, und trotz seines Alters war sein Händedruck kräftig und seine Fgur schlank und durchtrainiert.

»Haben Sie Neuigkeiten?«, fragte Will.

»Hier drin ist es ziemlich voll. Können wir irgendwo unter vier Augen miteinander sprechen?«

»Ja. Möchten Sie etwas zu trinken?«

»Einen Whiskey würde ich nicht ablehnen.«

Will schenkte zwei Whiskeys ein und führte Swicegood durch die Glasschiebetür. Auf der Terrasse hielten sich sechs Personen auf, von denen Will die meisten nicht kannte. Sie saßen auf Stühlen, die sie sich aus der Küche geholt hatten, und aßen von Papptellern, als seien sie auf einer Sommerparty.

Die beiden Männer gingen die Stufen hinunter und durch das Gras zu dem verwitterten Zaun, der die Gärten von Oasis Hills von der Wüste trennte.

Will lehnte sich an den Zaun. »Sagen Sie es mir einfach. Reden Sie nicht um den heißen Brei herum«, sagte er.

»Unsere Einsatzkräfte durchkämmen den Südwesten, und wir arbeiten auch mit den mexikanischen Behörden zusammen.«

»Sie haben sie noch nicht gefunden?«

Swicegood schüttelte den Kopf.

»Aber Sie glauben, sie ist noch am Leben?«

»Ich weiß nicht.«

»Ihre Meinung?«

»Mr Innis, es ist einfach noch zu früh, um …«

»Bitte. Sie brauchen mich nicht mit Glacé-Handschuhen anzufassen.«

»Der Teil des Highways, auf dem sie verschwunden ist, ist eine üble Strecke. Drogenhandel, Menschenhandel. Es sieht nicht gut aus.«

Die Worte trafen Will wie Säure. Eine neue Welle von Trauer, größer und schmerzhafter als die vorherige, überwältigte ihn. Stumm standen sie da, tranken ihren Bourbon und blickten über die Wüste nach Mexico, wo noch ein letzter schmaler Lichtstreifen am Horizont lag.

Aber dann verschwand auch er, und auf einmal war der Himmel übersät mit funkelnden Sternen. Ein Kojote heulte. Ein großes Tier, wahrscheinlich ein Maultierhirsch, raschelte im Unterholz. Will dachte an Rachael, die irgendwo dort draußen war. Vielleicht lebte sie, vielleicht nicht – der Schmerz würde unweigerlich noch größer werden. Er lauerte bereits hinter den Dingen und wartete darauf, dass er am nächsten Morgen die Augen aufschlug und sich erneut diesem Albtraum stellte.

Ein Streichholz flammte auf. Swicegood zündete sich eine Zigarette an und blies die Flamme aus. Mit Daumen und Zeigefinger erstickte er die Glut, bevor er das Streichholz zu Boden warf. Dann zog er an seiner Zigarette und blies einen dünnen Rauchfaden in die Wüste.

»Ich habe mich gerade gefragt, Mr Innis, ob wohl jemand eine Zeit lang auf Ihre Tochter aufpassen könnte.« Will wandte sich zu dem Detective und blickte ihn fragend an. In seinem Kopf ging alles durcheinander, und es dauerte einen Moment, bis er begriff, was der Mann gesagt hatte.

»Warum sollte jemand auf sie aufpassen?«

»Ich dachte, wir beide könnten auf die Polizeiwache fahren und uns ein bisschen unterhalten.«

Die Luft prickelte auf einmal.

»Worüber?«

»Ich warte in meinem Auto. Es steht hinter den Nachrichtenwagen mit den Satellitenschüsseln auf den Dächern. Gehen Sie hinein und kümmern Sie sich um die Betreuung Ihrer Tochter, und dann kommen Sie zu mir.«

Will kippte den restlichen Whiskey herunter und stellte das Glas auf einen Zaunpfosten. Die Dunkelheit schien ihm entgegenzukommen. Schweiß trat ihm auf die Stirn, und er fröstelte.

»Scheiße.« Er wandte sich taumelnd ab und erbrach sich auf

den Rasen. Vornübergebeugt blieb er stehen und blickte zum Haus, auf all die Silhouetten, die sich wie Gespenster hinter den Fenstern bewegten. Um ihn herum war nur die dunkle Stille der Wüste. Er wischte sich über den Mund. »Meinen Sie das ernst?«, fragte er.

»Ja.«

»Muss ich einen Anwalt mitbringen?«

»Ich wüsste nicht, warum. Sie sollen mir nur ein paar Fragen beantworten, damit ich mir ein klareres Bild machen kann. Also, in fünf Minuten an meinem Auto.«

7

Javier wollte Kaffee – starken, heißen Kaffee –, und wie auf ein Stichwort tauchte ein paar Hundert Meter weiter ein Schild auf, das auf einen Starbucks neben einer Tankstelle an der Autobahn hinwies.

Es machte ihn zwar nervös, die Frau allein zu lassen, aber sie stellte eigentlich keine Gefahr dar, da sie unter Drogen stand. Und wenn er heil in Idaho ankommen wollte, ohne einzuschlafen und sie beide umzubringen, brauchte er dringend Koffein.

Im Laden duftete es nach Kaffee. Die verchromten Geräte glänzten und aus den Lautsprechern an der Decke drang Musik.

In der Schlange vor ihm standen neun Personen.

Rachael trieb in einem warmen, dunklen Meer. Es schien Jahre zu dauern, bis sie endlich die Augen öffnen konnte, und als sie es tat, schaute sie blinzelnd in grelle Lichter. Um sie herum war Lärm. Sie stöhnte leise, allerdings nicht aus Schmerz, sondern aus brennender Euphorie.

Sie saß, mit dem Sicherheitsgurt angeschnallt, auf dem Beifahrersitz des Escalade. Der Wagen stand, aber der Motor lief. Mühsam drehte sie den Kopf zum Fahrersitz. Er war leer.

Sie blickte durch die getönten Scheiben und versuchte, ihre Umgebung zu erkennen, aber schon die leiseste Bewegung ließ alles verschwimmen. Es kostete sie außergewöhnliche Willenskraft, ihre Gedanken nicht abschweifen zu lassen, aber dumpf war sie sich bewusst, dass sie in Schwierigkeiten steckte. Sie wusste nur nicht, was passiert oder wie sie hierher gekommen war. Sie wusste nur, dass sie aus dem Auto herausmusste, bevor der Fahrer zurückkam.

Wenn sie ganz still saß, konnte sie die Umgebung draußen erkennen. Sie sah die hellen Lichter einer vertrauten Kette. Der Escalade parkte neben dem Eingang.

Drinnen hatte sich eine Schlange vor der Kasse gebildet. Der Mann, der den Escalade gefahren hatte, stand am Ende und beobachtete sie.

Von seinem Platz aus konnte Javier durch die große Glasfront erkennen, dass die Frau nicht mehr bewusstlos war, sondern sich aufsetzte.

Eine Kundin nahm ihr Getränk entgegen, und die Schlange rückte vor.

Das nächste Paar bestellte Latte Macchiato und Kuchen. Er stand direkt neben der Vitrine und sah zu, wie die Hand des stämmigen Barista zwei Stück Krümelkuchen herausholte.

Er blickte nach draußen. Die Frau schaute nach unten. Wahrscheinlich hatte sie gemerkt, was er mit dem Gurt gemacht hatte.

Der nächste Kunde, ein LKW-Fahrer.

»Nur Kaffee, Schätzchen.«

Guter Mann.

Dann eine Frau, die irgendein ein teures Wasser wollte, eine kurze Transaktion mit der Kreditkarte, und Vorfreude stieg in Javier auf. Gleich würde er sein Koffein bekommen und endlich weiterfahren können.

Sie wollte den Sicherheitsgurt lösen, musste aber feststellen, dass der Knopf dick mit Klebeband umwickelt war. Zu benommen und zu schwach, um es abzureißen, hob sie den Arm. Beim vierten Versuch gelang es ihr, den Schalter zu betätigen, der die Scheibe heruntergleiten ließ.

Rasch verschwand das getönte Glas in der Tür. Nachtluft drang ins Auto. Es roch nach Benzin und Öl. Von der Autobahn drang das unablässige Rauschen des Verkehrs. Die Luft war viel zu kühl für Süd-Arizona, und obwohl die Drogen sie benommen machten, fragte sie sich, wie weit sie wohl von zu Hause weg war.

Jetzt war nur noch eine Familie vor ihm – Vater und Mutter, ein Mädchen im Teenageralter und ein kleiner Junge, der Javier schon verstohlen musterte, seit er den Laden betreten hatte.

Vater: Kaffee.

Junge: Heiße Schokolade.

Mädchen: Latte Macchiato.

Javier blickte zu seinem Escalade und sah, wie das Fenster herunter glitt.

Mutter: »Ich möchte gerne einen geeisten, geschäumten, zehn Mal gepumpten Magermilch-Chai Latte, aber ohne Schaum.«

Javier starrte finster auf die Registrierkasse. Seine Schläfen begannen zu pochen.

Der Barista grinste. »Können Sie das bitte wiederholen? Eine Spur langsamer bitte.«

»Geeist. Mit Magermilch. Geschäumt. Chai latte. Zehn Mal gepumpt. Ohne Schaum.«

»Das zusätzliche Pumpen muss ich extra berechnen.«

»Das macht nichts.«

»Ich bin heute erst den zweiten Tag da, also lassen Sie mich das mal klarstellen. Wenn Sie ›Magermilch‹ sagen …«

»Dann meine ich Milch ohne Fett.«

Der Barista verzog das Gesicht. »Die ist gerade alle.«

»Oh nein.« Die Mutter sank in sich zusammen. Javier schätzte, dass sein Blutdruck bestimmt schon auf 130/90 gestiegen war. Seine Ohrläppchen prickelten.

»Wir haben zweiprozentige.«

»Und einprozentige?«

»Tut mir leid.«

»Und wenn sie ihn mit Wasser machen?«

»Mit Wasser?«

»Statt geschäumter Milch.«

»Hm, das habe ich noch nie gehört, aber das ginge wahrscheinlich. Sie sind die Kundin.«

Er würde nicht den Mund halten können, wie er gehofft hatte, und er kannte sich gut genug, um zu wissen, dass er etwas Explosives und Schreckliches tun würde, wenn er einfach nur geduldig dabeistand und wartete, wie damals in Juarez.

Javier öffnete den Mund, sagte allerdings nicht, was er eigentlich sagen wollte, sondern nur etwas, um sich selbst herunterzufahren.

»Haben Sie es schon einmal mit normalem Kaffee probiert?«, fragte er fröhlich. Die ganze Familie drehte sich zu ihm um. Javier lächelte, spürte aber gleichzeitig, wie der Hass durch seine Zähne entwich. »Heute Abend gibt es die Jubiläumsmischung. Sie sagen einfach nur ›Jubiläumsmischung, bitte‹. Keine komplizierte Bestellung. Und wissen Sie was? Der Barista muss einfach nur einen Becher nehmen, oder eine Tasse, wenn es für hier ist, und sie füllen. Und dann sind Sie fertig, und die nächste Person kann bestellen.«

»Ich brauche lange, nicht wahr?«, sagte die Mutter. »Entschuldigung.«

»Ist dies Ihr Lieblingsgetränk?«

»Erwischt! Ich trinke pro Tag zwei Chai Latte mindestens.«

»Ah.«

»Darf ich Sie zu Ihrem Kaffee einladen? Für die Unannehmlichkeiten?« Er sah ihr nicht an, ob es ihr wirklich leidtat oder ob sie ihn für ein Riesenarschloch hielt, aber er bewunderte, wie sie mit der Situation umging, auch wenn er sie eigentlich verachtete.

»Nein, danke.«

Aus dem Starbucks kam eine Familie mit einem Tablett voller Getränke.

Rachael beugte sich vor und hängte ihre Arme aus dem Fenster. Das Kinn stützte sie auf die Gummiabdichtung. Sie hob einen Arm und ließ ihn mit einem Knall gegen die Tür fallen.

Die Familie war schon an ihr vorbeigegangen, ohne Notiz von ihr zu nehmen.

Erneut hob sie den Arm und knallte ihn gegen die Tür. Der kleine Junge blickte sich um, und als er sie sah, kniff er die Augen zusammen.

Hilf mir. Er legte den Kopf schräg und starrte sie an. Rachael drückte ihr Gesicht an die Tür. Ihre Haut war leichenblass, sie schwitzte und schielte.

»Hilf mir«, formte sie mit den Lippen.

Der Junge trat an die Tür.

»Hilf mir«, flüsterte sie. »Ich gehöre nicht hierher.«

»Du siehst komisch aus«, sagte er. »Was ist mit deinen Augen los?«

Rachael kämpfte gegen eine erneute Ohnmacht an.

»Dannie, komm endlich! Du hältst alle auf!«

»Dad, mit der Frau stimmt irgendwas nicht.«

Oh, danke, danke. Das Heroin raste durch ihr Blut. Ihr wurde wieder schwarz vor Augen, und es fiel ihr zunehmend schwerer, sich auf den Jungen zu konzentrieren. Er schien in Devlins Alter zu sein. Jetzt stand ein Mann neben ihm und blickte sie mit gerunzelter Stirn an. Er war weich und rund, ein junger Vater, der erst noch seinen Babyspeck verlieren musste, in einer Khaki-Shorts und einem gelben Polohemd. Seine Lippen bewegten sich, aber es dauerte einen Moment, bis sie die Bewegungen mit den Lauten koordinieren konnte, die aus seinem Mund kamen.

»… brauchen Sie einen Arzt?« *Holen Sie mich hier heraus.* »… ist derjenige, der Sie fährt, im Wagen?« *O Gott. Bitte.* »… ich verstehe kein Wort.«

Der braunhäutige, blauäugige Mann, der sie entführt hatte, trat hinter den Jungen und seinen Vater.

Rachael versuchte, den Blick von seinen Stiefeln zu heben –

anscheinend waren sie aus der schwarz-gelb gefleckten Haut von Krustenechsen gemacht.

Der Junge sagte: »Was hat sie?«

Javier lächelte. »Das ist eine persönliche Angelegenheit, mein Sohn.« Er trat ans Auto, hob Rachaels Kopf sanft von der Gummiumrandung und küsste sie auf die Wange. »Schlaf jetzt weiter, Liebes.« Rachael stöhnte und wehrte sich gegen ihn mit allem, was sie hatte. Aber das war nicht viel. Er öffnete die Tür, ließ die Scheibe wieder hochgleiten und schloss die Tür. Als er sich umdrehte, standen der Junge und sein Vater immer noch da. Das Fenster ging wieder herunter.

»Helfen Sie mir«, sagte Rachael und stöhnte so laut, dass alle es hören konnten.

»Was ist hier los?«, fragte der Vater des Jungen.

Javier seufzte, blickte einen Moment lang zu Boden und studierte einen Ölfleck auf dem Asphalt.

»Meine Frau ist heroinsüchtig«, sagte er schließlich. »Und sie hat sich einen Schuss gesetzt. So weit …« Er hielt Daumen und Zeigefinger dicht zusammen. »… von einer tödlichen Überdosis entfernt. Ich fahre sie zum Entzug in Salt Lake.«

»Oh, das tut mir leid. Das muss schrecklich schwierig für Sie sein.«

»Ja. Es ist kaum auszuhalten.«

»Entschuldigen Sie, dass wir sie gestört haben. Komm, Donnie.«

»Aber sie hat doch um Hilfe gebeten, Dad.«

Javier hockte sich hin und blickte den Jungen eindringlich an.

Die Überwachungskameras außen hatte er bereits alle entdeckt.

»Denk immer daran«, sagte er zu dem Jungen. »Denn das …« Er wies mit dem Daumen auf seinen Wagen, wo Rachael gegen die Scheibe schlug. »… das machen Drogen mit dir.«

»Gott behüte«, sagte der Vater des Jungen, packte seinen

Sohn an der Schulter und ging mit ihm zu einem Minivan, der an einer der hinteren Tanksäulen stand.

Javier stieg in den Escalade. Er warf Rachael, deren Kopf auf das Armaturenbrett gesunken war, einen Blick zu.

»Weißt du überhaupt, was du gerade getan hast?«, sagte er.

Im Minivan verteilte Rick Carter gerade die Getränke aus dem Starbucks an seine Frau und die Kinder. Vor ihm lag eine lange Nacht, und mit ein bisschen Glück kamen sie morgen Nachmittag in Albuquerque an.

Er hatte gerade den ersten Schluck getrunken, als es an seine Scheibe klopfte.

Er wandte den Kopf, und als er den Mann aus dem Escalade da stehen sah, zog sich sein Magen zusammen. Kurz überlegte er, ob er nicht einfach den Gang einlegen und wegfahren sollte.

»Was mag er von uns wollen?«, fragte seine Frau.

»Das werden wir sicher erfahren.« Er ließ die Scheibe ein paar Zentimeter herunter. »Kann ich Ihnen helfen?«

Javier blickte auf die Kinder auf dem Rücksitz, auf die hübsche Frau des Mannes. Im Auto roch es nach Starbucks.

»Haben Sie ein Handy dabei?«, fragte Javier.

»Ja, müssen Sie …?«

»Haben Sie den Notruf angerufen?«

»Äh, nein. Warum sollte ich …«

»Sind Sie sicher?«

»Hören, ich verstehe nicht, was Sie …«

Javier riss die Tür auf und schoss dem Mann ins Gesicht. Zweimal feuerte er auf den Rücksitz, damit das Schreien aufhörte, dann wandte er sich der Frau zu, die den Papierbecher in der linken Hand zerdrückt hatte. Der heiße Chai lief ihr über die Faust.

»Na, genießt du deine geeiste, fettarme, geschäumte Chai Latte ohne Schaum?« Er schoss ihr in die Kehle und schlug die Tür wieder zu.

8

Auf der kurzen Fahrt ins Pima County Sheriff's Department schwiegen sie. Das Gebäude lag verlassen da, als sie ankamen. Swicegood führte Will am nicht besetzten Empfang vorbei einen Flur entlang und blieb vor einer Tür stehen, auf der in Klebebuchstaben VERHÖR 1 stand. Drinnen befanden sich ein kleiner Tisch, drei Stühle und ein Aufnahmegerät. In einer der Ecken hing eine Videokamera an der Decke.

Swicegood sagte: »Soll ich Ihnen ein Wasser holen? Kaffee?«

»Ich will nur, dass wir so schnell wie möglich fertig werden und ich wieder zu meiner Tochter zurückkann.«

»Klar.« Swicegood setzte sich auf den Stuhl gegenüber von Will und legte eine dünne Aktenmappe auf den Tisch. Will war beinahe schon wieder nüchtern. Das Herz schlug ihm bis zum Hals. »Ich werde unser Gespräch aufnehmen«, sagte Swicegood und drückte den Startknopf des Aufnahmegeräts. »Kennen Sie Ihre Rechte?«

»Natürlich.« Swicegood rasselte sie trotzdem herunter, und als er fertig war, sagte Will: »Ich verzichte auf diese Rechte.«

Swicegood beugte sich vor. »Sie sind Strafverteidiger, nicht wahr?«

»Das wissen Sie doch.«

»Sie haben gesagt, Ihre Frau habe in einer Klinik in Sonoyta gearbeitet.«

»Ja.«

»Um wie viel Uhr haben Sie sie zurückerwartet?«

»Zwischen zehn und halb elf.«

»Okay, dann habe ich eine Frage. Wann beginnt ein liebender Ehemann sich Sorgen zu machen, wenn seine Frau nicht nach Hause kommt?«

»Ich verstehe nicht, was …«

»Wenn sie eine Stunde zu spät kommt?«

»Hören Sie …«

»Zwei? Drei? Vier Stunden?«

»Okay, ich sehe, worauf Sie hinauswollen …«

»Bei Ihnen liegt die Grenze vermutlich bei über sechs Stunden, aber wir werden es nie erfahren, weil sie nicht die neun eins eins angerufen haben, nicht wahr?«

»Soll ich es Ihnen erklären?«

»Ich bitte darum.«

»Ich musste mein Plädoyer für eine Verhandlung heute früh fertig machen und habe den ganzen Abend daran gearbeitet.«

»Wie lange?«

»Nach zehn bin ich an meinem Schreibtisch eingeschlafen. Als ich aufwachte, war es vier Uhr morgens. Ich habe im Haus nach meiner Frau gesucht. Ich war außer mir vor Angst, aber bevor ich die Chance hatte, den Notruf anzurufen, stand die Highway Patrol bereits in meiner Einfahrt.«

Swicegood rückte näher. »Will, ich bin seit dreißig Jahren Detective. Und Verbrechen? Sie sind immer emotional. Sie haben einige der Kriminellen, die ich erwischt habe, vertreten, und Sie wissen, dass Sie in der Hitze des Augenblicks, wenn Wut und Adrenalin Sie überwältigen, sehr dumme Dinge tun können. Deshalb möchte ich Ihnen nur eine Frage stellen. Haben Sie einen Fehler gemacht?«

»Ich weiß nicht, was Sie …«

»Sie glauben, Sie waren perfekt, oder?«

»Wie bitte?«

»Das Leben Ihrer Frau war mit eins Komma fünf Millionen versichert.«

»Meine Tochter hat Mukoviszidose. Wenn etwas …«

»Das tut mir leid, aber es bleibt trotzdem viel Geld. Wie war Ihre Ehe, Will?«

»Gut. Sehr gut.«

»Wirklich? Ich habe heute Abend mit Ihren nächsten Nachbarn gesprochen. Die Tomlins haben mir erzählt, dass Sie vor ein paar Abenden einen heftigen Streit auf der hinteren Veranda hatten. Geschrien, geflucht und so weiter.«

»Haben Sie sich noch nie mit Ihrer Frau gestritten? Herzlichen Glückwunsch!«

»Worum ging es bei dem Streit?«

»Um Geld.«

»Um Geld.«

»Die Mittel sind knapp. Haben Sie eine Ahnung, was die Krankenversicherung für jemanden wie meine Tochter kostet, die eine tödliche Krankheit hat? Das kann eine Ehe belasten.«

»Nun, das ist ja jetzt kein Problem mehr, oder?«

»Was?«

»Geld.«

Swicegood stand wortlos auf, schaltete das Aufnahmegerät aus und verließ das Zimmer. Als die Tür sich hinter ihm schloss, blickte Will auf seine Armbanduhr. 22.47 Uhr. Seine Hände zitterten, und seine Kehle war wie zugeschnürt.

Er versucht, es mir in die Schuhe zu schieben. Du könntest deine Frau und deine Tochter verlieren. Tränen traten ihm in die Augen, als ihm zu Bewusstsein kam, dass Devi Waise werden könnte. Was ihn jedoch noch mehr quälte als der Gedanke an Gefängnis und das, was jemanden wie ihn darin erwartete, war die Möglichkeit, nicht für seine Tochter da sein zu können, wenn die Krankheit bei ihr schließlich zum Tode führte. Mit der Realität, dass Devlin in den nächsten fünf Jahren wahrscheinlich sterben würde, hatte er gelernt zu leben, aber während er hier in diesem Verhörzimmer saß, stellte er sich einen unseligen Morgen in einigen Jahren im Hochsicherheitstrakt von Florence vor. Ein Wachmann würde zu seiner Zelle kommen, ihn wecken und ihm durch die Gitterstäbe mitteilen, dass seine Tochter in der Nacht verstorben sei. Etwas Schlimmeres konnte er sich nicht vorstellen. *Devi darf nicht alleine sterben. Das kannst du nicht zulassen. Sie ist dein Lebenszweck. Dein Herz.*

Die Tür zum Verhörraum öffnete sich. Swicegood setzte sich Will gegenüber und stellte eine dampfende Tasse Kaffee auf den Tisch.

Er sagte: »Bevor wir fortfahren, lassen Sie mich eines sagen. Das ist mein Job. Ich verlasse mich auf meine Instinkte und folge ihnen. Das tue ich auch jetzt. Wenn Sie nichts mit der Sache zu tun haben, dann tut es mir furchtbar leid. In Ordnung, zurück zum Geschäft.«

Er schaltete das Aufnahmegerät wieder ein, wobei er ruhiger und freundlicher wirkte. Will richtete sich in seinem Stuhl auf.

»Sehen Sie mich an, Will.« Alles um ihn herum wurde dunkel, und er sah nur noch Swicegoods Augen. Wie Magneten hielten sie Wills Blick gefangen, mit solcher Intensität, dass es ihm beinahe wehtat zu blinzeln. »Irgendwo, tief in Ihrem Inneren«, sagte der Detective, »wollen Sie mir die Wahrheit sagen. Schon seit Langem. Ich habe in viele Augen geblickt, und ich sehe es in Ihren.« Seine Stimme war tiefer geworden, und der monotone Singsang hätte Will eingelullt, wenn die blauen Magneten ihn nicht wach gehalten hätten. »Wissen Sie eigentlich, wie gut es tut, es einfach auszusprechen, Will? Die Erleichterung? Wissen Sie, wie viel einfacher dann alles für Sie und Ihre Tochter wäre? Sie sind noch jung. Wenn Sie jetzt mit mir reden, können Sie mit dem Staatsanwalt vielleicht einen Deal aushandeln.« Will spürte, wie der Detective mit seinen magnetischen Augen etwas aus ihm herauslocken wollte. Die Luft summte förmlich, so sehr wollte Swicegood es hören. Plötzlich verstand Will, wie man jemanden zu einem falschen Geständnis brachte. »Aber wenn ich erst einmal die Leiche gefunden habe, Will, dann ist es vorbei für Sie. Vielleicht schnallt man Sie auf den Hinrichtungstisch in Florence und schieben eine Nadel in Ihren Arm. Ich hoffe, Sie haben sie tief vergraben, denn die Kojoten werden sie finden. Sie riechen Aas und graben sie aus. Und irgendjemand wird über ihre Knochen stolpern, und das war es dann. Aber ich brauche die Leiche gar nicht. Wissen Sie warum? Weil jeder weiß, dass sie tot ist. Und kennen Sie das kleine Geheimnis der Geschworenen? Der Gesellschaft? Sie wollen die Sache abschließen. Aus Unrecht muss Recht werden, und lose Enden müssen zusammengeführt werden. Leute wie Sie verschwinden im Gefängnis, damit die Bürger sich keine Gedanken mehr über Sie machen müssen, wenn sie abends ihre Kinder zu Bett bringen. Sie wollen es darauf ankommen lassen? Wollen Sie dort stehen, am Tag der Urteilsverkündung, mit zitternden Knien, und Ihr Leben und das Leben Ihrer Tochter in die Hände von zwölf Fremden legen, denen der Abschluss des Falles wichtiger ist als berechtigte Zweifel? Sind Sie darauf vorbereitet, Will?«

Will stand auf. Er zitterte vor Wut. Er wusste nicht, ob seine Frau noch lebte oder schon tot war, und dieser Mann beschuldigte ihn des Mordes.

»Ich habe meine Frau nicht getötet, und ich weiß nicht, wie Sie darauf kommen. Wollen Sie mich verhaften?«

»Wo haben Sie sie vergraben?«

»Wollen Sie mich verhaften?«

Swicegood räusperte sich. »Ich rede morgen früh sofort mit dem Staatsanwalt …«

»Dann bin ich hier fertig. Kann ich gehen?«

Swicegood kaute auf seiner Unterlippe. »Für den Augenblick, ja.«

»Bringen Sie mich sofort nach Hause. Ich will nicht, dass meine Tochter aufwacht, und ich bin nicht da.«

Swicegood schaltete das Aufnahmegerät aus. Als er seinen Stuhl zurückschob, fiel der Styroporbecher um, und schwarzer Kaffee ergoss sich über den Tisch und rann in einem dünnen Strahl zu Boden.

9

Will flüsterte seiner Tochter ins Ohr: »Wach auf, Devi.« Sie rührte sich und drehte sich um. Er setzte sie im Bett auf. Im blauen Schein des Nachtlichts beobachtete er, wie sie langsam die Augen öffnete.

Sie blickte sich im Zimmer um, dann sah sie ihren Vater an. »Wo ist Mom?«

»Sie ist nicht hier, Süße. Jetzt hör mir zu, es ist wichtig. Wir ziehen dich jetzt an.«

»Aber es ist noch nicht Morgen.«

»Ich weiß. Wir gehen auf eine besondere Reise.«

»Wohin?«

»Stell jetzt keine Fragen.«

Will half seiner Tochter, sich im Dunkeln anzuziehen.

»Ich trage dich hinunter«, sagte er. »Du musst ganz leise sein. Gib kein Geräusch von dir.«

Er hob sie hoch, ging zur Zimmertür und öffnete sie langsam. Im Flur war es dunkel und still. Er schlich hinunter und hörte Rachaels Mutter im Gästezimmer schnarchen.

Rachaels Schwester Elise schlief auf dem Sofa im Wohnraum. Sie drehte sich um, als die Haustür knarrte, wachte aber nicht auf.

Um drei Uhr morgens ist Ajo im Sommer angenehm kühl. Der Kofferraum des Beamer war bereits voller Koffer. Will setzte Devlin auf den Beifahrersitz und schnallte sie an. Er stieg ein und ließ den Wagen leise bis zum Ende der Einfahrt rollen, bevor er den Schlüssel ins Zündschloss steckte.

»Wohin fahren wir, Daddy?« Will blickte seine Tochter an und schüttelte ungläubig den Kopf. Wie schnell hatte sich doch alles in den letzten vierundzwanzig Stunden geändert.

Alles war auseinandergebrochen. *Du wirst nicht alleine sterben.*

»Ich weiß noch nicht«, sagte er. Er ließ den Wagen an und fuhr langsam, ohne Scheinwerfer, durch den Ort.

Der Highway, der in nördlicher Richtung aus Ajo heraus führte, war leer. Die Straße schimmerte im Mondschein. Abgesehen von seiner Brieftasche und einem Koffer mit Kleidungsstücken hatte er nur eines mitgenommen – Rachaels College-Sweatshirt.

Sie würden ihr Zuhause niemals wiedersehen.

10

Zwei Tage später erwachte Rachael auf einer kleinen, harten Matratze. Sie setzte sich in dem winzigen Raum auf, der kaum so groß wie ein begehbarer Kleiderschrank war und nur von einer nackten Glühbirne, die von der Decke hing, beleuchtet wurde.

Ihr Kopf pochte, und ihr Mund war trocken, aber sie war wieder bei Verstand.

Wände und Fußboden waren mit dickem, gelbem Schaumstoff gepolstert. In einer Ecke standen fünf Kanister mit Wasser und daneben ein Kasten mit Kartoffelchipstüten, Äpfeln, Schokoladenriegeln und Paketen mit Crackern. Hinter den schallgedämpften Wänden hörte sie ein summendes Geräusch.

Sie stand auf und stellte fest, dass sie nur mit Mühe die Balance halten konnte, als ob der Boden unter ihr schwankte. Erneut blickte sie auf die Schaumstoffwände und dachte: *Ich bin eingeliefert worden. Ich habe mir die Entführung nur eingebildet. Die Brechstange durch das Fenster. Ich bin verrückt geworden.*

Sie ergriff einen Wasserkanister und trug ihn zu ihrer Matratze. Dort setzte sie sich hin und trank durstig. Ob sie sie wohl jetzt gerade beobachteten?

Aber wenn ich in der Psychiatrie bin, warum trage ich dann immer noch mein schwarzes Kostüm?

Plötzlich kam von draußen ein Laut, der sich vage wie ein Nebelhorn anhörte. Noch einmal ertönte er, und während sie noch darüber nachdachte, machten sie das ständige Summen und der schwankende Boden nervös. Sie blickte zur Decke. Dort war keine Schalldämmung. Sie war aus glänzendem Metall. Und im Zusammenhang mit den schaukelnden Bewegungen, dem Summen und leisen Dröhnen machten auf einmal auch die Ausmaße des Raumes Sinn. *Das ist kein psychiatrisches Krankenhaus. Ich bin im Anhänger eines Sattelschleppers.*

Sie begann zu weinen. Ihr ganzer Körper bebte.

11

Geister

Der Mann, der jetzt Joe Foster war, fuhr mit dem alten Chevy den Hügel hinunter in den Ort. Es war Mitte Oktober, der Himmel über Colorado war klar blau, auf den Viertausendern der La Platas glitzerte frischer Schnee, und unten im Tal färbten sich die Espen und Hartriegel bunt. Im Westen schimmerten die Umrisse der Mesa Verde im Sonnenlicht des Freitagnachmittags. Er konnte die Autos aufblitzen sehen, die sich auf der Straße durch den Park fortbewegten.

Er fuhr in den kleinen Ort Mancos und stellte seinen Pickup am Straßenrand ab. Es war kurz vor drei Uhr nachmittags, und im Wagen hörte er das Rauschen der Bäume. Ein goldenes Espenblatt fiel auf seine Windschutzscheibe, blieb einen Moment lang zuckend liegen, bis es von einem Windstoß erfasst und weitergewirbelt wurde.

Ihr hätte dieser kleine Ort gefallen, dachte er.

Seine Tochter kam mit den anderen Schülern die Steintreppe der K-12 Schule herunter. Sie unterhielt sich lebhaft mit zwei Freundinnen, das Backpack über die Schulter geschlungen. Die kleine Gruppe trat vom Bürgersteig auf den Grasstreifen und steckte die Köpfe zusammen. Wahrscheinlich machten sie Pläne, dachte er. Versprachen, einander anzurufen. Verbreiteten alberne Gerüchte.

Er hätte seiner Tochter den ganzen Nachmittag zuschauen können. Er hätte nie damit gerechnet, dass sie das sechzehnte Lebensjahr erreichen würde. Schon vor langer Zeit hatte er sich auf das Schlimmste vorbereitet, hatte sogar schon überlegt, dass er danach seinem Leben selbst ein Ende setzen wollte. Aber sie *war nicht* gestorben. Ein paar Mal im Jahr wurde sie krank. Zweimal sogar lebensbedrohlich, aber sie erholte sich immer wieder. Die Medikamente und die Physiotherapie halfen anscheinend, und jeder Tag, den sie gesund erlebte, war wie ein Strafaufschub, eine hinausgezögerte Exekution.

Jetzt kam sie auf seinen Truck zu, aber als er gerade den Wagen anlassen wollte, sprach eine Frau seine Tochter an.

Er setzte sich auf. Seine Tochter war stehen geblieben. Die Frau war groß, trug einen dunkelblauen Rock und eine weiße Bluse. Das dazugehörige Jackett hatte sie gefaltet über dem Arm. Seine Tochter schüttelte den Kopf. Er konnte nicht hören, was sie sagten, aber als er die Tür öffnen wollte, kam seine Tochter schon zum Auto, während die Frau sich in die entgegengesetzte Richtung entfernte. Die Beifahrertür quietschte, als seine Tochter einstieg.

»Hey, Baby.« Sie hatten einen neuen Namen ausgesucht, aber er sagte ihn selten. Lieber nannte er sie »Baby« oder »Süße«.

»Hey, Dad.«

»Wer war die Frau, mit der du gerade gesprochen hast?«

»Sie hat ihren Namen nicht gesagt.«

»Was wollte sie?«

»Sie wollte wissen, wie ich heiße und ob ich hier wohne.«

Er ließ den Wagen an. Der laute Motor brachte das ganze Auto zum Beben.

»Warum wollte sie das denn wissen?«

»Keine Ahnung. Ich habe sie abgewimmelt und habe gesagt, ich müsse jetzt gehen. Glaubst du, das war eine Polizistin?«

»Keine Ahnung.«

»Kann ich nach Hause fahren?«

»Heute nicht, Liebes.« Er legte den Gang ein und fuhr los. Langsam fuhr er an der Schule vorbei und hielt Ausschau nach der Frau. »Was für eine Haarfarbe hatte sie?«

»Braun. Sie war hübsch.« Aus den Bürogebäuden strömten

jetzt die Manager. Die meisten waren groß, und er konnte die Frau nicht mehr sehen. »Was ist los, Dad?«

Sie war nicht da. Nur ein paar Kinder.

»Du weißt ja, dass du vorsichtig sein musst«, sagte er.

»Ziehen wir wieder um?«

»Das weiß ich noch nicht, Süße. Zumindest nicht heute Abend.« Er wendete und fuhr wieder den Hügel hinauf, aus dem Ort heraus nach Hause.

12

Das Farmhaus war umgeben von Blautannen und lag etwa zwei Kilometer südlich des Ortes. Hinter dem Haus war eine Wiese, und der Mancos River bildete die östliche Grenze des Anwesens. Wenn er im Frühjahr Hochwasser hatte, hörten sie sein Rauschen bis ins Haus.

Mittlerweile dämmerte es. Durch die offenen Fenster drang die Abendluft herein und brachte den Duft von verwelkendem Laub und sauren Äpfeln mit sich.

Das Mädchen holte die Kopfkissen aus dem Wandschrank, während er die DVD vorspulte. Sie waren kurz vor dem Ende von *Vertigo*. Filme machten die Therapie für sie erträglicher, und auf diese Art hatten sie mehr als dreißig Hitchcock-Filme gemeinsam angeschaut. Der Mann setzte sich hinter seine Tochter, und sie legte sich nach vorne auf ein Kissen und beobachtete, wie Jimmy Stewart Kim Nowak in dem unheimlichen grünen Licht des Hotelzimmers küsste.

Mit hohlen Händen begann er ihr auf den Rücken zu schlagen. Nach fünf Minuten sagte er ihr, sie solle husten. Dann wechselten sie die Position, und sie legte sich auf die Seite.

Schon kurz nach ihrer Geburt hatten er und seine Frau angefangen, sie »salziges Baby« zu nennen, denn wenn sie sie auf die Stirn küssten, schmeckte sie nach Salz. Das erwähnte seine Frau zufällig beim Kinderarzt, und er ließ unverzüglich einen Schweißtest durchführen, der sich als positiv herausstellte. Damals wussten sie es noch nicht, aber übermäßiges Schwitzen ist ein Hauptanzeichen für Mukoviszidose.

Ihre Tochter war zwei, als die Krankheit bei ihr diagnostiziert wurde, und jeden Tag in den letzten vierzehn Jahren hatte der Mann bei seiner Tochter die Physiotherapie durchgeführt.

Die Therapie löste den Schleim in den Lungen, machte es ihr leichter zu atmen und verhinderte Infektionen. Schon lange war die Therapie ein Bestandteil ihrer täglichen Routine geworden, wie Zähneputzen.

Als sie fertig waren, setzte sich das Mädchen an den Küchentisch und machte Hausaufgaben. Der Mann ging nach draußen. Der Truck war in der letzten Zeit so laut und wurde viel zu heiß, wahrscheinlich war ein Ölwechsel längst überfällig. Er kroch unter den Wagen und kämpfte, auf dem Rücken liegend, mit dem Verschluss. Ab und zu fuhr ein Auto auf der nahen Landstraße vorbei, aber meistens war es still.

Der Abend wurde kälter, als der Mond über den Hügeln aufging. Gelegentlich fuhr der Wind durch die Tannen. Die Kühe auf der Nachbarfarm brüllten den Mond an. Ihre Glocken klirrten.

Endlich hatte er die Schraube gelöst, und das verbrannte Öl floss in die Unterlegschale.

Da kam schon wieder ein Auto, das dritte in den letzten zehn Minuten. Heute war aber viel Verkehr!

Jetzt wurde das Auto langsamer. Er hörte, wie es am Ende seiner Einfahrt anhielt. Ein Stadtwagen. Vielleicht ein Mietwagen, auf jeden Fall keiner der tuckernden Diesel, die seine Nachbarn fuhren.

Die Reifen knirschten auf dem Kies. *Was zum Teufel?* Er wand sich unter dem Truck hervor und stand auf, die Hand über den Augen, um sie vor den Scheinwerfern des näherkommenden Autos abzuschirmen.

Das Auto hielt hinter seinem Chevy. Der Motor ging aus, die Scheinwerfer erloschen. Einen Moment lang konnte er nichts sehen, weil das Licht ihn geblendet hatte. Eine Tür ging auf. Wurde zugeschlagen. Schritte kamen auf ihn zu. Der Mann dachte: *Jetzt sitzt du in der Scheiße. Ich hätte doch heute Nachmittag abhauen sollen, einen Koffer packen und hier verschwinden sollen.* Er wich zurück, als sich seine Augen wieder an die Dunkelheit gewöhnt hatten.

»Sie haben mich mit Ihren Scheinwerfern geblendet«, sagte er, »deshalb sehe ich im Moment nicht besonders gut. Wer ist da?« Die Schritte hielten an. Er sah jetzt die Umrisse seiner Besucherin. Das Licht von der Veranda fiel auf ihr Gesicht.

Es war die Frau, die seine Tochter nach der Schule angesprochen hatte.

»Tut mir leid, dass ich Sie geblendet habe«, sagte sie. »Ich bin mindestens dreimal an Ihrem Briefkasten vorbeigefahren, bevor ich ihn gesehen habe.«

»Wer sind Sie?«

Sie streckte die Hand aus. »Kalyn Sharp.« Sie war etwa so groß wie er, vielleicht ein paar Jahre jünger, mit glatten braunen Haaren und ausgeprägten Wangenknochen. Die Farbe ihrer Augen konnte er in dem schwachen Licht nicht erkennen. Er ergriff ihre Hand nicht.

»Was wollen Sie?«

»Sind Sie William Innis?«

Adrenalin schoss durch seinen Körper. »Nein.«

»Nun, ich habe ein Foto von Mr Innis in meiner Tasche. Sie könnten sein Zwillingsbruder sein.«

»Sie müssen wieder gehen.« Er drehte sich um und ging auf das Haus zu.

»Mr Innis«, rief sie ihm nach. »Bitte!«

Er ging hinein und knallte die Verandatür hinter sich zu.

»Wer ist da draußen?«, fragte seine Tochter.

»Mach deine Hausaufgaben in deinem Zimmer.« Das Mädchen gehorchte wortlos. Sie ergriff ihre Bücher und Hefte und eilte in ihr Zimmer.

Der Mann stand am Küchenwaschbecken, schrubbte sich Öl und Fett mit heißem Wasser und Seife von den Händen und versuchte zu überlegen, was er jetzt tun sollte, was er mitnehmen, was er hierlassen sollte. Es klopfte an der Tür.

Er trat an die Scheibe und blickte die Frau an, die auf seiner Veranda stand.

»Hier draußen auf dem Land ist es normalerweise klug,

fremdes Eigentum zu verlassen, wenn man dazu aufgefordert …« Er brach ab, als er sah, was sie in der erhobenen Hand hielt. Sein Herz sank.

Ein FBI-Ausweis. Ihm wurden die Knie weich.

»Entspannen Sie sich«, sagte sie. »Wenn ich hier wäre, um Sie zu verhaften, wären Sie bereits in Handschellen.«

»Was wollen Sie dann?«

»Ich glaube, dass Sie unschuldig sind, Mr Innis.« Ihre Worte trafen ihn unvorbereitet.

»Und warum?«

»Weil Ihre Frau … Rachael … weder die erste noch die letzte war.«

13

Will ließ Wasser in einen Topf laufen. Dabei warf er der FBI-Agentin, die am Küchentisch saß, einen Blick zu.

»Wie haben Sie uns gefunden?«

»Ich bin anderthalb Jahre lang all Ihren falschen Namen nachgegangen. Was benutzen Sie jetzt?«

»Joe Foster.« Der Topf war voll. Er stellte ihn auf den Herd und setzte sich Kalyn gegenüber. Die Frau hatte ihren Mantel über eine Stuhllehne gehängt und ihre Aktentasche auf den Fußboden gelegt. »Was ist Ihre Dienststelle?«, fragte Will.

»Phoenix. Das wollte ich Sie schon die ganze Zeit fragen – warum sind Sie abgehauen?«

»Meine Tochter hat Mukoviszidose. Ich musste davon ausgehen, dass Ihre Mutter tot war, und dieser Detective in Ajo hatte mich von Anfang an im Visier. Ich konnte mir gut vorstellen, angeklagt zu werden. Ich weiß nicht, wie vertraut Sie mit Mukoviszidose sind, aber es ist eine tödliche Krankheit. Die meisten Menschen erleben ihren dreißigsten Geburtstag nicht mehr. Ich wollte nicht das Risiko eingehen, dass meine Tochter stirbt, ohne dass ich da bin.«

»Aber jetzt geht es ihr gut?«

»Wir hatten drei gute Jahre. Das heißt nicht, dass sie nicht wieder krank werden wird.«

»Wovon leben Sie?«

»Web Design. Ich arbeite von zu Hause aus.«

»Es muss schwer sein zu wissen, was die anderen von Ihnen denken. Was Sie ihrer Meinung nach getan haben.«

»Wir haben jetzt ein neues Leben, und es ist ganz gut. Ich weiß, was ich in der Nacht getan habe, als meine Frau verschwand. Ich habe ein reines Gewissen.«

»Sie hätten nicht weglaufen sollen.«

»Wenn Sie nicht hier sind, um mich festzunehmen, was wollen Sie dann?«

Kalyn ergriff ihre Aktentasche. Sie öffnete sie und holte eine Aktenmappe heraus. Das erste, was sie Will reichte, war eine Landkarte – New Mexico, Arizona, SoCal. Rote Kreuze markierten vier Orte im Südwesten.

»Was ist das?«

Kalyn schob ihren Stuhl neben seinen und legte die Fotografie einer lächelnden Frau auf den Tisch. Im Hintergrund sah man eine Skipiste.

»Suzanne Tyrpak. Sie verschwand im Juli 2000 zwischen Gallup und Albuquerque.« Sie legte ein weiteres Foto auf den Tisch. »Jill Dillon.« Sie wies auf das Kreuz an der südlichen Grenze von Arizona. »Sie verschwand im August 2001, in der Nähe von Nogales.« Noch ein Foto. Wills Frau blickte ihn an. Sie lächelte, ihr schönes, verschmitztes Rachael-Lächeln. Er hatte die Aufnahme am Grand Canyon gemacht. »Rachael Innis. Verschwand im Juli 2002 im Organ Pipe Cactus National Monument. Hier ist das letzte.« Vorsichtig legte sie eine Fotografie neben Rachaels Bild. »Lucy Dahl. Sie verschwand im August 2004 auf der Autobahn zwischen El Paso und Tucson.«

Es wurde seltsam still im Haus. Das Windspiel an der vorderen Veranda klimperte disharmonisch. Will hatte auf einmal das Gefühl, dass um sie herum lauter Geister waren. Er blickte auf die Fotos, und es lief ihm kalt den Rücken herunter.

»Oh, mein Gott«, sagte er.

»Sie haben es bemerkt.«

»Diese Frauen könnten Schwestern sein.«

»Ja. Alle haben dunkle Augen. Lockige schwarze Haare.«

»Ist das ein Zufall?«

»Keine Ahnung, aber das hier ist ganz bestimmt kein Zufall.« Kalyn nahm vier weitere Fotos aus der Aktenmappe und legte sie auf den Tisch. Ein Lexus. Ein Honda Civic. Ein Ford Explorer. Rachaels Jeep Cherokee. Bei jedem Wagen war das

Fenster auf der Fahrerseite eingeschlagen. »Sie können es nicht sehen, aber im rechten Vorderreifen steckte bei allen Autos ein Nagel.«

»Das ist also ein …«

»Ein immer wiederkehrendes Muster, ja.«

»Wurde jemals eine dieser Frauen gefunden?«

Kalyn schüttelte den Kopf. »Ihr Wasser kocht.«

Will stand auf und nahm zwei Tassen aus dem Schrank.

»Ich habe Pfefferminz, grünen Tee und Earl Grey.«

»Pfefferminz, bitte.« Will hängte die Teebeutel in die Tassen, und als er langsam kochendes Wasser darüber goss, sagte Kalyn: »Ich glaube, ich weiß, wer diese Frauen entführt hat.«

Will stellte den Topf wieder auf den Herd und schaltete das Gas aus. Seine Hände zitterten.

Er starrte zu Boden und holte tief Luft. »Sie glauben? Oder wissen Sie es?«

»Ich bin mir zu etwa achtzig Prozent sicher. Ich möchte Ihnen eine Frage stellen. Sie waren Strafverteidiger. Sind Sie vertraut damit, wie Kartelle arbeiten?«

»Sicher.«

»Haben Sie jemals von den Alphas gehört?«

Will trat mit den Tassen an den Tisch und setzte sich wieder. »Nein, was ist das?«

»Früher war das eine Antidrogen-Einsatztruppe des FBI, die Special Air Mobile Force Group. Es waren mexikanische Soldaten, aber sie wurden in der School of the Americas ausgebildet. 1991 desertierte ein großer Teil dieser Elitetruppe und begann, Geschäfte mit Drogenhändlern zu machen. Die Profitspannen waren vermutlich zu groß und verlockend. Heute sind sie unter dem Namen Alphas bekannt, eine Bande hoch bezahlter Söldner, die vor allem die Kokain-, Heroin- und Marihuana-Lieferungen schützen, die vom Golf-Kartell nach Amerika geschmuggelt werden. Niemand weiß, wie viele es sind, aber man schätzt sie auf etwa hundert bis zweihundert Mitglieder. Sie sind hervorragend ausgebildet und arbeiten eher wie Militärs.

Sie sind äußerst loyal und bestens ausgerüstet. Die modernsten Waffen, militärische Strategien und Taktiken. Und sie sind brutal. Zur Zeit bieten sie Prämien von fünfzigtausend Dollar für die Ermordung von amerikanischen Polizisten an.

Ich habe Kontakte und Informanten in jeder Grenzstadt im Südwesten, und ich habe erfahren, dass sich einige Alphas auch mit Menschenhandel befassen. Es ist ungeheuer schwer, fast unmöglich, an Informationen über sie zu kommen. Mein Informant in Nogales wollte noch nicht einmal den Namen dieses einen Typen laut aussprechen. Er bestand darauf, ihn auf einen Zettel zu schreiben. Und selbst das hätte er nicht gemacht, wenn ich ihm nicht zwei Riesen dafür bezahlt hätte.«

»Was für ein Name?«

»Javier Estrada. Kennen Sie ihn?« Will schüttelte den Kopf. »Sind Sie sicher? Haben Sie ihn nie vertreten oder …«

»Nein. Haben Sie ein Foto?«

Sie schüttelte den Kopf.

»Und wieso glauben Sie, dass die Alphas etwas damit zu tun haben?«

»Aus mehreren Gründen.« Kalyn trank einen Schluck Tee. »Zum einen hat mich an den Tatorten immer etwas gestört. Kein Blut und abgesehen von dem eingeschlagenen Fenster keine Anzeichen für Vergewaltigung oder Gewaltanwendung. Und es schien immer äußerst professionell gemacht worden zu sein. Außerdem haben wir nie eine Leiche gefunden. Das hat mich immer schon zur Verzweiflung gebracht. Wenn diese Frauen einfach nur getötet und verscharrt worden wären, dann hätte doch zumindest eine Leiche mittlerweile mal auftauchen müssen, meinen Sie nicht auch? Serienmörder wollen doch eigentlich, dass ihre Opfer entdeckt werden, aber diese Frauen sind buchstäblich vom Erdboden verschwunden.«

Will lehnte sich auf seinem Stuhl zurück und pustete auf seinen grünen Tee.

»Wieso sind Sie so sicher, dass es dieser Javier sein muss?« Der Name gefiel ihm nicht, als er ihn aussprach.

»Mein Informant war früher Kurier für das Golf-Kartell und hat unter anderem ein paar Mal für Mr Estrada gearbeitet. Er sagte, einmal habe Javier ihm bei einer Flasche Mescal erzählt, dass er sich auf der I-40, zwischen Gallup und Albuquerque eine Frau geschnappt habe.«

»Suzanne Tyrpak.«

»Ja.«

»Und warum haben Sie ihn nicht festgenommen?«

»Das ist ein bisschen komplizierter, als es auf den ersten Blick aussieht.«

Will trank einen Schluck Tee. »Sie brauchen etwas von mir«, sagte er. Kalyn nickte. »Sie sagen, Sie kennen seinen Namen nicht, und ich glaube Ihnen. Aber vielleicht würde es ja Klick machen, wenn Sie ihn sähen. Sie müssen mit mir nach Phoenix kommen und ihn identifizieren, wenn wir ihn schnappen.«

»Was ist mit der Anklage gegen mich?«, fragte Will.

»Ich arbeite daran. Offiziell führen wir dieses Gespräch gar nicht, und ich war nie hier.«

»Wieso?«

»Nicht jeder bei der Dienststelle in Phoenix ist so entschlossen, Geld und Ermittler in diese Morde zu investieren. Es gibt wichtigere Dinge, und da der Fall nicht direkt mit Drogen zu tun hat, ist er nicht von oberster Priorität.«

»Haben Sie Kontakt zu den Familien der anderen Frauen aufgenommen?«

»Tyrpaks Ehemann hat sich vor drei Jahren umgebracht. Dillons Mann will nicht mit mir reden. Er hat eine neue Frau, ein neues Baby und will nichts mehr mit der Vergangenheit zu tun haben.«

»Das kann ich verstehen.«

Kalyn steckte die Fotos und die Karte wieder in die Mappe und verstaute sie in ihrer Aktentasche. Sie erhob sich.

»Und wann soll das passieren?«, fragte Will.

»Ich habe irgendwie gehofft, wir könnten morgen früh fahren.«

»Morgen? Das ist schneller …«

»Sie sind immer noch auf der Flucht. Wer sagt mir, dass Sie heute Nacht nicht wieder verschwinden, wenn ich weg bin?«

»Ich dachte, Sie glauben mir.«

»Das tue ich auch. Allerdings weiß ich nicht, ob ich meine Karriere dafür aufs Spiel setzen würde. Außerdem, würden Sie lieber herumsitzen und warten?«

»Ich müsste auf jeden Fall meine Tochter mitnehmen.«

»Gut.«

»Der Truck da draußen ist alles, was ich besitze. Er schafft die Fahrt nach Phoenix und zurück auf keinen Fall.«

»Sie können mit mir fahren. Ich bin im Mesa Verde Inn abgestiegen. Ich komme um sieben vorbei und hole Sie ab.«

Will stand auf. »Wir sind hier.«

Kalyn ergriff ihre Aktentasche, und dieses Mal ergriff Will ihre Hand, als sie sie ausstreckte.

»Es quält Sie immer noch, nicht wahr?«, sagte sie.

»Ja.«

»Sie durchkämmen jeden Tag das Internet nach Neuigkeiten über sie, oder? Rufen anonym bei Polizeiwachen im Südwesten an, um zu hören, ob Leichen aufgetaucht sind.«

»Ich muss einfach wissen, was mit ihr passiert ist und wie es passiert ist. Es bringt mich um, dass ich nicht weiß, wo ihre Leiche ist. Es ist dumm, ich weiß. Eigentlich sollte es keine Rolle spielen, aber mir ist es wichtig. Wissen Sie, was ich meine?«

Etwas in Kalyns Augen sagte ihm, dass sie ihn verstand.

»Es war gut, Sie kennenzulernen, William Innis.«

»Will.«

Er brachte sie zum Auto.

Als sie weg war, stand er im Dunkeln in der Einfahrt und atmete die kalte Luft des Herbstabends ein.

Dann kroch er unter den Truck, um den Ölwechsel fertig zu machen.

14

Will klopfte an die Tür.

»*Was ist?*«, rief seine Tochter. Als er hereinkam, lag sie auf dem Bett und starrte an die Decke, das schnurlose Telefon an die Brust gedrückt. »Was ist?«, flüsterte sie.

»Ich muss mit dir reden.«

»Über diese Frau?«, fragte sie leise.

Er nickte.

Sie nahm das Telefon ans Ohr und sagte: »Christie, ich muss auflegen. Okay, okay. Erzähl mir, was er gesagt hat. Tschüss, Süße.«

Will zog sich den Schreibtischstuhl ans Bett und setzte sich.

»Wer war diese Frau?«, fragte sie.

»Ihr Name ist Kalyn Sharp, und sie ist FBI-Agentin.«

Seine Tochter setzte sich hastig auf. »Nehmen Sie dich mit, Dad?«

»Nein, Süße, nein. Sie glaubt mir.«

»Es ist wegen Mom.«

»Sie glaubt, sie weiß, wer sie getötet hat.«

Devlin zog scharf die Luft ein. »Wer?«

»Dieser Mann … das ist nicht wichtig. Sie glaubt, dass ich ihn vielleicht schon einmal gesehen habe, damals, als wir in Ajo gewohnt haben. Und ich soll ihn identifizieren. Deshalb fahren wir morgen früh gleich nach Phoenix. Wir fahren mit Ms Sharp. Liebes, es ist okay.«

Seine Tochter wandte sich ab und weinte in ihr Kissen. Will legte sich zu ihr ins Bett. Er nahm sie auf den Schoß und streichelte ihr über die Haare.

Nach einer Weile drehte sie sich um und wischte sich über die Augen. Ihr Gesicht war rot und tränenverschmiert.

»Und diese FBI-Frau glaubt wirklich, dass du Mom nichts getan hast?«

»Ja«, sagte Will. »Sie weiß es.«

Sie schniefte und wischte sich die Nase ab.

»Ich möchte dich etwas fragen«, sagte Will, »und du kannst mir ganz ehrlich die Wahrheit sagen. Ganz gleich, was du sagst, ich werde nicht böse.«

»Was?«

»Hast du … hast du dich jemals gefragt, ob ich etwas mit dem Verschwinden deiner Mutter zu tun habe?«

Seine Tochter blickte auf das Poster an der Decke, auf die beiden Lavalampen auf ihrem Schreibtisch und auf den Kleiderhaufen auf dem Fußboden. Sie schob sich die Haare aus dem Gesicht, und dann blickte sie ihren Vater an.

»Es wäre eine Lüge, wenn ich behaupten würde, ich hätte mich das nie gefragt.«

Er nickte und drängte die Emotionen zurück, die bei diesen Worten in ihm aufstiegen. Am meisten schmerzte ihn, mit welcher Angst seine Tochter gelebt haben musste, wenn sie sich gefragt hatte, ob er nicht doch das Ungeheuer war, das für den Tod ihrer Mutter verantwortlich war.

»Das ist okay«, sagte er. »Ich verstehe das.«

»Ich meine ja nur, dass ich mich das *manchmal* frage. Nicht, dass ich glaube, dass du es getan hast. Und ich habe mich das auch schon lange nicht mehr gefragt.«

»Baby«, sagte er, »schau mir in die Augen. Ich bin mir nicht sicher, ob ich es dir jemals gesagt habe, aber ich sage es dir jetzt. Ich habe deine Mutter, meine Frau, nicht getötet.«

»Ich weiß, Dad.«

»Ich habe sie geliebt. Und wenn ich auch nur eine Sekunde glaubte, ich könnte etwas tun, um sie zurückzubringen, dann würde ich es tun.«

»Ich glaube dir.«

Sie umarmten sich. Als sie sich voneinander lösten, sagte sie: »Besteht die Chance, dass Mom noch am Leben ist?«

»Ich glaube nicht, Liebling.«

»Aber alles ist möglich, oder?«

»Es ist jetzt fünf Jahre her. Ich will nicht, dass du unnötige Hoffnungen hegst, okay?«

Das Telefon klingelte. Sie blickte auf das Display. »Ich muss den Anruf annehmen, Dad.«

Will schmunzelte. »Ich liebe dich, Devlin«, sagte er.

»Dad«, flüsterte sie, »du hast gerade meinen alten Namen gesagt.«

»Ich weiß. Es ist jetzt wieder okay.« Will stand auf und ging aus dem Zimmer. Als er die Tür hinter sich schloss, sagte Devlin: »Hey, Lisa, wie ist es gelaufen?«

Er ging durch das alte Haus und schloss überall die Fenster. In der Nacht war Frost angesagt.

Die Möglichkeit, einen Abschluss zu finden, auch nur einen Hauch seines alten Lebens wiederzubekommen, erregte ihn. Er hatte seine Eltern, seine Schwester, seine alten Freunde nicht mehr wiedergesehen, seit er mit Devlin aus Arizona geflohen war, und der Schmerz, den ihr Verschwinden damals ausgelöst haben musste, begleitete ihn. Jeden Tag checkte er die Blogs und Websites seiner Freunde, googelte seinen und Devlins Namen, um zu sehen, ob noch jemand nach ihnen suchte. Ob sie noch erwähnt wurden. Ob man an sie dachte und sie vermisste.

Seine Arbeit fehlte ihm besonders. Der Gerichtssaal fehlte ihm, die Nervosität am Tag der Urteilsverkündung.

Zwar würde es ihm Rachael nicht zurückbringen, aber er wollte sein altes Leben trotzdem wieder zurückhaben. Vielleicht war es ja ein Schritt in die richtige Richtung, mit Kalyn nach Phoenix zu fahren.

Er setzte sich an den Küchentisch, trank kalten grünen Tee und dachte unaufhörlich: *Morgen stehe ich dem Mann gegenüber, der Rachael getötet hat.* Er war nervös, wollte es aber unbedingt hinter sich bringen. Schließlich hatten Devlin und er ein wenig Frieden verdient.

15

Jav

Um halb drei nachmittags, nach einer siebenstündigen Fahrt vom Hochland im Südwesten Colorados parkte Kalyn ihren Buick Regal neben einem überquellenden Mülleimer und stellte den Motor ab. Sie stiegen aus, überquerten in der sengenden Oktoberhitze den Parkplatz und blieben bei den Briefkästen stehen, damit Kalyn ihre Post herausholen konnte.

Der schmutzige Hof, in dem Devlin stand, war umgeben von vier Wohnblöcken, die jeweils acht Wohnungen enthielten, vier im oberen Stockwerk, vier unten.

In der Nähe stand eine kaputte, rostige Schaukel. Ein Rollerskate und ein schlaffer Fußball lagen einsam in einem Sandkasten ohne Sand. Das stetige Surren der Klimaanlagen und das Rauschen der nahen Autobahn deuteten darauf hin, dass es Frieden und Stille hier nicht gab.

Sie betraten das Treppenhaus des nördlichen Gebäudes. Über ihnen donnerte ein Jet im Landeanflug auf den Phoenix Sky Harbor International Airport nieder.

Sie stiegen eine Metalltreppe hinauf, die im ersten Stock in einen offenen Flur mündete. Kalyn blieb vor der dritten Tür stehen. Die Messingbuchstaben waren entweder abgefallen oder gestohlen worden, denn die Nummer 22 war mit rotem Filzstift auf die Tür geschrieben worden.

Sie schloss auf und ließ sie herein. Schon in der Diele sah Devlin, dass von einem Zuhause hier keine Rede sein konnte. Ein kleines Wohnzimmer. Eine noch kleinere Küche. Weiße Wände, die dringend einmal gestrichen werden müssten. Der enge Flur führte zum einzigen Schlafzimmer.

In der Wohnung herrschten mindestens dreißig Grad Celsius.

»Es tut mir leid, dass es so heiß ist«, sagte Kalyn. »Meine Klimaanlage ist vor zwei Wochen kaputtgegangen, und ich bin einfach noch nicht dazu gekommen, sie reparieren zu lassen.« Überall, auf dem Couchtisch, dem Sofa und auf dem Fußboden lagen Papierstapel, und schon im Wohnzimmer zählte Devlin drei Pinnwände. Eine hing voller Tatort-Fotos. Auf einer anderen war die Organisation des Golf-Kartells dargestellt, mit Karten der verschiedenen Korridore in den Vereinigten Staaten, wobei bestimmte Autobahnen und Staatsstraßen markiert waren.

»Ich muss mich für das Chaos entschuldigen. Wie Sie sehen können, bin ich ein ziemlicher Workaholic.«

Devlin schwitzte bereits. Kalyn holte drei Diet Cokes aus dem Kühlschrank. Sie setzten sich aufs Sofa, tranken kalte Cola und fächelten sich mit Papierblättern Luft zu.

»Das ist mein Plan«, sagte Kalyn. »Wir lassen Devlin hier, und Sie und ich, Will, fahren zu Mr Estradas Wohnhaus, um zu sehen, ob Sie ihn identifizieren können.«

»Ich dachte, ich müsste ihn bei einer Aufstellung identifizieren. Das haben Sie doch …«

»Nein, wir fahren einfach vorbei. Machen Sie sich keine Sorgen. Sie sitzen vorne bei mir. Das ist kein Problem.«

»Aber ich dachte, Sie hätten ihn schon …«

»Nein, wir können ihn doch nicht verhaften, bevor Sie ihn nicht identifiziert haben.«

Devlin blickte ihren Vater an.

»Ist meine Tochter denn hier sicher?«, fragte er.

»Ihr passiert nichts. Sie kann fernsehen. Ich habe zwar kein Kabel, aber über Satellit kann man alles empfangen.«

Das Letzte, was Devlin wollte, war, den ganzen Nachmittag in dieser heißen, ekligen Wohnung zu verbringen.

»Ich will mitkommen«, sagte sie.

»Du hast doch gehört, was Miss Sharp gesagt hat.«

»Dad!«

Ihr Vater stand auf. »Komm mal mit, Dev.« Er blickte Kalyn an. »Ich muss mal kurz mit ihr unter vier Augen sprechen.«

Devlin folgte Will in den Flur und schloss die Tür hinter sich. Sie stellte sich ans Geländer und blickte auf den heruntergekommenen Hof.

»Hör mir zu«, flüsterte er. »Mir ist klar, dass du hier nicht bleiben willst, und ich mache dir auch keinen Vorwurf deshalb. Ich weiß selber noch nicht, was hier gespielt wird. Es fühlt sich nicht gut an, aber wir sind auf sie angewiesen. Wenn du Angst bekommst, wenn irgendetwas passiert, während wir weg sind, rufst du mich einfach auf deinem Handy an. Dann komme ich und hole dich.«

»Ich will einfach nur nach Hause. Wir wollten heute Abend bei Lisa übernachten.«

»Ich weiß, Baby. Ich mache das jetzt, und dann sind wir wieder weg. Wenn es sein muss, fliegen wir nach Colorado.«

»Versprichst du mir das?«

»Ich verspreche es dir. Du kannst dir heute eine Menge Punkte verdienen.«

»Gehst du mit mir nach Durango shoppen?«

»Ja.«

»Darf ich mir so viel aussuchen, wie ich will?«

»Okay.«

»Für dreihundert Dollar?«

»Zweihundertfünfzig.«

Devlin lächelte. »Na gut. Aber ich erinnere dich daran.«

16

Fünfzehn Minuten von ihrer Wohnung entfernt bog Kalyn in die Einfahrt eines fünfstöckigen Bürogebäudes ein und hielt auf einem Parkplatz in der Nähe des Eingangs.

»Ist er hier?«, fragte Will.

»Nein, das ist unser Büro. Ich muss nur rasch etwas holen.«

Kalyn verließ den Buick und lief ins Gebäude.

Fünf Minuten später kam sie zurück, sprang ins Auto und fuhr los.

Die Straße nach Scottsdale war von Palmen gesäumt.

»Und wie soll es jetzt genau ablaufen?«, fragte Will.

»Ich muss zugeben, dass ich nicht wild darauf bin, es so zu machen«, sagte sie.

Will lachte nervös. »Das geht mir genauso.«

»Zuerst müssen wir nachsehen, ob er zu Hause ist. Wenn ja, nehme ich ihn fest und komme mit ihm zum Auto. Je nachdem, ob Sie ihn erkennen oder nicht, können Sie den Daumen heben oder senken.«

»Und wenn ich ihn nicht erkenne?«

»Das ist der Typ«, sagte sie.

»Aber wenn ich ihn nicht …«

»Kann ich Ihnen etwas anvertrauen?«

»Nur zu.« Sie krochen mit zehn Stundenkilometern durch Fußgängerzonen.

»Das Dilemma ist Folgendes: Mr Estrada wird für so einiges gesucht, und das meiste davon ist leichter nachzuweisen als Menschenhandel. Wenn Sie ihn von Anfang an identifizieren, wird es einfacher. Vielleicht bekommen wir ja ein paar Antworten. Wenn nicht, na ja, dann schnappt ihn sich vielleicht ein anderer. Die Grenzkontrolle. Die Polizei von Phoenix. Die mexikanischen Behörden. Und dann können wir es vergessen, gegen ihn zu ermitteln wegen dem, was er mit Ihrer Frau gemacht hat. Dann werden wir nie herausfinden, was mit ihr passiert ist. Und was dann mit der Anklage gegen Sie wird, kann ich nicht abschätzen.«

»Wird es denn normalerweise so gehandhabt?«

»Nein.«

»Ist es legal?«

Kalyn blickte ihn an. »Eines sollten Sie über FBI-Agenten wissen.«

»Was?«

»Wir bewegen uns immer im Rahmen der Gesetze.«

Sie fuhren mittlerweile durch ein Villenviertel. Die Häuser waren lächerlich groß und überladen.

»Wie sind Sie Agentin geworden?«, fragte Will.

»Nach dem College war ich erst einmal vier Jahre lang Polizistin. Dann studierte ich Jura und ging auf die Akademie. Der übliche Weg.«

»Wussten Sie immer schon …«

»Hören Sie mal, ich kann so ein Gespräch im Moment nicht führen. Ich versuche, einen klaren Kopf für den Zugriff zu behalten.«

Schweigend fuhren sie eine Zeit lang weiter, und dann bog Kalyn in eine bewachte Siedlung ein. Am Torhäuschen zeigte sie ihren Ausweis. Das Tor ging auf, und sie fuhren an den protzigsten Villen vorbei, die Will je gesehen hatte. Die meisten hatten mindestens tausend Quadratmeter Wohnfläche und Einfahrten, die aussahen wie Handelsniederlassungen von Jaguar und Porsche.

Sie folgten dem Superstition View Boulevard einen felsigen Hügel mit Wüstenflora hinauf. Die Grundstücke waren exquisit und exotisch angelegt. Hunderte von Kakteen. Yuccas. Felsen statt Rasen.

Etwa einen halben Kilometer vom Wachhäuschen entfernt hielt Kalyn am Straßenrand.

»Ist es hier?«, fragte Will.

»Das Haus rechts daneben. Haben Sie Ihr Handy dabei?«

»Ja.«

Kalyn nahm ihres aus ihrer Handtasche. »Geben Sie mir Ihre Nummer.« Sie programmierte Wills Nummer ein, dann schaltete sie den Motor aus und öffnete die Tür.

»Warten Sie. Ich dachte …«

Sie warf ihm die Schlüssel zu und sagte: »Lassen Sie Ihr Handy an und setzen Sie sich auf den Fahrersitz.«

»Nein, ich will wissen, was genau jetzt …« Sie schlug die Tür zu. Mit raschen Schritten ging sie die Straße entlang und verschwand hinter einer Hecke. Er rutschte hinter das Lenkrad. Da die Klimaanlage aus war, wurde die Hitze bald schon unerträglich.

Will schwitzte wieder. Das fühlte sich alles falsch an.

Er drehte sich um und blickte durch das Rückfenster. Die Straße führte den Berg hinauf und lag einige Hundert Meter über Scottsdale. Die Aussicht von hier oben war großartig. Die Berge im Osten schimmerten mythisch in der Nachmittagssonne.

Er dachte an Devlin. Hoffentlich hatte sie etwas gefunden, um sich die Zeit zu vertreiben.

Sein Handy klingelte. Kalyn rief an.

»Bringen Sie das Auto jetzt in die Einfahrt.« Im Hintergrund war Lärm zu hören.

»Haben Sie …« Sie legte auf. Will ließ den Wagen an, gab ein wenig Gas und fuhr auf die Einfahrt zu. Innerlich wappnete er sich davor, gleich dem Mann zu begegnen, der Rachael entführt hatte. Überraschenderweise war er nicht wütend, nur nervös und ängstlich. Er wollte es endlich hinter sich bringen und mit Devlin wieder nach Colorado fahren.

Als er in die Einfahrt bog, sah er aus den Augenwinkeln das ausgedehnte, mehrstöckige Anwesen, viel Stahl, Glas und Lehmziegel, wie aus einem Architektur-Handbuch. Im Vorgarten stand ein ganzer Wald von Saguaros und Säulenkakteen. Zwei Autos – ein schwarzer Landrover und ein silberner Lotus.

Er hielt hinter dem Sportwagen. Seine Handflächen waren feucht. *Wo bleibst du, Kalyn?* Mit jeder Sekunde, die verging, wurde die Angelegenheit schlimmer und schlimmer.

Schließlich ging die Haustür auf. Ihm war schwindlig, und er holte tief Luft. *Jetzt geht es los.* Aber ein Junge trat aus der Tür. Er hatte dunkle Haare, dunkle Augen und hellbraune Haut. Neben ihm ging eine dünne Blondine in Hotpants und einem violetten Trägertop, mit rotem Gesicht, barfuß, die Hände hinter dem Rücken gefesselt.

Sie kamen aufs Auto zu. Kalyn folgte ihnen, eine Pistole in der Hand. *Was zum Teufel sollte das?* Kalyn öffnete die Tür hinter dem Fahrersitz, und der Junge und die Frau stiegen ein. Die Frau weinte, der Junge war ruhig und sagte keinen Ton.

Kalyn stieg auf der Beifahrerseite ein und schlug die Tür zu.

»Sie haben nicht das Recht dazu!«, sagte die Frau.

Kalyn hockte sich auf den Beifahrersitz und drehte sich um. Sie blickte den Jungen an. »Wie heißt du?«, fragte sie. Er warf seiner Mutter einen Blick zu. »Du brauchst sie nicht anzusehen. Ich habe dich gefragt …«

»Wagen Sie es nicht, so mit meinem Sohn zu reden, Sie Stück Sch…«

»Raphael«, sagte er.

»Wie alt bist du?«

»Elf.«

»Raphael, ich möchte, dass du mir einen Gefallen tust und deine Mutter anschnallst.« Er beugte sich zu ihr herüber und schnallte sie an. »Und jetzt schnall dich bitte ebenfalls an.« Als er das getan hatte, legte Kalyn ihm ebenfalls Handschellen an. »Sind sie zu eng?« Er schüttelte den Kopf. »Fahren Sie los«, sagte sie zu Will.

»Haben Sie sie festgenommen?«

»Wonach sieht es denn aus?«

»Davon haben Sie vorher nichts gesagt.«

»Jetzt ist es eben so.«

»Ich fühle mich nicht wohl …«

»Fahren Sie, Will.« Er legte den Rückwärtsgang ein und fuhr aus der Einfahrt.

»Sie sind tot«, sagte die Frau.

Will blickte in den Rückspiegel und sah, wie sie wütend die Augen zusammenkniff. Die Wimperntusche lief ihr über die Wangen. »Jav nimmt Sie auseinander. Sie haben keine Ahnung, was Sie da gerade getan haben. Sie haben gerade sich, Ihre Familie, Freunde, alle, die Sie jemals gekannt haben, umgebracht.«

»Wo ist er, Misty?«, fragte Kalyn.

Misty spuckte ihr ins Gesicht.

Will bog auf die Hauptstraße ein und fuhr den Hügel hinunter zum Torhaus.

»Wo ist dein Vater heute, Raphael?«, fragte Kalyn und wischte sich übers Gesicht. »Im Boulders?«

Er schwieg.

Will sah nicht, wie es passierte, aber er hörte den Knochen knacken.

»Scheiße!« Misty heulte laut. Im Rückspiegel sah Will, dass Blut aus ihrer Nase floss. Auch Raphael weinte. Will verriss das Steuer.

»Das kannst du nicht tun! Ich habe Rechte, du Luder!«

»Die Frau von Javier Estrada sagt besser nichts über Rechte zu mir. Und jetzt werde ich den Kopf deines Sohnes platzen lassen, direkt vor deinen Augen, wenn du mir nicht sofort sagst, wo dein Mann ist.«

»Kalyn, was …«

»Das kannst du nicht tun!«, schrie Misty.

Kalyn hob die Glock.

»Im The Boulders.«

Oh, mein Gott, dachte Will. *Oh, mein Gott.* Sie näherten sich dem Wachhäuschen und dem Haupteingang. Kalyn drehte sich um und setzte sich wieder auf ihren Sitz.

»Im Rahmen des Gesetzes?«, sagte Will leise. »War das etwa im Rahmen des Gesetzes?«

Die Tore gingen auf. Sie fuhren hindurch. Will trat das Gaspedal durch. Innerlich kochte er, und nach einem Kilometer bremste er und fuhr an den Straßenrand. Er schaltete den Motor aus, öffnete seine Tür und sprang hinaus in die brütende Hitze.

Kalyn stieg ebenfalls aus und kam zu ihm herum.

»Ich will sofort Ihren Ausweis sehen …«

»Hören Sie zu.«

»Sie haben der Frau die Nase gebrochen und gedroht, ihren Sohn zu verletzen. Zeigen Sie mir Ihren …«

»Ich war Agentin.«

»*Sie waren?*«

»Hören Sie mir zu, Will. Bitte.«

Er blickte ins Auto. »Ich bin raus«, sagte er. »Ich mache nicht mehr mit.«

Sie ergriff seinen Arm. »Ich war Agentin bis vor einem Jahr. Sie haben mich diesen Fall nicht öffnen lassen, aber ich habe trotzdem ermittelt und dazu Ressourcen des FBI benutzt.«

»Sie sind gefeuert worden.«

»Niemand hat auch nur einen Finger krumm gemacht, um herauszufinden, was mit diesen Frauen passiert war.«

»Sie sind gefeuert worden.«

»Ja.«

»Na, das ist … das ist einfach toll. Sie haben mich in diese Sache hineinmanipuliert.«

»Ich kann Javier nicht alleine zur Strecke bringen. Ich brauche Sie.«

»Meine Tochter braucht mich auch.«

»Ich weiß, dass Sie Angst haben«, sagte sie. »Ich verstehe das. Aber wir sind ganz nahe dran, den Mann zu finden, der Ihre Frau entführt hat. *Ganz* nahe.«

»Sie ist nicht mehr da. Tot. Ich muss mich um meine Tochter kümmern. Er ist es nicht wert, dass ich ins Gefängnis gehe.«

»Ist Ihre Frau es wert?«

»Wovon reden Sie?«

»Wenn sie nun noch lebt, Will?«

»Sie lebt nicht mehr. Es ist fünf Jahre her …«

»Aber wenn doch? Würde sich für Sie diese Möglichkeit nicht lohnen? Ich habe Sie mit Javier angelogen. Niemand hat etwas gegen ihn in der Hand. Nur ich. Und heute haben wir die Chance, mit ihm zu reden.«

»Sie haben Ihre Karriere für diese Frauen weggeworfen? Das ergibt keinen …«

»Erinnern Sie sich noch an die Fotos, die ich Ihnen gestern Abend gezeigt habe?«

»Ja.«

»Lucy Dahl? Erinnern Sie sich an sie?«

»Ja. Und?«

»Ihr Mädchenname war Sharp. Sie war meine jüngere Schwester. Begreifen Sie immer noch nicht? Javier hat Ihre Frau und meine Schwester entführt. Möchten Sie nicht auch gerne wissen, wo sie sind? Würden Sie ihm nicht auch gerne ein oder zwei Fragen stellen?«

»Ja, aber …«

»Nun, diese Information wird Ihnen niemand anderer geben können, und das ist der Preis. Das kostet es. Also, reißen Sie sich zusammen.«

»Ich habe so etwas noch nie getan, und ich kann es nicht riskieren, ins Gefängnis zu gehen.«

»Sie müssen doch sowieso ins Gefängnis für den Mord an Ihrer Frau.«

»Was soll das werden? Erpressung?«

»Ich täte es ungern, aber wenn es sein muss, bringe ich Sie hinter Gitter, Will. Vielleicht wende ich mich ans FBI. Vielleicht interessieren Sie sich ja auch für den Fall meiner Schwester. Sie brauchen nicht zu glauben, dass ich dazu nicht fähig wäre, Will, wenn Sie meinen Zugriff auf Javier gefährden.«
Will starrte einem vorbeifahrenden Auto nach. Der Asphalt

flirrte vor Hitze. »Ich habe Sie an den Eiern, Will. Ein anderes Spiel gibt es nicht.«

»Wir reden mit ihm«, sagte Will. »Aber mehr nicht. Wir reden nur.«

17

Fünf Minuten später fuhr Will den Buick auf den Parkplatz einer verlassenen Mall, die anscheinend vor Kurzem ausgebrannt war. Es war vier Uhr nachmittags, und die Schatten wurden bereits länger. Kalyn half Misty und Raphael aus dem Wagen, nahm dem Jungen die Handschellen ab und führte die beiden mit vorgehaltener Pistole durch das geborstene Schaufenster eines Ladens. Will folgte ihnen.

Drinnen war es dunkel, und es roch verbrannt. Kalyn hatte eine Taschenlampe mitgebracht und ließ den Lichtstrahl durch das Kaufhaus wandern, während sie den Gang entlanggingen, vorbei an der Schuhabteilung. Je tiefer sie vordrangen, desto stechender roch es nach geschmolzenem Plastik, Glas und Linoleum. Überall im Laden standen Kleiderständer herum, an denen angesengte Kleider hingen. Will wusste nicht, ob es am Gestank oder an seiner Angst wegen der Situation lag, aber ihm war übel.

»Was tun wir hier?«, fragte Misty. Sie bekam keine Antwort. »Meine Nase brennt.«

In der hintersten Ecke des Ladens befand sich die Kinderabteilung.

»Geht zu den Umkleidekabinen«, sagte Kalyn.

Misty weinte wieder. Kalyn stieß die Tür der hintersten Umkleidekabine auf. Auf dem Boden lagen zwei Schlafsäcke, ein Stapel Taschenbücher, vier Taschenlampen, zwei Kisten mit Wasserflaschen und eine große Segeltuchtasche voll mit nicht verderblichen Lebensmitteln.

»Was ist das?«, fragte Misty.

»Setzt euch, beide.« Kalyn öffnete Raphaels und Mistys Handschellen und schloss sie dann an die Metallbeine einer im Fußboden verschraubten Bank an. Sie stellte das Wasser, das Essen und die Taschenlampen in Reichweite.

»Wollen Sie uns hier etwa alleine lassen?«, fragte Misty.

»Denken Sie daran, wie verängstigt die Frauen gewesen sein müssen, die Ihr Mann gekidnappt hat.«

»Ich weiß nicht, wovon Sie reden.«

»Ja, klar. Finde ich ihn in The Boulders?«

»Ja.«

»Sie sollten mich besser nicht anlügen.«

»Ich lüge nicht.«

»Wenn Sie mir die Wahrheit gesagt haben, holt die Polizei Sie heute Abend hier ab. Wenn nicht, komme ich, und dann möge Gott Ihnen helfen.« Sie blickte Raphael an. »Dir wird nichts passieren, okay? Du musst nur noch ein bisschen tapfer sein.«

Als Kalyn und Will die Umkleidekabine verließen, schrie Misty hinter ihnen her. Ihre Stimme erfüllte den dunklen, leeren Laden.

18

Jetzt setzte sich Kalyn ans Steuer und fuhr in nördlicher Richtung die Scottsdale Road entlang.

Will starrte aus dem Fenster, und trotz der Angst musste er zugeben, dass ein Teil von ihm unbedingt Javier Estrada treffen wollte.

Er zog sein Handy heraus.

»Was haben Sie vor?«, fragte Kalyn.

»Ich rufe meine Tochter an.«

Devlin nahm beim ersten Klingeln ab. »Hey, Dad.«

Der Klang ihrer Stimme machte ihn fertig. »Was machst du gerade, Baby?«

»Ich schaue mir eine Kochshow auf PBS an.«

»Wie ist sie?«

»Ganz großartig«, sagte sie gedehnt. »Bist du bald so weit? Kalyn hat noch weniger Kanäle als wir.«

»Noch nicht.«

Sie schwieg, dann sagte sie: »Hast du ihn gesehen?«

»Ich kann jetzt nicht reden, Süße. Ich erzähle es dir später. Ich wollte rasch nach dir hören.«

Er klappte sein Handy zu.

Nördlich von Scottsdale fuhren sie durch das Tor von The Boulders, dem legendären Sechsunddreißig-Loch-Golfplatz in den Hügeln am Rand der Wüste.

»Spielen Sie?«, fragte Kalyn, als sie sich dem Clubhaus näherten.

»Früher einmal.«

»Wie finden wir denn am besten heraus, ob der Typ irgendwo da draußen ist?«

»Das ist ein sehr schöner Golfplatz. Er brauchte bestimmt eine Reservierung, deshalb fangen wir am besten im Pro-Shop an.«

Kalyn fuhr in eine Parklücke, und gemeinsam gingen sie in den Pro-Shop. Der Mann hinter dem Tresen war in den Vierzigern, mit golden gebräunter Haut und braunen, sonnengesträhnten Haaren. Er strahlte die Überlegenheit eines Mannes aus, der überzeugt von sich und seinem Talent als lokaler Golf-Profi ist, aber anscheinend fehlte ihm doch etwas Entscheidendes, da es nur zum Clubtrainer reichte. Auf seinem Namensschild stand Dan.

»Kann ich Ihnen behilflich sein?«, fragte er. Kalyn griff in ihre Tasche und zog ihren abgelaufenen FBI-Ausweis heraus. Sie klappte ihn auf und beobachtete dabei aufmerksam Dans Augen. Schockiert blickte er auf die großen blauen Buchstaben FBI.

Kalyn klappte den Ausweis wieder zu. »Ich weiß nicht, ob Sie uns helfen können, Dan. Wir suchen einen Herrn namens Javier Estrada. Ich glaube, er spielt hier gerade.«

Der Club-Profi trat hinter einen Computer und begann zu tippen.

»Sie brauchen doch keinen Durchsuchungsbefehl, oder?«, fragte er.

Erwischt, dachte Will. *Pass bloß auf, Kalyn.*

»Nein, Sir«, sagte sie. »Einen Durchsuchungsbefehl bräuchte ich nur, wenn ich wissen wollte, wie oft er im letzten Monat gespielt hat, oder wenn ich seinen Schrank durchsuchen wollte.«

»Worum geht es denn?« Er tippte immer noch.

»Es tut mir leid, das kann ich Ihnen nicht sagen. Kennen Sie Mr Estrada?«

»Ich habe ihm letzten Monat einige Privatstunden gegeben. Seine Trinkgelder sind äußerst großzügig.«

»Sehen Sie mich an, Sir.« Dan blickte auf. »Ich werde Mr Estrada nicht sagen, welche Informationen Sie uns gegeben haben, und Sie täten gut daran, mit ihm nicht darüber zu sprechen. Er ist ein gefährlicher Mann.« Dans Augen glitten wieder zum Computerbildschirm.

»Er spielt seit halb zwei auf dem Nord-Course«, sagte er.

»Können Sie uns genau sagen, an welchem Loch er jetzt gerade ist?«

Die Tür zum Pro-Shop öffnete sich.

»Nein, aber er müsste ...« Dan blickte auf. Sein gebräuntes Gesicht wurde ein bisschen blasser. Aber rasch fing er sich und lächelte strahlend. »Javier!«, sagte er. »Wie ist es denn heute gelaufen?«

»Siebenundsiebzig.«

Will hörte Stolz und einen schwachen Akzent in der Stimme des Mannes. Javier Estrada trat neben Kalyn. Er trug Knickers im Payne-Stewart-Stil, und der weiße Kragen seines Hemdes war dunkel von Schweiß. Mit seiner Golfkappe fächelte er sich Luft zu.

Will wandte sich von der Theke ab, und Kalyn hakte sich bei ihm ein, als ob sie sich die Schläger und Golftaschen anschauen würden, die ausgestellt waren.

»Siebenundsiebzig?«, sagte Dan. »Nein. Das glaube ich jetzt nicht.«

»Können Sie sich noch an das Ding erinnern, das Sie mir gezeigt haben? Diese leichte Drehung mit dem Handgelenk? Sie sind ein wahres Genie!«

»Nun, das freut mich für Sie, Jav. Das ist wirklich toll! Toll!«

»Ich hätte nur fünfundsiebzig gebraucht, wenn nicht hinten dieses Par Five gewesen wäre.«

»Fünfzehn?«

»Ich habe vier Anläufe genommen. Dieses Green war viel langsamer als die anderen.«

»Wissen Sie«, sagte Dan und beugte sich vertraulich vor, »das ist nicht die erste Beschwerde, die ich heute über dieses Green höre. Unter uns, einer der Platzwarte hat es zu stark gewässert.«

»Wer? Welcher Platzwart?«

»Brian.«

»Dann hat Brian mich um meine persönliche Bestleistung gebracht.«

»Kommen Sie am Montag zur Stunde?«

»Absolut. Geben Sie mir einen Eimer Bälle. Ich muss noch ein bisschen auf Sand üben, bevor ich nach Hause fahre.«

Kalyn parkte ihren Buick an der Seite des Clubhauses, damit sie die Driving Range im Auge hatten. Die Sonne ging gerade unter, und die Felsformationen schimmerten rosig. Die Fairways sahen aus wie mit Gold überzogen.

»Ich muss zugeben«, sagte Will, »dass es nicht ganz zu dem bösen Alpha passt, ihn hier in schicker Golfkleidung zu sehen.«

»Haben Sie Ihr Handy an?«, fragte Kalyn.

»Ja.«

»Programmieren Sie meine Nummer.« Sie gab sie ihm. »Wenn er anfängt zusammenzupacken, rufen Sie mich an.« Sie ergriff ihre Tasche und machte die Tür auf.

»Wohin gehen Sie?« Sie stieg aus und ließ Will in der heißen Stille sitzen, hundert Meter von der Driving Range entfernt.

Mit seinem geschmeidigen, flüssigen Schlag schlug Javier die meisten Bälle auf das nächstgelegene Green. Nach einer Weile zog er seinen Driver heraus und bereitete seinen Abschlag vor. Er stellte sich in Position, drehte die Hüften, blickte auf den Ball und nickte. Das machte er ungefähr fünfzehn Sekunden lang, dann holte er aus und schwang den Schläger nach vorne. Will hörte, wie der Titanium-Schläger auf den Ball traf. Javier folgte ihm mit dem Blick, erstarrte und sah dann zu, wie der Ball nach hinten auf die Range flog.

Will war überraschend ruhig, als er diesem kriminellen Entführer und Drogenhändler zuschaute. *Das liegt daran, weil du nicht wirklich daran glaubst, dass du mit dem, was du vorhast, durchkommst.* Javier schlug den letzten Ball und schob den Driver in die Golftasche zurück.

Will klappte sein Handy auf und rief Kalyn an. »Er hängt sich gerade die Tasche über die Schulter.«

»Warte auf mich. Ich komme zurück zu dir.«

Will klappte sein Handy zu. Javier kam direkt auf ihn zu. Will hörte das Knirschen seiner Golf-Spikes auf dem Pflaster. Javier ging an seinem Fenster vorbei. Er roch nach Rasierwasser und Schweiß. Er trug eine Ray-Ban-Sonnenbrille, und es gefiel Will nicht, dass er nicht sehen konnte, wohin der Mann blickte. Im Seitenspiegel beobachtete er, wie Javier ins Clubhaus verschwand. Dann starrte er durch die Windschutzscheibe, aber er konnte sich nicht konzentrieren. Immer wieder glitt sein Blick zum Seitenspiegel.

Beruhige dich. Beruhige dich. Beruhige …

Jemand klopfte ans Fenster auf der Fahrerseite. Er zuckte zusammen, aber es war nur Kalyn. Will entriegelte die Tür, und sie stieg ein und setzte sich hinters Steuer.

»Was haben Sie gemacht?«, fragte er.

Sie ließ den Wagen an und legte den Rückwärtsgang ein. »Das werden Sie schon sehen.«

19

Der neue Escalade wurde langsamer, als sie sich dem Eingang von The Boulders näherten, und blinkte nach rechts.

»Was haben Sie gemacht?«, fragte Will erneut.

Kalyn warf ihm einen Blick von der Seite zu und grinste verschmitzt. Der Escalade bog auf die N. Tom Darlington Road. Sie folgten ihm.

»Tun Sie mir einen Gefallen«, sagte Kalyn. »Greifen Sie in meine Tasche und holen die Glock heraus. Sie haben doch schon einmal eine Waffe in der Hand gehabt, oder?«

»Ja, vor etwa zwanzig Jahren im Webelos Camp.« Will zog eine kleine halbautomatische Pistole aus der Tasche. »Ist sie geladen?«, fragte er.

»Ja. Und jetzt entsichern Sie sie vorsichtig.«

»Ja.«

»Jetzt können Sie sie wieder zurücklegen.« Durch die Windschutzscheibe sah Will, dass mit Javiers SUV, der etwa hundert Meter vor ihnen war, etwas nicht in Ordnung war. Er zog immer wieder zum Straßenrand.

»Warum hält er die Spur nicht?«

Kalyn lächelte wieder.

»O Gott«, sagte er. »Das haben Sie gemacht.«

Nach einem Kilometer fuhr Javier rechts an den Straßenrand und hielt. Offensichtlich war der rechte Vorderreifen platt. Kalyn wurde langsamer und hielt vor dem Escalade.

Sie schaltete den Motor ab und wandte sich zu Will. »Sind Sie bereit?«

»Nein.«

»Hören Sie zu. Wenn Sie genau tun, was ich sage, passiert Ihnen nichts.« Will blickte in den Seitenspiegel und sah, wie die Fahrertür des Escalade aufging. »Wenn wir zurückkommen«, sagte Kalyn, »gehen Sie hinters Steuer. Javier sitzt auf dem Beifahrersitz, und ich bin hinten mit der Pistole.« Kalyn griff in die Tasche und holte die Glock heraus. Will sah, wie Javier sich vor den platten Reifen hockte. Die Sonnenbrille hatte er abgenommen und hielt sie in der Hand. Mit der Handfläche der anderen Hand fuhr er über den Reifen.

Kalyn schob die Glock in ein Schulterhalfter, das von ihrem Jackett verdeckt wurde.

»Wenn er erst einmal im Auto ist, gibt es kein Zurück mehr, Will. Das verstehen Sie doch, oder?«

Will holte tief Luft, öffnete die Tür und stieg aus.

Es herrschte nur wenig Verkehr, und in diesem Bereich der Straße außerhalb von Scottsdale war es besonders leer. Will ging durch den Kopf, was in den letzten beiden Stunden passiert war, als sie auf den Escalade zugingen. Wie schnell doch alles gegangen ist, dachte er und versuchte, das Zittern seiner Hände unter Kontrolle zu bringen.

Kalyn fuhr sich mit der Zunge über den Gaumen, damit sie überhaupt sprechen konnte. Entweder nahm er es ihnen ab, oder sie konnten alles vergessen. Sie rieb ihre Hände an ihrem Rock.

Javier blickte auf, als sie näher kamen, und Kalyn lächelte breit. Sie kam ursprünglich aus Texas, und jetzt setzte sie den Akzent wieder ein, den sie sich mit solcher Mühe abgewöhnt hatte.

»Haben Sie einen Platten?«

Javier nickte, und Will versuchte, seinen Gesichtsausdruck zu deuten. Er fragte sich, ob er wohl eine Pistole dabeihatte, aber eigentlich war er sich sicher, dass sich irgendwo im Escalade eine Waffe befand. Javier lächelte unverbindlich, ohne jede Wärme, und Will konnte nur hoffen, dass Kalyns grauenhafter Akzent ihn genügend ablenkte.

»Sind Sie über etwas Spitzes gefahren?«, fragte Kalyn. »Haben Sie einen Ersatzreifen?«

Javier seufzte. »Ja, habe ich.« Er musterte sie prüfend. »Kann ich Sie etwas fragen?«, sagte er.

»Was?«

»Ich bin sicher, ich habe Sie heute schon gesehen. Können Sie mir sagen, wo?«

»Ich habe Sie noch nie in meinem Leben gesehen. Ich habe nur angehalten, um Hilfe anzu…«

»Ah ja. Im Pro-Shop. Sie haben mit Dan gesprochen, als ich vom Platz kam.« Javiers Blick glitt zu Will und wieder zu Kalyn. »Und das ist der Herr, mit dem Sie zusammen waren?«

Will überlegte, wie schnell sich Javier wohl bewegen konnte. Sie waren noch etwa drei Meter von ihm entfernt. *Zieh jetzt, Kalyn.*

Javier sagte: »Ihre Handflächen sind feucht.«

Zieh.

»Sie möchten gerne nach der Pistole unter Ihrem Jackett greifen. Da ich Sie nicht kenne, ist meine Sorge, dass Sie es zu schnell tun und mich vielleicht erschießen, bevor ich Ihnen einen Grund dazu gebe. Also lassen Sie uns diese Möglichkeiten vermeiden. Treten Sie zwei Schritte zurück und ziehen Sie langsam die Waffe. Hier sind meine Hände. Ich bin unbewaffnet. Ich werde mich nicht bewegen.«

Kalyn trat zurück, griff in ihr Jackett, zog die Glock und hielt sie tief, während sie um ihn herumging. »Auf die Knie«, sagte sie. Er gehorchte. »Jetzt legen Sie die Hände hinter den Kopf und verschränken Sie die Finger. Will vertraute darauf, dass Kalyn die Situation jetzt im Griff hatte. Der Escalade schirmte sie vor den Autos, die vorbeifuhren, ab. Sie zog Handschellen aus der Innentasche ihrer Jacke und legte sie um Javiers rechtes Handgelenk. »Legen Sie sich flach auf den Boden, die Hände auf den Rücken.«

Javier protestierte nicht, sondern legte sich flach auf den Asphalt.

Sie schloss die Handschelle auch um sein anderes Handgelenk.

»Stehen Sie langsam auf.« Er rollte sich auf den Rücken, setzte sich auf und erhob sich. »Treten Sie an Ihr Auto, lehnen Sie sich dagegen und spreizen die Beine.« Sie tastete ihn ab, fand aber nur seine Brieftasche und einen BlackBerry in den Hosentaschen. »Und jetzt gehen Sie zu *meinem* Auto.«

20

Die Beifahrertür ging auf. Javier Estrada zog den Kopf ein und setzte sich auf den Beifahrersitz.

»Schnallen Sie ihn an«, sagte Kalyn. Will zögerte. »Er trägt Handschellen, und er hat keine Waffe. Es ist schon okay.« Will spürte, wie Javier sein Gesicht musterte, als er ihm den Gurt anlegte. Kalyn schloss die Tür und setzte sich hinter ihn auf die Rückbank. »Javier«, sagte sie, »nur damit das klar ist: Ich habe eine Glock auf deinen Rücken gerichtet. Fahren Sie los, Will, aber nicht zu schnell. Sie brauchen keine roten Ampeln zu überfahren, und verwickeln Sie uns nicht in einen Autounfall.«

Im Wagen war es totenstill. Kein Radio, niemand sagte etwas, als sie durch Scottsdale fuhren. Javier starrte stumm geradeaus. Will beobachtete ihn aus den Augenwinkeln, wenn sie an einer Ampel hielten. Der Mann wirkte völlig entspannt.

Als sie sich der Autobahn näherten, sagte Kalyn: »Nehmen Sie den Highway Sixty nach Osten.«

Zum ersten Mal machte Javier den Mund auf. »Ah, die Superstitions. Habe ich recht?« Niemand antwortete. »Ich hatte dort draußen mal geschäftlich zu tun. Das war übrigens eine exzellente Festnahme. Sehr kreativ. Überraschend. Und der Akzent. Wundervoll. Ich habe einen Fehler gemacht. Ich hätte diese Situation sehr leicht vermeiden können. Ich habe eine Fünfundvierziger Smith und Wesson unter meinem Sitz, und eigentlich wollte ich schon nach ihr greifen, bevor ich ausgestiegen bin. Aus Gewohnheit, verstehen Sie. Aber ich habe es nicht getan. Hätte ich sie mitgenommen«, er begegnete Kalyns Blick im Rückspiegel, »dann wären Sie jetzt tot.« Er blickte Will an. »Und Sie auch.«

Sie fuhren Richtung Osten. Die Sonne sank, und die Berge in der Ferne wirkten im Dämmerlicht größer und schärfer.

»Ich habe eine Frage an Sie«, sagte Kalyn. »Erinnert Sie Ihre Situation an etwas?«

»Ich verstehe nicht.«

»Nun, beinahe hätte ich noch eine Brechstange mitgebracht … irgendetwas womit man das Fenster auf der Fahrerseite einschlagen kann. Vielleicht hätten Sie dann ja gemerkt, was passiert ist.«

Javier schüttelte den Kopf. »Es tut mir leid. Ich weiß nicht, was Sie meinen.«

»Keine Sorge. Es wird Ihnen schon noch einfallen.«

Die Sonne war nur noch ein flammend roter Streifen im Westen, als Will an der Ranger-Station in den Lost Dutchman State Park hineinfuhr.

Kalyn sagte ihm, er solle am ersten Picknick-Platz halten.

Es war schon spät. Auf dem Parkplatz standen nur noch zwei weitere Autos. Beide leer. Keine Wanderer in Sicht. Dahinter lag kilometerweit die Wüste im Dämmerlicht und dahinter die Superstitions, die Gipfel noch von der Sonne beschienen, während der Fuß bereits in der Dunkelheit lag.

Will machte den Motor aus.

Bis auf den Wind war es völlig still. Der Wagen schaukelte unmerklich.

»Und?«, sagte Kalyn. »Wissen Sie es immer noch nicht?«

Javier lächelte. »Glauben Sie bloß nicht, dass Sie die Einzigen sind, die sich gerne mit mir in dieser Situation befänden. Ich habe viele Feinde. Aber auch Freunde. Und es sind meine Freunde, meine Brüder, es ist die Bedrohung, die sie darstellen, die meine Feinde in respektvoller Distanz hält. Mit mir ist nicht zu spaßen. Sie sind nicht bei der Polizei«, stellte Javier fest. »Obwohl Sie es vielleicht einmal waren. Will hier macht sich vor Angst fast in die Hose. Sie versuchen bis jetzt, sich so unpersönlich wie möglich zu geben, aber ich kann Ihre Wut spüren. Ihre Wut auf mich. Ich weiß nicht warum. Wollen Sie es mir sagen?«

Kalyn streckte die Hand aus und ließ vier Fotos in Javiers Schoß fallen.

»Legen Sie sie vor ihn, Will, damit er sie sehen kann.«

Will arrangierte die Fotos, zwei auf jedem Bein. Suzanne Tyrpak. Jill Dillon. Rachael Innis. Lucy Dahl. Javier betrachtete sie, blickte auf, zuckte mit den Schultern. Kalyn zog ihr Handy heraus und klappte es auf. Sie drückte auf ein paar Tasten, dann reichte sie Will das Gerät und sagte: »Zeigen Sie es ihm.« Er hielt Javier das Handy vors Gesicht. Javier betrachtete das Bild, dann wandte er den Kopf und blickte aus dem Seitenfenster.

»Ihr beiden«, sagte er mit leiser, mühsam beherrschter Stimme, »seid wahrscheinlich die mutigsten Leute, denen ich jemals begegnet bin.«

»Wollen Sie sich die Fotos nicht noch einmal anschauen?«, sagte Kalyn.

»Ist meine Familie noch am Leben? Unverletzt?«

»Im Moment noch.«

Javier nickte. »Ich würde gerne mit ihnen sprechen.«

»Das geht nicht.«

»Dann haben wir nichts mehr miteinander zu reden.«

Kalyn rutschte in die Mitte der Rückbank, sodass sie Javiers Gesicht sehen konnte. »Sehen Sie mich an«, sagte sie. »Ich erzähle Ihnen jetzt etwas, damit Sie verstehen, wie ernst wir es meinen. Damit Sie keinen Zweifel daran haben, was wir Ihnen, Misty *und* Raphael antun könnten. Sehen Sie die Fotos rechts? Das sind Rachael Innis, Wills Frau, und Lucy Dahl, meine Schwester. Sie können mir glauben, wenn Sie so weitermachen, werden Sie und Ihre Familie eine sehr lange, sehr schlimme Nacht haben.«

»Und wenn ich Ihnen die gewünschte Information geben würde?«

»Dann bleiben Sie am Leben. Wir sind nicht wie Sie, Javier.«

»Und ich? Mich werden Sie auf jeden Fall töten, oder? Egal, ob ich es Ihnen sage oder nicht.«

»Sie sagen uns, was wir wissen wollen, und ich fessele Sie hier mit den Handschellen an einen Picknicktisch. Vielleicht findet Sie morgen jemand. Es spielt keine Rolle. Bis dahin sind wir längst weg.«

»Ich denke nicht, dass ich Ihnen glaube. In der umgekehrten Situation würde ich Sie auch umbringen, wenn ich die gewünschte Information bekäme.«

»Was habe ich gerade gesagt? Wir sind nicht wie Sie.«

Er blickte erneut aus dem Fenster. Schließlich sagte er: »Ich fürchte, meine Information wird Ihnen nicht gefallen, da ich nur ein kleines Rädchen in einem großen Getriebe bin.«

»Sagen Sie uns einfach, was Sie wissen.«

Während er sprach, beobachtete er, wie die Schatten in der Wüste immer länger und tiefer wurden. An den Bergen stieg Dunst auf. »Es ist jedes Mal das Gleiche. Ein Mann namens Jonathan ruft mich an und sagt: ›Sie wollen wieder eine.‹ Und dann beginne ich mich umzusehen. Es gibt natürlich bestimmte Parameter. Weiß. Große dunkle Augen. Schwarze lockige Haare. Schön. Vermutlich gefällt ihnen mein Geschmack. Vielleicht gibt es aber irgendwo auch jemanden, der auf Blonde oder Rothaarige spezialisiert ist. Wenn ich sie gefunden habe, folge ich ihr ein paar Tage lang. Ich präge mir ihre Muster und Gewohnheiten ein. Und dann, wenn ich das Gefühl habe, der Zeitpunkt ist gekommen, dann rufe ich Jonathan an und sage es ihm. Wenn sie in meinem Besitz ist, rufe ich Jonathan erneut an, um Zeit und Ort zu bestimmen.«

»Wo?«

»Ich glaube, das sage ich Ihnen erst später. Für den Moment reicht es, wenn Sie wissen, dass es eine weite Reise ist. Wir treffen uns. Jonathan ist ein schwerer Mann, ein Lastwagenfahrer. Die Frau wird in den Trailer gebracht, und danach sehe ich sie nie mehr wieder. Irgendwann, fünf bis zehn Tage später, geht eine Überweisung auf einem meiner Auslandskonten ein.

Die Summe wird jedes Mal größer. Mit Jonathan rede ich nicht mehr, bis er das nächste Mal anruft und sagt: ›Sie wollen wieder eine.‹«

Kalyn wischte sich über die Augen. Sie konnte kaum sprechen. Flüsternd fragte sie: »Wie viele Frauen haben Sie schon entführt?«

»Fünf. Es ist eigentlich nicht typisch für mich, aber es ist gutes Geld.«

»Wie ist Jonathan gerade auf Sie gekommen?«

»Durch verschiedene Kanäle. Als wir das erste Mal zusammengearbeitet haben, erwähnte er einen wichtigen Namen. Den richtigen Namen, und ich habe mich darauf eingelassen.«

»Gibt es andere Personen wie Sie, die Jonathan benutzt?«

»Ich habe keine Ahnung. Ich stelle ihm keine Fragen.«

»Sehen Sie mich an, Javier«, sagte Will. Der Mann blickte ihn an. Will ergriff die Fotografie seiner Frau. »Ich möchte von dem Abend hören, als Sie sie entführt haben.« Er zitterte vor Angst, Wut und Trauer.

Javier blickte auf das Foto.

»Das ist schon eine Weile her.«

»Fünf Jahre. Meine Tochter vermisst ihre Mutter.«

»Ich habe sie zum ersten Mal gesehen, als sie aus einer Klinik in Sonoyta kam. An mehr erinnere ich mich nicht. Und an dem Abend, als ich sie mitgenommen habe, gab es ein schweres Gewitter.«

»Wie ging es ihr?«

»Sie hatte Angst«, sagte Javier. »Sie haben alle Angst. Ich versuche sie zu beruhigen. Sie stehen die meiste Zeit der Fahrt unter Drogen, aber sie werden nicht misshandelt, wenn Sie das meinen. Jedenfalls nicht von mir. Für ein beschädigtes Produkt werden einem nicht solche Summen gezahlt.«

Will holte aus. Es gab einen dumpfen Schlag. Javier fiel gegen die Tür und spuckte einen Zahn aus.

»Ruhig, Will«, sagte Kalyn.

Javier leckte sich das Blut von der Unterlippe. Seine Augen

glänzten, und einen Moment lang war Will überzeugt, dass der Mann wahnsinnig war.

»Hat es gutgetan?«, fragte er. »Wahrscheinlich ja.«

»Ist Jonathan der Mann, der diese Frauen kauft?«, fragte Kalyn.

»Ich glaube nicht. Er ist genau wie ich ein gut bezahlter Mittelsmann.«

»Wer ist es dann? Wohin werden sie gebracht?«

»Vielleicht nach Mexiko. Vielleicht werden sie auch in einen anderen Teil der Welt verschifft. Thailand. Osteuropa. Ich bin nur ein kleines Rädchen in dem großen Getriebe.«

Will blickte Kalyn an.

Seine Hand pochte.

»Javier«, sagte sie, »das war die falsche Antwort. Sie stieg aus dem Wagen und öffnete Javiers Tür. »Steigen Sie aus.«

Javier bewegte sich nicht.

Will stieß ihn vom Sitz. Javier fiel auf das Pflaster. Will stieg ebenfalls aus, ging um die Haube herum und zog ihn vollständig aus dem Auto.

»Wenn Sie im Auto warten wollen, habe ich Verständnis dafür«, sagte Kalyn zu Will.

»Nein, ich bin jetzt ganz bei Ihnen.«

»Dann ziehen Sie ihn auf den Weg. Ich möchte kein Blut auf dem Pflaster haben.«

Will packte Javier unter den Armen und hob ihn an. Der Mann war schwer, muskelbepackt. Als Will ihn schließlich auf den Weg fallen ließ, schwitzte er und atmete schwer vor Anstrengung.

Der Himmel war mittlerweile tief dunkelblau, nur im Westen war noch ein schmaler roter Streifen zu sehen, gegen den sich die Silhouetten der Saguaros abzeichneten. Will blickte auf den Parkplatz und die Straße. Die einzigen Lichter sah man auf dem etwa zwei Kilometer entfernten Campingplatz.

Kalyn sagte: »Drehen Sie sich auf den Rücken.« Javier gehorchte. Er blickte zu ihr auf. Sein Gesicht war geschwollen, sein Kiefer gebrochen. »Was würden Sie tun, wenn Sie an meiner Stelle wären?«, fragte sie.

»Wir wären in einem Lagerhaus in Tempe. Acid würde eine Rolle spielen. Und es gibt da auch so eine Geschichte mit einem glühenden Eisen und einem starken Magneten.«

»Ich habe nur diese Pistole.« Sie zielte auf seinen Schritt.

»Einen Augenblick«, sagte er. Seine Stimme klang überhaupt nicht furchtsam. »Wenn Sie das tun, kann ich nicht anrufen.«

»Wen wollen Sie anrufen?«

»Zufällig habe ich vor einem Monat einen Anruf von Jonathan erhalten. Ich befinde mich noch in der Suchphase.«

»Sie haben noch keine gefunden?«

Er schüttelte den Kopf.

»Setzen Sie ihn auf, Will.« Will lehnte Javier an den umgestürzten Stamm eines abgestorbenen Säulenkaktus. Kalyn holte Javiers BlackBerry heraus, schaltete ihn ein und rief das Adressbuch auf. »Ist er das?«, fragte sie. »Jonathan?«

»Ja.«

»Was für eine SMS würden Sie ihm schicken?«

»Gar keine. Er lebt hinter seinem Lenkrad. Wir sprechen miteinander.«

Sie hockte sich neben ihn. »Wenn er drangeht, sagen Sie ihm, Sie hätten schon eine Frau gefunden und wollten sich mit ihm treffen.«

»Und was kriege ich dafür?«

»Sie behalten ihren Penis noch eine Zeit lang. Wenn Sie alles richtig machen, lasse ich Sie hier. Vielleicht sehen Sie ja Ihre Familie wieder.«

Die Berge standen jetzt wie eine schwarze Wand im Hintergrund.

»Hier, halten Sie ihm den BlackBerry ans Ohr, und wenn ich es sage, drücken Sie auf ›Sprechen‹.« Kalyn reichte Will das Gerät und zielte mit der Glock zwischen Javiers Beine. »Das Wichtigste ist Transparenz, Javier. Wenn Sie Spanisch reden oder Dinge zu Jonathan sagen, die keinen Sinn ergeben oder verdächtig klingen, schieße ich. Klar?«

»Ja. Sie machen das sehr gut.«

»Los, Will.« Will drückte auf die Taste und hielt Javier den BlackBerry ans Ohr. Sie warteten. Beim dritten Klingeln hob jemand ab – die Stimme drang heiser und leise aus dem Lautsprecher. Will hörte sie zwar, konnte aber die Worte nicht verstehen.

»Ich bin es, Jav. Ich habe jemanden … Nein, ich habe sie schon … Sie sind gerade bei mir … Ja, kann ich machen … Okay … Nein, das ist reichlich Zeit … In Ordnung, bis dann.«

Javier nickte, und Will unterbrach die Verbindung.

»War das alles?«, fragte Kalyn.

»Ja. Ich gebe Ihnen die Information, und Sie beide fahren weg.«

»So war es abgemacht«, sagte Kalyn.

»Und meiner Familie passiert nichts?«

»In zwölf Stunden rufe ich die Polizei an und sage ihnen, wo sie sind.«

»Der Austausch ist in zwei Tagen«, sagte Javier.

»Wo?«

»Auf der Interstate vierundachtzig, zirka zwanzig Kilometer außerhalb von Boise, Idaho.«

»Was ist da?«

»Ein verlassenes Autokino.«

»Und dort sollen Sie Jonathan treffen?«

»Montagabend. Elf Uhr.«

»Wie sieht er aus?«

»Lange rote Haare, buschiger Bart, wiegt über dreihundert Pfund. Riecht schrecklich.«

Im Unterholz raschelte etwas.

»Sehen Sie mich an«, sagte Kalyn. »Sie sind für den Tod von einigen Menschen verantwortlich. Habe ich recht?«

»Ja.«

»Haben Sie jemals einem Ihrer Lieben in die Augen geblickt

und sich Rechenschaft abgelegt über das, was Sie getan haben?«

»Ich glaube nicht. Diese Situation war in mehr als einer Hinsicht einzigartig.«

»Ich möchte wissen, ob Sie Reue verspüren.«

»Ich tue nichts Persönliches. Ich habe Ihre Schwester nicht mitgenommen, weil ich ihr etwas antun wollte.«

»Nein, Ihnen ging es nur ums Geld. Aber Sie haben …«

»Wir brauchen nicht so zu tun, als sei ich so wie Sie. Sie fragen mich nach Reue. Sie möchten gerne hören, dass ich es zutiefst bereue, Ihrer Schwester, seiner Frau, etwas angetan zu haben. Ich kann das gerne sagen, aber es wäre nicht wahr. Ich würde es wissen. Sie würden es wissen. In meiner Arbeit gibt es keinen Platz für Reue. Sagen Sie mir, was Sie gemacht haben, bei welcher Einheit Sie waren. Ich tippe auf DEA.«

In der Dunkelheit leuchtete das Weiße in seinen Augen.

»FBI.«

»Sie sind sehr gut, Kalyn. Es hätte mir Spaß gemacht, Sie zu töten.«

»Wie viele von euch gibt es?«

»Wie viele von was?«

»Alphas.«

Er lachte leise. »Nicht so viele, wie die Leute denken. Manche, die dafür gehalten werden, sind gar keine Alphas.«

»Wie viele?«

»Im Moment siebenundfünfzig.«

»Gehören auch Gringos dazu?«

»Nur zwei.«

»Kommen Sie mit, Will.«

Er folgte Kalyn zum Auto. Am Himmel leuchteten die ersten Sterne.

»Glauben Sie ihm?«, fragte Will und lehnte sich an die Motorhaube. Zum ersten Mal, seit er vor fünf Stunden in Phoenix angekommen war, konnte er die Hitze gut ertragen.

»Ja, schon. Ich fahre zu Jonathan.«

»Dem Trucker?«

»Wollen Sie mit?«

»Ich weiß nicht. Was ist mit Javier? Ist Ihnen wohl dabei, ihn einfach hier zurückzulassen?«

»Nein.«

»Und was wäre die Alternative? Ihn mitzunehmen …« Will spürte, wie er sich verkrampfte. »Nein, auf keinen Fall.«

»Ich habe vor drei Tagen ein Loch gegraben. Etwa fünfzig Meter von hier entfernt.«

»Kalyn …«

»Man lässt Alphas nicht einfach zurück. Verstehen Sie, was ich sage? Sie würden jedes Mittel nutzen, um uns aufzuspüren. Freunde und Familie töten, um an uns heranzukommen.«

Will schüttelte den Kopf. »Nicht kaltblütig, Kalyn.«

»Sie können ja hier warten, Will. Ich kümmere mich …«

»Nein. Nicht wie …«

»Oh, Scheiße.«

Will sah nicht, wie sie die Waffe zog, nur eine blitzschnelle Bewegung, dann stand Kalyn mit gespreizten Beinen da und zielte mit der Glock, die sie in beiden Händen hielt, in die Dunkelheit.

»Sehen Sie ihn?«, flüsterte sie.

Will starrte auf den Stamm des toten Saguaro, als ob der Mann sich dadurch rematerialisieren würde, aber er war nicht mehr da.

»Nein.«

»Setzen Sie sich auf den Beifahrersitz. Sofort.«

Will drehte sich um, stieg ein und schloss die Tür, während Kalyn sich ans Steuer setzte.

Sie verriegelte die Türen.

Einen Moment lang konnten sie in der Dunkelheit nichts sehen, weil die Innenbeleuchtung an war.

»Schlüssel.«

Will reichte ihr die Schlüssel, und sie ließ den Motor an. Sie schaltete das Fernlicht an und fuhr los.

Das helle Licht durchschnitt die Dunkelheit, und das Erste, was Will auffiel, war das Schimmern von Metall in der Nähe des toten Saguaro-Kaktus.

»Haben Sie das gesehen?«, sagte er.

»Was?«

»Am Kaktus. Er hat sich aus den Handschellen befreit.«

Kalyn trat aufs Gaspedal.

»Was machen Sie?«

Der Wagen schoss vor, überquerte die Straße und rumpelte in die Wüste.

»Weit kann er nicht sein«, sagte Kalyn. »Wie lange hatte er Zeit? Dreißig Sekunden? Wie weit kann er gelaufen sein?«

»Zweihundert Meter.«

»Wirklich?«

»Ich bin im College Langstrecke gelaufen. Er ist in bester Form.«

Hinter einem Ocotillo schoss etwas Dunkles hervor – nur ein paar Kaninchen.

»Sehen Sie die Schlucht da vorne?«, sagte Will.

»Ja.«

Kalyn bremste, und der Buick schleuderte durch den Sand. Sie wendete, dann fuhr sie erneut los, langsam, in einem weiten Kreis und suchte die Wüste ab.

Dreißig Sekunden später hielten sie erneut am Rand der Schlucht.

»Glauben Sie, er ist da hinunter gelaufen?«, fragte Will.

Kalyn zog die Glock aus dem Schulterhalfter.

»Nein«, sagte Will.

»Er ist da draußen. Entweder kriegen wir ihn jetzt oder können in Zukunft keine Minute mehr sicher …«

»Gehen Sie nicht raus.«

»Mir passiert schon nichts.« Sie wedelte mit der Glock. »Er hat keine Waffe.«

Sie öffnete die Tür und stieg aus.

»Kalyn.«

»Er hat keine übernatürlichen Kräfte, Will. Er blutet wie du und ich. Bleiben Sie hier.«

Sie schlug die Tür zu. Wegen der Innenbeleuchtung sah er nicht, wohin Kalyn ging, er hörte nur ihre Schritte.

Dann wurde es wieder dunkel im Wagen, und im Licht der Scheinwerfer sah er einen Roadrunner zwischen den Chollas auf der anderen Seite der Schlucht, eine zuckende Schlange im Schnabel.

21

Kalyn war schon fast hundert Meter vom Auto entfernt, bevor sie merkte, dass sie die Taschenlampe im Handschuhfach vergessen hatte. Sie blieb neben einem alten Säulenkaktus stehen. Da kein Wind ging, konnte sie schon nach einem Moment die leisesten Geräusche hören – die dumpfen Bässe aus einem Radio auf dem Campingplatz, ein Rascheln im Gestrüpp, verursacht von einer Ratte oder einem kleinen Vogel.

Sie kletterte die Böschung herunter und blieb einen Moment lang im trockenen Flussbett des Arroyo stehen. Hier war es absolut still, und die Luft war kühler.

Sie wartete, bis sich ihre Augen an das schwache Licht gewöhnt hatten und sie Umrisse erkennen konnte. Felsbrocken, Gestrüpp und in ein paar Metern Entfernung der Kadaver eines Kojoten, der scharf nach Verwesung stank.

Im Sand hinter ihr war plötzlich eine schnelle Bewegung – Schritte knirschten.

Ein Baumwollschwanzkaninchen hoppelte vorbei.

»Scheißvieh!«, rief sie ihm nach und kletterte wieder aus der Schlucht heraus. Die schwarzen Umrisse des Autos waren deutlich zu erkennen. Die Chromteile schimmerten im Mondschein.

Sie ging zur Fahrertür. Als sie sie öffnete, bewegte sich ein Busch hinter ihr, und als sie sich umdrehte, sah sie Will.

»Was ist mit Ihnen los?«, sagte sie. »Ich habe Ihnen doch gesagt, Sie sollen im Wagen bleiben.«

»Ich hatte Angst, dass ich ein einfaches Ziel für ihn wäre, wenn er Sie töten würde.«

Sie senkte die Waffe. »Nun, darüber brauchen Sie sich im Moment keine Sorgen mehr zu machen.«

»Haben Sie ihn erwischt?«

»Nein, er ist weg. Kommen Sie, wir sollten verschwinden.«

»Und ihn einfach abhauen …«

»Was sollen wir denn Ihrer Meinung nach tun, Will? Sollen wir die ganze Nacht hierbleiben und durch die Dunkelheit laufen? ›Javier? Javier? Wo bist du?‹«

»Sie haben doch gesagt, dass er bestimmt Jonathan vorwarnt, wenn wir ihn laufen lassen.«

»Ja, klar.«

»Und?«

»Das Wichtigste für ihn ist jetzt erst einmal, seine Familie zu finden. Das ist unsere einzige Trumpfkarte, aber sie ist nicht schlecht.«

Als Kalyn aus dem Lost Dutchman State Park herausfuhr, beobachtete Will ihr Gesicht – nachdenklich und hart im Schein der Lichter am Armaturenbrett.

»Wissen Sie, Sie haben mich angelogen, seit wir uns begegnet sind. ›Kommen Sie mit nach Phoenix, Will. Ich bin FBI-Agentin. Sie müssen ihn nur identifizieren. Wir werden nur mit ihm reden, Will‹. Dabei hatten Sie das die ganze Zeit schon geplant und sogar schon das Loch gegraben.«

»Es tut mir leid. Ich wusste nicht, ob ich Ihnen trauen kann.«

»Gibt es noch etwas, was ich nicht weiß? Wollen Sie nicht noch andere Bomben hochgehen lassen, wo wir schon einmal dabei sind?«

Sie warf ihm einen Blick zu, schwieg aber.

»Von jetzt an behandeln Sie mich wie einen Partner«, sagte Will. »Ich will wissen, was Sie denken, was Sie vorhaben. Ich will nicht wieder überrascht werden. Noch eine weitere Lüge, Kalyn, und ich bin mit Ihnen fertig. Dann werden Devlin und ich unser Heil in der Flucht suchen.«

Schweigend fuhren sie auf Phoenix zu. Die Stadt leuchtete am Horizont, als stünde sie in Flammen.

22

Parkplatz 151

Um halb neun Uhr abends betraten sie Kalyns Wohnung, und bevor Will seine Tochter berührte, schrubbte er sich in der Küche die Hände mit Seife und heißem Wasser.

Kalyn ging in ihr Schlafzimmer und schloss die Tür hinter sich.

Will kniete sich neben Devlin. Sie schnarchte leise auf der Couch, und er legte sich neben sie auf den Fußboden. Die Hitze wirkte auf ihn wie ein Beruhigungsmittel.

Ihm fielen die Augen zu. Durch die dünnen Wände hörte er in der Wohnung nebenan Kinder spielen. Ein Flugzeug dröhnte am Himmel, dass der Boden erbebte.

Jemand flüsterte in Wills Ohr. Er schlug die Augen auf und sah Rachael neben der Couch stehen.

»Das ist also unsere kleine Devi?«, fragte sie.

»Ja.«

»Sie ist perfekt. Fragt sie nach mir?«

»Ständig, Liebling. Ständig.« Um Rachael schimmerte ein seltsames Licht, als ob sie von hinten angestrahlt würde. Ihre schwarzen lockigen Haare leuchteten.

Als Will die Augen öffnete, war es in der Wohnung dunkel und still. Sein Gesicht war nass von Tränen. Rachael war nicht mehr da.

»Bist du wach, Dad?«, flüsterte Devlin.

»Ja.«

»Wie spät ist es?«

Er blickte auf seine Uhr. »Mitternacht.«

»Hast du den Mann gesehen, der Mom entführt hat?«

»Ja, Liebes.«

»Was ist passiert?«

»Viel.«

»Erzähl es mir.«

Will tastete in der Dunkelheit nach Devlins Hand.

»Wir haben ihn verhört.«

»Hat Kalyn ihn festgenommen?«

»Nein.«

»Warum nicht?«

»Sie ist gar keine FBI-Agentin. Früher war sie beim FBI, aber Kalyn hat durch Javier Estrada ihre Schwester verloren, so wie wir Mom.«

»Also hat sie uns angelogen?«

»Ja.«

»Warum bist du dann nicht böse auf sie?«

»Kalyn wollte ja nur herausfinden, was mit ihrer Schwester passiert ist.«

»Und was ist jetzt mit Mom passiert?«

»Das wissen wir immer noch nicht; nur, dass Javier sie entführt hat. Aber er hat sie nicht getötet.«

»Wer denn?«

»Das weiß ich noch nicht.«

»Was ist mit Javier?«

»Er ist weggelaufen.«

»Fahren wir morgen nach Hause?«

»Nein, ich denke, wir versuchen herauszufinden, was mit Mom passiert ist. Wäre das für dich okay?«

»Ich weiß nicht, ich will eigentlich nur nach Hause.«

»Ich auch, aber ich bin mir nicht sicher, ob ich die Chance, etwas über zu Mom zu erfahren, einfach so vertun kann.« Heimweh nach ihrem Bauernhaus in Colorado stieg in ihm auf. Er wünschte, er hätte Rachaels Sweatshirt dabei. In manchen Nächten schlief er immer noch damit.

»Sing mir etwas vor wie früher, Dad.«

Sie drückte seine Hand.

Nach zwei Strophen »Sweet Baby James« waren sie beide wieder eingeschlafen.

Will wachte davon auf, dass das Licht im Flur an war. Seine Armbanduhr zeigte 4.38 Uhr. Eine Frau kam auf ihn zu. Er dachte, *ich träume bestimmt wieder*, denn sie sah aus wie Rachael – große dunkle Augen, lockige schwarze Haare. Er stand auf und ging auf sie zu. Das Herz klopfte ihm bis zum Hals.

An der Tür standen sie sich gegenüber.

»Was meinen Sie?«, fragte die Frau. Sie hatte sich die Haare gefärbt und aufgedreht.

»Warum haben Sie das getan?«

»Damit ich so aussehe wie die vermissten Frauen.«

Bei näherer Betrachtung sah Will, dass Kalyn ihre Augen mit schwarzem Eyeliner so betont hatte, dass sie größer wirkten. Farbige Kontaktlinsen ließen sie fast schwarz erscheinen. Abgesehen von ihrer Größe und der Form ihres Mundes sah sie aus wie Rachaels Zwillingsschwester.

»Eine Minute lang dachte ich, Sie wären sie. Ich dachte, ich würde träumen.«

»Träumen Sie oft von ihr?«

»Ja.«

»Das tut mir leid.«

»Nein, am schlimmsten ist es, wenn ich träume, dass alles nicht passiert ist. Oder dass es nur ein Albtraum war und Rachael neben mir liegt, wenn ich aufwache.«

Kalyn berührte seinen Arm. »Tut mir leid, dass ich Sie gestern im Unklaren gelassen habe. Ich hatte Angst, Sie würden mir nicht helfen, wenn ich Ihnen sagen würde, was ich vorhabe.«

»Wahrscheinlich hätte ich Ihnen auch nicht geholfen.«

»Wenn Sie jetzt noch aussteigen wollen, fahre ich Sie zurück nach Colorado«, sagte sie.

»Verlockend, aber ich muss wissen, was mit Rachael passiert ist.«

»Das freut mich.«

»Einen Einwand habe ich noch. Devlin darf keiner gefährlichen Situation ausgesetzt werden. Das ist oberste Priorität.« Will musterte Kalyn eindringlich. Erneut kam ihm zu Bewusstsein, zu was diese junge Frau in den Dreißigern fähig war. »In einem hatte Javier recht«, sagte er.

»Womit?«

»Sie sind sehr gut.«

Kalyn lächelte ein wenig. Dass sie errötete, sah er im Halbdunkel nicht.

»Also, sagen Sie mir«, fuhr Will fort. »Wie gehen wir jetzt vor?«

23

Am Flughafen mieteten sie einen neuen Landrover, schwarz, mit braunen Ledersitzen. Kalyn fuhr, Will saß hinten und Devlin auf dem Beifahrersitz.

Früh am Morgen hielt Kalyn in einer braunen, mit Kakteen bestandenen Gegend in Sun City.

»Warum halten wir?«, fragte Will.

»Ich muss ein paar Dinge von einem Privatdetektiv abholen. Er ist ein Freund. Einer der letzten, der mir geblieben ist.« Sie stieg aus, und Will blickte ihr nach, als sie zu einem kleinen Lehmziegelhaus ging.

Ein Minivan fuhr vorbei. Dann noch einer – Leute auf dem Weg zur Kirche oder zu Wochenendjobs. Sie hatten dampfende Kaffeebecher dabei.

Will beneidete sie.

Mittags fuhren sie durch das extravagante Las Vegas. Auf der eintönigen Autobahn durch Utah wechselten sich Kalyn und Will ab und ließen sogar Devlin ein kurzes Stück fahren. Auf einem Rastplatz in der Nähe des Zion National Parks machten sie vierzig Minuten Pause, damit Devlin ihre Therapie bekommen konnte, und den Rest des Nachmittags spielten sie Spiele im Auto.

Kurz nach 21.00 Uhr am Sonntagabend erreichten sie Salt Lake City, erschöpft, müde und hungrig.

Sie mieteten sich in einem Motel ein und wanderten in eines der Denny's gegenüber einigen billigen Motels an der Autobahn.

Burgers, Fritten, schlechte Salate und Mormonen.

Während sie stumm ihre Mahlzeit verzehrten, dachte Will: *Ich möchte nur endlich dieses fettige Zeug aufgegessen haben, mich in meinem Motelzimmer ins Bett legen und mir irgendwas Geistloses im Fernsehen anschauen.*

Kalyn brach das Schweigen. »Ich finde es ein wenig beunruhigend, dass wir noch nichts von Jav gehört haben.«

»Ja, ich auch. Und wenn wir bis morgen Abend immer noch nichts von ihm gehört haben?«

»Dann könnte es interessant werden.«

In der Dämmerung wachte Will in seinem Hotelbett auf. Der Lärm der Autobahn dröhnte durch die dünnen Wände. Devlin setzte sich im anderen Bett auf und sagte: »Sind wir eigentlich wahnsinnig, Dad?«

»Wahrscheinlich.«

Der Anruf kam während des Frühstücks am nächsten Morgen in einem Diner in Brigham City – auf einmal summte es laut aus Kalyns Tasche.

Sie zog den BlackBerry heraus und legte ihn auf den Tisch.

»Welcher Name steht auf dem Display?«, fragte Will.

»Nur eine Nummer. Vorwahl von Phoenix.«

»Gehst du ran?«

»Ja. Ich stelle auf Lautsprecher um.«

Kalyn drückte auf Empfang.

»Wer ist da?«

Ein kurzes Schweigen, dann seufzte jemand. »Sie wissen doch, wer dran ist.«

Devlin fragte lautlos: »Ist er das?«

Will nickte.

»Javier«, sagte Kalyn lächelnd. »Ich habe mich schon gefragt, wann Sie anrufen würden. Sie waren so rasch verschwunden am Samstag. Was habe ich nicht beachtet? Hatten Sie Schlüssel für die Handschellen in der Hosentasche?«

»Wo ist meine Familie?«

Will blickte auf den nächsten Tisch, der besetzt war, einige Meter entfernt. Ein junges Paar, das nur Augen füreinander hatte.

Kalyn sagte: »Wie kommen Sie auf die Idee, dass wir Ihnen das gerade jetzt sagen?«

Javier schnaubte. Es rauschte in der Leitung. »Weil ich diesen Moment in meine Überlegungen einbeziehe, wenn ich Sie finde. Sie haben jetzt noch die Gelegenheit, eine schnellere Todesart zu wählen. Dieses Konzept ist sicher schwer zu begreifen. Ich bin, wo ich bin, Sie sind, wo Sie sind, und Sie glauben sicher, dass wir uns nie wiedersehen werden. Aber ich kann Ihnen versprechen, dass wir uns wiedersehen werden. Und ich werde sie beide ermorden, und es wird mir große Freude bereiten, es so langsam wie möglich zu tun.«

Will legte den Arm um Devlin, blickte sie an und schüttelte den Kopf.

»Sie sollten sich jetzt den Moment vorstellen, wenn ich Sie in meiner Gewalt habe. Ich biete Ihnen den Tod an. Nicht sofort. Aber doch beträchtlich schneller, als er eintreten würde, wenn Sie sich weiterhin weigern, mir Auskunft zu erteilen.«

Kalyn sagte: »Hallo?«

»Ja, ich bin hier.«

»Oh, tut mir leid, ich konnte Sie etwa fünfzehn Sekunden lang nicht verstehen. Hören Sie, ich mache es Ihnen leicht. Uns geht es nur um Jonathan. Haben Sie ihn vorgewarnt, dass wir kommen?«

Drei Sekunden Pause, dann sagte Javier: »Nein.«

»Das ist gut, Javier. Wie Sie wissen, sollen wir ihn heute Abend treffen. Wir machen ihm schon klar, warum Sie nicht da sein können, aber eines möchte ich klarstellen. Hören Sie zu?«

»Ja.«

»Wenn es gut geht und Jonathan offensichtlich nicht vorgewarnt wurde, bekommen Sie morgen einen Anruf und jemand wird Ihnen sagen, wo Sie Ihre Familie finden.«

»Das ist inakzeptabel.

Kalyn nahm den Blackberry herunter und drückte auf »BEENDEN«.

Sie legte das Gerät auf den Tisch.

»Was machst du da?«, fragte Will.

»Ihn schwitzen lassen. Was haben wir zu verlieren? Unser Treffen. Was hat er zu verlie …« Der BlackBerry summte. Kalyn drückte auf »EMPFANG« und sagte: »Ich weiß nicht, aus welchem Drittklässler-Schulbuch Sie Ihre Verhandlungsfähigkeiten gelernt haben, aber Sie sind keinesfalls in der Position, die Regeln zu diktieren. *Wir* rufen *Sie* morgen unter dieser Nummer an, *wenn* mit Jonathan alles gut geht. Wenn nicht, hören Sie nie wieder von uns, und Ihre Frau und Ihr Sohn werden in den nächsten Tagen verdursten.«

Er antwortete nicht. Will hörte ihn nur atmen.

»Sagen Sie, dass Sie mich gehört haben, Javier.«

»Ich habe Sie gehört.«

Kalyn beendete das Gespräch.

»Wir müssen den Treffpunkt ändern«, sagte Will. »Es gefällt mir nicht, dass Javier weiß, wo wir uns treffen. Es kann sein, dass er Jonathan nicht warnt, aber ich könnte mir vorstellen, dass er uns auflauert.«

»In Ordnung. Ich schicke Jonathan eine SMS, dass er sich einen anderen Treffpunkt aussuchen soll.«

I-84 durch Idaho. Twin Falls. Gooding. Mountain Home. Als sie Boise erreichten, sah Kalyn von der Autobahn aus ein Einkaufszentrum und nahm gerade noch rechtzeitig die Ausfahrt.

Es war Nachmittag. Die Sonne strahlte von einem klaren Herbsthimmel, das Laub der Bäume leuchtete tiefrot und leuchtend gelb, und auf den Gipfeln der Hügel, die sich hinter der Stadt erhoben, lag schon der erste Schnee.

»Kommt, wir gehen einkaufen«, sagte Kalyn und fuhr auf einen Parkplatz vor einem ausgedehnten Einkaufszentrum.

»Für wen?«, fragte Will.

Kalyn drehte sich nach ihm um. »Für dich. Sieh dich doch an.«

Will blickte auf seine zwei Tage alten Kleider – eine alte Jeans, Tennisschuhe, ein verblichenes Flanellhemd mit hochgekrempelten Ärmeln.

»Sie hat recht, Dad«, sagte Devlin. »Du brauchst was Neues.«

»Das ist mein Stil.«

Kalyn lachte. »Wie heißt er?«

»Ich lebe in Colorado und bin viel an der frischen Luft. In diesem Outfit kann man Holz hacken.«

»Ist das ein Verkaufsargument?«

»Willst du etwa behaupten, dass Frauen Naturburschen nicht lieben?«

»Na ja, du brauchst auf jeden Fall etwas zum Anziehen für heute Abend. Wir wollen ja keine Frauen beeindrucken, Will. Du sollst aussehen wie ein Alpha.«

In der Mall war es wie ausgestorben. Sie aßen etwas zu Mittag und setzten sich auf eine Bank neben einem Brunnen, auf dessen Boden angelaufene Pennies und ab und zu auch ein Nickel lagen.

Als sie aufstanden, verkündete der BlackBerry eine neue Nachricht.

Kalyn zog ihn aus der Tasche und seufzte vor Erleichterung. »Er hat zurückgeschrieben. ›Ausfahrt 64. Café bei Big Al's. Ok.‹«

Kalyn und Devlin führten Will durch die Herrenabteilung bei Gap.

»Nach welchem Look suchen wir denn?«, fragte Devlin.

»Ich dachte, ganz in Schwarz«, erwiderte Kalyn.

»Die hier gefällt mir.« Devlin betastete eine schwarze Lederhose. *So glücklich habe ich sie schon seit Jahren nicht gesehen,* dachte Will. »Was hast du für eine Größe, Dad?«

»Vierunddreißig.«

Rasch ging Devlin die Hosen durch und zog eine in der passenden Größe heraus, um sie ihrem Vater zu reichen. »Weißt du, was unheimlich gut dazu passen würde?«, sagte sie. Sie trat zu einem Ständer mit Hemden und schrie vor Freude auf, als sie fand, wonach sie gesucht hatte. Stolz hielt sie ein schwarzes Seidenhemd mit Perlmuttknöpfen hoch.

»Weiter so, Mädchen«, sagte Kalyn, als Will seufzte.

Er trat aus der Umkleidekabine und präsentierte sich seinem Publikum.

»Mach die beiden obersten Knöpfe auf«, sagte Kalyn. Er gehorchte. »Das ist perfekt, Will.«

»Ja, lass uns *tanzen* gehen«, sagte er gespielt begeistert.

»Mit den Haaren?«, sagte Kalyn. »Du musst doch zugeben, Jav hat Stil. Aber dich kriegen wir auch noch hin.«

Will starrte in den Spiegel, während die Friseurin die Hände durch seine hellbraunen Haare gleiten ließ.

Kalyn sagte: »Es soll in etwa so lang bleiben, wie es ist, stelle ich mir vor, und schwarz gefärbt. Er soll es mit Pomade zurückkämmen können.«

»Sie denken an einen Greaser-Look?«

»Ich weiß nicht recht, wie ich es erklären soll …«

Devlin trat mit einem großen Buch voller männlicher Models mit trendigen Frisuren zu ihnen, zeigte auf eins und sagte: »Ich glaube, so in etwa möchten wir es.«

Kalyn lächelte. »Ja. Gut, Devi. Das ist genau das Richtige.«

Will sagte: »Das sind die lächerlichsten Dinger, die ich jemals gesehen habe.«

»Okay, da stimme ich dir sogar teilweise zu, aber etwas Besseres haben wir nicht. Nachts sieht niemand, dass es kein Leder ist.«

Er starrte auf die schwarzen Wildleder-Cowboystiefel mit

den Stahlkappen an der Spitze. »Ihr bringt mich um. Das wisst ihr, oder?«

»Es funktioniert, Dad. Vertrau mir.«

»Findest du nicht, dass ich aussehe, wie einer von den Village People?«

24

Sie nahmen sich ein Zimmer in einem Motel gegenüber von Big Al's Truck Stop. Angesichts der breiten Betten zwinkerte der Angestellte ihnen zu, aber sie wussten gar nicht, ob sie die Chance haben würden, ungestört die Nacht darin zu verbringen. Als Will aufwachte, war es draußen schon dunkel, und Kalyn saß über einen Laptop gebeugt auf ihrem Bett. Der kleine schwarze Plastikkasten, den sie von ihrem Privatdetektiv-Freund in Sun City ausgeliehen hatte, lag geöffnet neben ihr.

»Wie spät ist es?«, flüsterte Will.

»Wir haben noch zwei Stunden Zeit.«

»Gott, ist es schon fast neun?« Er schlüpfte aus dem Bett, wobei er die Decke wieder über Devlin zog. Seufzend kämpfte er gegen seine Nervosität an.

Er setzte sich neben Kalyn und starrte auf den Computer-Bildschirm.

»Ich installiere nur die Software«, sagte sie.

»Was?«

»TrimTrac-GPS. Dieses drahtlose System, um Fahrzeuge zu verfolgen, von dem ich dir erzählt habe.«

Will nahm das rechteckige kleine Gerät aus dem Kasten. »Wohin kommt es?«

»Irgendwo an den Truck, am besten darunter, wo man es nicht sieht. Es ist wetterfest und so leistungsstark, dass es nicht offen unter dem Himmel sein muss.«

»Wie wird es festgemacht?«

»Mit einem Magneten. Okay, sieh dir das an. Kennst du dich aus mit Computern?«

»Ich arbeite als Webdesigner.«

Sie tippte etwas ein. »Ich habe einen kostenlosen Account

auf der Soniya Mobile's Website eröffnet. Du kannst die Fahrt des Trucks auf dem Computer verfolgen.«

»Wie funktioniert es?«

»Das TrimTrac-Gerät schickt die Daten über internationale SMS und GPS an einen Soniya-Server. Dort werden sie gespeichert, und du kannst sie über Google Maps abrufen. Hier, mach mal.« Kalyn legte den Laptop auf Wills Schoß. »Du bist in halbautomatischem Modus, was wahrscheinlich reicht, um drin zu bleiben. Geh hier hoch und klick das hier an. Okay, und jetzt schalte den Bewegungsdetektor ein, schließlich brauchst du das TrimTrac ja nur, wenn der Truck fährt. Das spart Strom. Außerdem willst du ihn ja in Echtzeit verfolgen. Wenn du hier klickst, stellst du die Intervalle auf alle fünf Minuten ein.«

Eine halbe Stunde lang machte sich Will mit dem System vertraut. Während Kalyn den Adapter, den Computer und zusätzliche Batterien im Landrover verstaute, montierte Will die Magneten am TrimTrac-Gerät.

Als Kalyn ins Motelzimmer zurückkam, war sie blass und geistesabwesend.

»Hey«, sagte Will. »Komm mal her.« Sie setzte sich neben ihn aufs Bett. »Ist alles in Ordnung?«

Sie blickte ihn forschend an. »Bist du bereit, Will?«

»Ich glaube schon.«

»Ich muss es ganz sicher wissen.«

»Ja.«

»Ich habe überlegt, wie ich eine Pistole mit in den Trailer schmuggeln könnte. Oder diese Vorrichtung oder ein Handy. Aber es wäre zu riskant. Du musst dir darüber im Klaren sein, dass mein Leben in deiner Hand liegt. Du darfst den Truck, in dessen Trailer ich mich befinde, nicht aus den Augen verlieren.«

»Sieh mich an, Kalyn. Ich werde es nicht.«

Sie nickte. »Es tut mir leid. Gleich geht es mir wieder besser. Ich habe nur ein bisschen Lampenfieber.«

»Ja. Ich bin auch nervös. Ich denke ständig darüber nach, was wohl passieren wird. Wenn Jonathan nun durchdreht, wenn er mich sieht? Wenn er uns nicht glaubt und mit Javier sprechen will? Fragen stellt, die ich nicht beantworten kann? Leute wie er mögen es wahrscheinlich nicht, wenn Pläne im letzten Moment geändert werden.«

»Es ist ein Risiko«, antwortete Kalyn.

»Ein großes Risiko.«

»Ich habe mir Gedanken gemacht, und ich glaube, wir müssen anders an diesen Typen herangehen. Das Ganze ›Javier schickt mich an seiner Stelle, und es tut mir leid, dass wir es dir nicht früher gesagt haben‹, ist Scheiße. Ich glaube, das würde er sofort durchschauen. Aber weißt du, was bei solchen Leuten funktioniert?«

»Was?«

»Angst.«

»Ich verstehe nicht, worauf du hinaus…«

»Weißt du noch, wie Javier gesagt hat, es gäbe zwei Gringo-Alphas?«

25

Um 10.50 Uhr saßen Will und Kalyn im Landrover unter dem Neonschild BIG AL'S. Selbst im Auto roch es nach Diesel. Zum dritten Mal in einer Minute wischte Will sich die Hände an der Lederhose ab.

»Das musst du lassen«, sagte Kalyn.

»Entschuldigung.«

»Du bist cool und ruhig und hast alles im Griff.« Sie reichte ihm ihre Glock. »Sie ist geladen.«

»Wo ist die Sicherung?«

»Es gibt keine. Aber du solltest sie wirklich nur im äußersten Notfall benutzen, denn wenn du sie einsetzen musst, ist alles schiefgelaufen.«

Will schloss die Augen. »Er wird vom ersten Moment an wissen, dass ich …«

»Es ist wie Schauspielern, Will. Hast du jemals auf der Highschool bei der Theatergruppe mitgemacht?«

»Nein.«

»Nun, du warst doch Strafverteidiger, oder? Hast du jemals jemanden vertreten, der schuldig war?«

»Klar.«

»Und hast du ihn freigekriegt.«

»Ja, einige Male.«

»Dann hast du geschauspielert. Du hast *zwölf* Personen überzeugt. Heute Abend musst du nur einen überzeugen.«

»Aber die Anforderungen sind ganz schön hoch.«

»Weißt du, was du sagen musst?«

»Ja.«

»Möchtest du es noch einmal üben?«

»Nein, ich möchte nicht so klingen, als hätte ich es auswendig gelernt.« Er hob die Pistole. »Wo soll ich das Ding denn hinstecken?«

»Schieb sie hinten in deinen Hosenbund, wenn du aus dem Auto steigst. Und achte darauf, dass das Hemd und die Lederjacke sie verdecken. Und hör zu: Wenn es doch so weit kommen sollte, dass du sie benutzen musst, dann musst du erst ruhig werden, damit du sauber zielen kannst. Das ist ein fünfundvierziger Kaliber. Die Waffe hat einen ordentlichen Rückschlag.«

»Jesus.« Will blickte auf die Armbanduhr. 10.54 Uhr.

Er öffnete die Tür und stieg aus.

»Viel Glück«, sagte Kalyn. Er nickte. Übelkeit stieg in ihm auf. »Ich weiß, dass du es kannst«, sagte sie. »Hör auf, dich selbst anzuzweifeln.«

Aber er konnte nicht anders. Er hatte ein ungutes Gefühl, als er die Glock in den Hosenbund schob und über die Autobahn zu dem Motel blickte, wo er Devlin zurückgelassen hatte. Er steckte die Hände in die Taschen seiner Lederjacke und ging über den Parkplatz.

Will betrat den Laden neben dem Café.

Es war voll im Big Al's, und die meisten der Kunden sahen aus wie Truck-Fahrer – bärtig, mit dicken Bäuchen, blutunterlaufenen, trüben Augen.

Er ging an den Getränkeautomaten vorbei, an denen ein Schwarzer sich gerade einen riesigen Becher voll mit allen möglichen Süßgetränken abfüllte – Sierra Mist, Coca-Cola, Fanta, Limonade Dr. Pepper, ein ganzes Potpourri von gefärbtem Zuckerwasser.

Er eilte zur Toilette, ging in eine leere Kabine und setzte sich für einen Moment. Er atmete tief durch, drehte die Glock in den Händen und versuchte, sich an das Gewicht zu gewöhnen. Als er sich anschließend die Hände wusch, sah er sein Spiegelbild im Spiegel über dem Waschbecken. Er musterte seine Augen und fragte sich, ob dieser Jonathan wohl das kalte, grausame Glimmen in ihnen sehen würde, das er nicht erkennen konnte.

Er ging durch den Laden zurück zum Eingang des Restaurants.

Die Uhr über der Kasse zeigte 11.02 Uhr.

Die Platzanweiserin blickte auf und sagte: »Heute Abend nur eine Person, Schätzchen?«

»Nein, ich bin mit jemandem verabredet.« Er ging an ihr vorbei und blickte rasch über die Tische und die Hocker an der Theke. An den Wänden hingen alte Nummernschilder. Auf einem Schild über dem Grill stand: KÜSS EINEN TRUCKER. *Atme tief durch, Will. Atme.* Es war voll im Raum. Es roch nach gebratenem Fleisch, nach Zwiebeln, abgestandenem Kaffee, Speck, Körpergeruch und Zigarettenqualm. *Lange rote Haare, buschiger Bart, wiegt über dreihundert Pfund. Abgesehen von den langen roten Haaren passt Javiers Beschreibung auf mindestens ein Drittel der Kunden. Da …«*

In der letzten Nische, nicht weit entfernt von der Küchentür, saß ein massiger Mann mit roten Haaren und einem ungepflegten Bart ganz allein auf einer Bank. Mit dem Rücken saß er zur Wand, und er starrte Will an. *Du atmest nicht.* Will atmete tief durch, dann ging er über den Fliesenboden auf den Mann zu, der ihm unsicher entgegenblickte.

Mit dem Essen auf dem Tisch hätte man fünf Personen den ganzen Tag über satt bekommen können.

Will setzte sich dem Mann gegenüber.

»Jonathan?«

»Wer zum Teufel sind Sie?«

Atme. Will biss sich auf die Zunge und blickte den Mann hasserfüllt an. *Er hatte bei Rachaels Entführung seine Finger im Spiel.*

»Noch einmal. Sind Sie Jonathan?« Der Mann legte den frittierten Zwiebelring, den er gerade zum Mund führen wollte, wieder in den Korb zurück und wischte sich an seinem riesigen T-Shirt, auf dem sich drei nackte Mädchen tummelten, die fettigen Hände ab.

Als er sich erheben wollte, zog Will die Glock aus dem Hosenbund und legte sie auf den Tisch. Die Mündung zeigte auf Jonathan, und er hielt den Finger am Abzug.

»Sind Sie wahnsinnig?« Die Augen des Mannes huschten durch das Lokal, aber Will rührte sich nicht. »Wo ist Jav?«, flüsterte Jonathan.

»Jav gibt es nicht mehr.« Will wischte sich die rechte Hand unter dem Tisch an der Hose ab. Er klopfte mit der Glock auf den Tisch. »Soll ich sie weglegen oder …«

»Ja. Davon hat mir niemand was gesagt. Wer sind Sie?«

Es war Will gar nicht in den Sinn gekommen, dass ihn jemand nach seinem Namen fragen könnte, und er antwortete spontan: »Mein Name tut hier nichts zur Sache. Wir haben entdeckt, dass Jav dieses kleine Geschäft nebenher machte. Und wissen Sie, was uns am meisten geärgert hat? Er hat nie geteilt.«

»Und warum sind Sie dann hier?«

»Weil ich das Produkt habe.«

Jonathan ergriff den riesigen Hamburger und biss hinein. Fleischsaft und Ketchup liefen ihm übers Kinn. Er wischte sich mit dem Unterarm den Mund ab und redete kauend weiter.

»Glauben Sie etwa, ich mache Geschäfte mit jemandem, den ich noch nie gesehen, von dem ich noch nie etwas gehört habe? Machen *Sie* solche Geschäfte?«

Will atmete langsam durch die Nase. »Wie Sie Ihre Geschäfte machen, interessiert mich nicht. Nur um das klarzukriegen … wollen Sie Ihre Vereinbarung mit uns nicht mehr einhalten?«

»Uns?«

»Den Alphas.«

Jonathan wurde blass. Er schluckte. »Ich dachte es mir schon«, sagte er. »Aber ich wusste es nicht. Und natürlich habe ich nicht gefragt.«

»Machen wir heute Abend unser Geschäft, Jonathan? Ich muss das jetzt sofort wissen.«

Will legte die Glock wieder auf den Tisch.

Jonathan seufzte. »Ja, natürlich. Natürlich machen wir unser Geschäft. Und ich entschuldige mich, wenn ich …«

»Halten Sie einfach den Mund. Ich bin müde, und ich möchte noch ein bisschen schlafen. Wo steht Ihr Truck?«

»Platz eins einundfünfzig.«

»Seien Sie in fünf Minuten dort.«

26

Will schloss den Landrover auf, setzte sich auf den Fahrersitz und schloss die Tür. Kalyn lag still und regungslos auf dem Rücksitz, und als er sie ansah, sah er unwillkürlich Rachael. Erneut überwältigte es ihn, dass sie all das ganz alleine hatte durchstehen müssen, ohne ihn.

»Er hat es geschluckt«, sagte Will.

Kalyn rührte sich nicht. »Und was jetzt?«

»Wir treffen uns an seinem Truck.«

»Wie fühlst du dich?«

»Wie jemand, dem man eine Dosis Adrenalin ins Herz gespritzt hat.«

»Ja, es ist ganz schön aufregend, nicht?«

»Kalyn, es ist noch nicht zu spät. Wir können immer noch wegfahren und das Ganze vergessen. Bist du sicher, dass du hinten in seinem Trailer liegen möchtest? Gott weiß, wohin die Fahrt geht.«

»Natürlich will ich es nicht, Will. Ich mache mir vor Angst in die Hose. Aber trotz meiner Angst will ich wissen, was mit meiner Schwester passiert ist. Sie hat genau das durchgemacht, was ich jetzt gleich erleben werde. Aber niemand ist ihr gefolgt. Niemand hat ihr Rückendeckung gegeben.«

Will ließ den Motor an und legte den Gang ein. Er fuhr um die Seite des Gebäudes herum, in dem sich das Restaurant und der Laden befanden, und begann zwischen den endlosen Reihen der geparkten Trucks mit der Suche nach dem angegebenen Parkplatz. Er nahm das TrimTrac-Gerät vom Beifahrersitz und steckte es sich in die Tasche.

»Kalyn, ich mache mir Sorgen. Was soll ich denn tun, wenn er dich an einen anderen Truck weitergibt?«

»Das können wir nicht ausschließen. Woher sollen wir wissen, wo ich hinkomme? Du musst einfach nur in meiner Nähe bleiben und bereit sein zu improvisieren. Aber ich will nicht, dass du und deine Tochter bei dem Ganzen getötet werdet, hast du gehört?«

Vorne wartete Jonathan schon auf sie, ein massiger Schatten in der Dunkelheit. Er hatte seinen Trailer bereits geöffnet.

»Ich sehe ihn«, sagte Will. »Mach dich bereit.«

Er parkte den Landrover hinter dem Truck, stieg aus und schlug die Tür zu. Die Umgebung gefiel ihm gar nicht – dunkel, still, überall konnte sich jemand verstecken.

»Wo ist sie?«, fragte Jonathan.

»Bewusstlos auf dem Rücksitz.«

Jonathan gelang es tatsächlich, seine gigantische Gestalt in den Anhänger zu wuchten. In dem schwachen Licht konnte Will nur große, zylindrische Behälter sehen. Kurz fragte er sich, was Jonathan wohl angeblich transportierte.

Will öffnete die Tür, packte Kalyn unter den Armen und zog sie vorsichtig vom Rücksitz. Dann warf er sie sich über die Schulter und begann, auf den Truck zuzugehen. Ihre Brust hob und senkte sich an seinem Rücken. *Ruhig, Kalyn, ruhig.*

»Haben Sie eine Hübsche aufgetrieben?«, fragte Jonathan.

Will antwortete nicht. Er drückte leicht gegen Kalyns Schenkel.

Im Trailer nahm Jonathan Kalyn von Wills Schultern und legte sie auf den Boden. Er kniete sich neben sie und fuhr mit den Händen über ihre Beine, ihre Arme und zwischen ihre Oberschenkel.

»Was zum Teufel machen Sie da?«, sagte Will.

»Ich riskiere meinen Arsch, und es fällt mir leichter, wenn ich weiß, dass ich jemanden an Bord habe, der nur seine Kleider am Leib trägt. Und dass Sie ihr nichts getan haben.« Er tastete sie weiter ab. »Sie ist größer als die anderen, oder?«

»Das müssen Sie mir sagen. Ich habe die anderen nicht gesehen.«

»Hat Jav auch diese ausgesucht?«

»Ja.«

Jonathan erhob sich und zog Kalyn in die Dunkelheit des Trailers.

Will nahm den TrimTrac aus der Tasche, als Jonathan einen Schlüsselbund hervorzog, und versuchte, ihn unter dem Nummernschild zu befestigen.

Im Anhänger ging eine Tür auf, und er hörte, wie Kalyn über den Boden gezogen wurde.

Die Fläche war nicht groß genug für all die Magneten.

Die Tür schlug zu, und die Schlüssel klirrten. *Mist.* Gerade hatte Will eine Metallfläche entdeckt, die groß genug war, als auch Jonathan schon auf ihn zukam. Der TrimTrac knallte deutlich hörbar an die Fläche.

Will kroch um die Ecke des Trailers, stand auf und öffnete seinen Reißverschluss.

»Was zum Teufel tun Sie da?«, sagte Jonathan.

»Wonach sieht's denn aus?« Will zog seinen Reißverschluss wieder zu und drehte sich um. Jonathan starrte ihn an. »Sind wir hier fertig?«, fragte Will.

»Ja. Aber damit das klar ist, ich muss meinem Kontakt sagen, dass Javier die Frauen nicht mehr aussucht. Es liegt am Käufer, ob er mit euch weiter zusammenarbeiten will. Mit mir wird das nichts zu tun haben. Das will ich nur klarstellen … wenn es sich herausstellt, dass wir keine Geschäfte mehr miteinander machen können, dann bin nicht ich daran schuld.«

Will trat an den Landrover. Obwohl seine Hände zitterten, gelang es ihm, ruhig einzusteigen und den Motor anzulassen. Langsam fuhr er davon, wobei er Jonathan im Rückspiegel beobachtete. Er musste gegen den Gedanken ankämpfen, dass er Kalyn Sharp heute zum letzten Mal gesehen hatte.

27

Die letzte Grenze

Will und Devlin saßen auf dem Rücksitz des Landrover vor ihrem Motel und starrten auf den Computerbildschirm.

»Die Frau hat wirklich Mut«, sagte Devlin.

»Ja, das stimmt.«

»Und was gucken wir uns hier an?«

»Das ist eine Google-Karte von dem Gebiet um Boise.«

»Fährt der Truck noch nicht?«

»Sieht nicht so aus. Vielleicht macht Jonathan noch ein Nickerchen, bevor er losfährt. Wir sollten auch ein bisschen schlafen.«

Er öffnete die Tür. »Komm. Ich habe das Gerät so eingestellt, dass es Alarm schlägt, wenn sich der Truck bewegt.«

Will fiel es schwer, sich zu entspannen. Er fürchtete, die Meldung des TrimTrac nicht zu hören, wenn der Truck losfuhr. Aber das leise Summen des Computers auf dem Nachttisch beruhigte ihn, und schließlich schlief auch er ein.

Seine Träume kamen in Wellen. Er träumte, er würde aufwachen, und der Computer war weg. Er träumte, das Gerät sei zu einer Plastikpfütze zerlaufen, sei vom Blitz getroffen worden. Er träumte, er würde zwei Wochen durchschlafen und nichts hören.

Um 4.14 Uhr fuhr er aus dem Schlaf auf. Sofort hellwach setzte er sich auf. Der Computer gab Geräusche von sich – eine Art digitalen Alarm. Er schaltete die Nachttischlampe ein und klappte den Laptop auf. Die Google-Karte zeigte nicht mehr die Autobahnausfahrt 64.

Er weckte seine Tochter. »Wir müssen aufbrechen, Devi. Sie sind losgefahren.«

Als Will nach Süden auf die Interstate 84 einbog, hatte der Truck einen Vorsprung von etwa fünfzehn Kilometern. Devlin saß mit dem Laptop auf dem Rücksitz. Er hatte ihr alles beigebracht, was sie wissen musste, und sie kannte das Programm mittlerweile so gut wie er. Alle paar Minuten gab sie die neuesten Daten durch.

Bei Sonnenaufgang fuhren sie in östlicher Richtung an Twin Falls vorbei.

Am Vormittag befanden sie sich auf dem Weg nach Norden auf der Interstate 15, hinein in das Hochland von Southwest Montana.

Sie ließen Jonathan immer einen Vorsprung von etwa zehn Kilometern, und mittlerweile war die anfängliche Aufregung einer lähmenden Monotonie gewichen.

Es gab keine Pausen.

Dillon. Butte. Helena.

Big Sky Country.

Auf der Hochebene, etwa acht Kilometer von Great Falls entfernt, wurde Will auf einmal klar, wohin Jonathan fuhr. Devlin hatte wohl seinen Seufzer gehört, denn sie sagte: »Was ist los, Dad?«

»Er fährt nach Kanada.«

»Cool. Da war ich noch nie …«

»Nein, nicht cool, Devi. Wir haben eine Pistole im Auto, und wir sind flüchtig.«

»Ist diese Pistole illegal?«

»In Kanada ja.«

»Aber wir haben Ausweise für Joe und Samantha Foster, oder?«

Das stimmte. Will hatte seine Sozialversicherungskarten, einen Führerschein, Pässe und beglaubigte Kopien ihrer Geburtsurkunden ständig dabei. Allerdings waren sie bisher nur einmal kontrolliert worden – von einem Streifenpolizisten in der Nähe ihres Hauses in Colorado.

Sie hielten in Shelby, Montana, etwa fünfzig Kilometer von der Grenze entfernt. Nach dreizehn Stunden ununterbrochener Fahrt hatte Will einen Krampf im Bein, als er aus dem Landrover ausstieg und tankte. Während das Benzin in den Tank lief, steckte er die Glock in seine Lederjacke, trat zu einer Reihe von Abfallbehältern hinter dem Laden und warf sie hinein.

Im Laden ging Will zur Toilette, und Devlin kaufte Junk Food, Cola, Kaffee und Schokoriegel.

Als sie weiterfuhren, war es Abend, und das kleine Symbol für Jonathans Truck stand bewegungslos an der Grenze von Montana nach Alberta.

»Hör mir gut zu, Baby. Wie heißt du?«

»Samantha Foster.«

»Wo lebst du?«

»In Mancos, Colorado.«

»Wie heiße ich?«

»Joseph Foster.«

»Warum fahren wir nach Kanada?«

»Um eine Ex-FBI-Agentin im Trailer eines …«

»Das ist nicht lustig. Die Zollbeamten an der kanadischen Grenze haben möglicherweise keinen Sinn für Humor. Sie könnten uns jederzeit aus einer Laune heraus festnehmen. Und wenn etwas schiefgeht, war es das für Kalyn. Also, sei respektvoll, beantworte ihre Fragen, aber nichts weiter. Wir wollen einen Freund in Calgary besuchen.«

»Müsste ich jetzt nicht in der Schule sein?«

»Du wirst zu Hause unterrichtet.«

»Wie heißt dein Freund?«

»Nathan Banks.«

»Wie lange bleiben wir?«

»Eine Woche.«

»Du kannst wirklich gut lügen, Dad.«

Der Mann, der an Wills Fenster klopfte, war jung und trug dunkle Kleidung.

Will ließ die Scheibe herunter. Es war schon dunkel und bitterkalt.

Der Zollbeamte sagte. »Steigen Sie bitte beide aus.«

Will hatte ihre Ausweise in ein Notizbuch gesteckt.

»Unsere Dokumente und mein Führerschein«, sagte er.

Der Mann ergriff das Notizbuch und sah sich ihre Papiere an. Ein weiterer Zollbeamter tauchte auf, eine lange Taschenlampe in der Hand.

Während er unter den Landrover leuchtete, fragte der erste Beamte sie, warum sie nach Kanada wollten. Wohin fuhren sie? Woher kamen sie? Hatten sie Waffen dabei? Alkohol? Haustiere? Pflanzen? Etwas zu verzollen?

»Nur meine Armbanduhr und meinen Computer.«

Der Beamte half ihnen, ein Formular auszufüllen, während der andere Mann mit der Taschenlampe ins Wageninnere leuchtete. Nach einem Moment trat er zu ihnen.

»Alles in Ordnung?«, fragte sein Partner.

»Beinahe.« *Beinahe?*

»Wie lange wollen Sie in Kanada bleiben?«, fragte der Mann, der sich im Landrover umgeschaut hatte.

»Eine Woche«, sagte Will.

»Und wo ist Ihr Gepäck?«

Scheiße. Scheiße. Scheiße.

»Wir hatten einen Unfall in Montana.«

»Was für einen Unfall?«

»Wir fuhren über einen Pass, und der Luftdruck hat die Korken aus den Weinflaschen in unserem Koffer herausgedrückt. Alles war ruiniert. Wir haben den Koffer weggeworfen. In Calgary können wir neue Sachen kaufen.«

Die Beamten wechselten einen Blick und nickten. Der Mann mit der Taschenlampe sagte: »Gute Reise.«

* * *

Sie hielten in Lethbridge, sechs Kilometer von der Stelle entfernt, wo Jonathans Truck laut Google in den letzten fünfzig Minuten stand.

Sie nahmen sich ein Zimmer in einem Gasthaus, aßen etwas aus dem Takeout auf dem Zimmer und schliefen fest und traumlos, bis der Computer sie um drei Uhr in der Frühe weckte, um zu melden, dass der Truck weiterfuhr.

Die nächsten vierundzwanzig Stunden waren mörderisch. Sie folgten Jonathan fünfhundert Kilometer lang über den Alberta Provincial Highway 2, fuhren nach Norden durch Calgary, Red Deer bis nach Edmonton, wo sie auf den Alaska Highway fuhren. Den ganzen Nachmittag fuhren sie durch Alberta und wechselten sich beim Fahren ab.

Whitecourt. Valleyview. Grande Prairie.

In der Nähe des Dawson Creek kamen sie bis auf zwei Kilometer an Jonathans Truck heran, da er im Ort anhielt, um zu tanken.

Als es Abend wurde, hofften sie beide inständig, dass der Truck anhalten würde. Sie hatten Hunger, und ihre Augen brannten nach dem zweiten Tag auf der Straße.

Aber Jonathan hielt nicht an. Er fuhr immer weiter in die Nacht hinein durch die Wildnis von British Columbia, auf dem einsamsten zweispurigen Highway, den sie je erlebt hatten. Will saß am Steuer, warf sich Cola-Tabletten ein, die er mit kaltem Kaffee herunterspülte. Der Laptop stand auf dem Beifahrersitz, da Devlin schon lange eingeschlafen war.

Sein Kopf war noch klar, aber er konnte nicht mehr gut sehen. Mit Ausnahme eines Tankstopps in Fort St. John war Will jetzt seit vierundzwanzig Stunden auf der Straße, und seine Augen brannten.

Als die Sonne aufging, erreichten sie Yukon.

Devlin regte sich und setzte sich auf. »Alles okay, Dad?«

»Ich kann dir nicht beschreiben, wie müde ich bin.«

Devlin nahm den Laptop wieder zu sich auf den Rücksitz.

»Er ist vor uns in einem Ort namens Whitehorse, Yukon«, sagte sie. »Ich glaube, er hat angehalten.«

»Im Ernst?«

»In den letzten zehn Minuten hat sich das Symbol nicht bewegt.«

»Gott sei Dank. Sonst hättest du fahren müssen.«

Sie hielten an der ersten Tankstelle, an der sie vorbeikamen, direkt hinter dem kleinen Flughafen in der Hauptstadt von Yukon.

Will machte den Motor aus und schloss die Augen.

»Sag mir Bescheid, wenn er sich wieder bewegt.«

28

Will hatte gerade zu träumen begonnen, als ihn die Stimme seiner Tochter weckte. »Er fährt los, Dad.«

»Willst du mich auf den Arm nehmen?« Will rieb sich die Augen. Er hatte das Gefühl, keine zehn Minuten geschlafen zu haben, aber die Sonne stand schon höher am Himmel, und erste Strahlen glitzerten auf dem Wasser des Yukon. *Schön hier oben,* dachte er, als er auf die fichtenbestandenen Hügel blickte.

Nach der Uhr am Armaturenbrett hatte er nahezu zwei Stunden geschlafen, aber er war trotzdem noch erschöpft. Er ließ den Motor an und lenkte den Landrover langsam durch die Stadt, damit der Truck sich ein bisschen weiter von ihnen entfernte.

»Du musst mit mir reden«, sagte er zu seiner Tochter. »Sonst schlafe ich noch ein, und wir kommen von der Straße ab.«

»Ich kann ja fahren.«

»Noch nicht.«

»Worüber willst du denn reden?«

»Das ist mir egal. Erzähl einfach was, damit ich nicht daran denke, wie müde ich bin.«

Devlin schwieg einen Moment und blickte aus dem Fenster, während sie durch Whitehorse fuhren.

»Okay«, sagte sie schließlich. »Findest du Kalyn hübsch?«

Will richtete sich auf. »Na«, sagte er, »jetzt bin ich hellwach.«

»Nein, du musst meine Frage beantworten.«

Sie ließen Whitehorse hinter sich und fuhren ganz allein über den Alaska Highway. Zu beiden Seiten der Straße erstreckte sich Fichtenwald.

»Klar, sie ist hübsch.«

»Magst du sie?«

»Wie bitte?«

»In der Schule haben wir so ein Bewertungssystem. Du kannst jemanden mögen. Du kannst jemand mögen *mögen*. Oder du kannst jemanden *mögen mögen* mögen.«

Will lachte. »Und was war deine Bewertung für den kleinen Ben im Sommer?

»Über mich reden wir jetzt nicht, Dad?«

»Ich weiß nicht, Devi. Was denkst du? Dass diese letzten Tage ein einziges großes Date waren? Es ist alles ungeheuer stressig, und …«

»Das heißt doch nicht, dass du sie nicht mögen kannst.«

Er begegnete ihrem Blick im Rückspiegel. »Hör mal, ich will nicht gemein sein, aber Kalyn ist ein beschädigter Mensch, Dev. Ich habe nichts gegen sie. Ich glaube nur, dass sie schwere Zeiten durchgemacht hat, seit ihre Schwester verschwunden ist.«

»Schwerere als wir wegen Mom?«

»Ja. Warum fragst du mich das überhaupt? *Willst* du, dass ich sie mag?«

»Ich fände es wahrscheinlich in Ordnung. Ich meine, seit Mom bist du mit niemandem mehr ausgegangen. Bist du nicht ein bisschen einsam?«

»Gefällt es dir denn nicht, dass wir nur zu zweit sind?«

»Doch, es ist nur … Dad!«

Will blickte auf die Straße.

Ein riesiger Elch trottete wenige Meter vor ihnen über den Highway.

Will machte eine Vollbremsung und wurde nach vorne gerissen. Etwas flog durch den Raum zwischen den beiden Vordersitzen und knallte auf das Armaturenbrett.

»Devlin!«

Schlingernd kam der Landrover zum Stehen. Die Stoßstange war keine fünf Meter von dem Elch entfernt, der Will durch die Windschutzscheibe blöde anstarrte. Will blickte nach hinten, um sich zu vergewissern, dass Devlin nichts passiert war. Sie saß angeschnallt auf ihrem Platz, und Tränen strömten ihr übers Gesicht.

»Weine nicht, Liebling. Es ist ja nichts passiert.«

Sie schüttelte den Kopf, und Will zog sich der Magen zusammen. Er blickte nach unten. Neben dem Schaltknüppel lag der Computer auf dem Boden. Teile davon hatten sich gelöst und lagen in seinem Schoß. Der Bildschirm, der immer noch an der Tastatur baumelte, war schwarz.

»O Gott«, sagte er.

»Wir können sie trotzdem noch finden, oder?«

»O Gott.«

»Dad?«

Er fuhr um den riesigen Elch herum und trat aufs Gaspedal.

Es war Mittag, ehe Will schließlich Jonathans Truck entdeckte, als er an der Grenzstation nach Alaska hineinfuhr.

Er und Devlin verbrachten fünfzehn quälende Minuten mit dem amerikanischen Zollbeamten. Anscheinend spürte der Mann Wills Ungeduld und stellte wesentlich mehr Fragen, als er es normalerweise getan hätte. Als sie endlich weiterfuhren, hatte Jonathan mindestens dreißig Kilometer Vorsprung.

Er beschleunigte auf hundertvierzig Stundenkilometer und raste den Alaska Highway entlang. Mitten im Niemandsland, im Ort Tok in Alaska, stieß er auf das, was er gefürchtet hatte – die Straße gabelte sich. Wenn er auf dem Alaska 1 bleiben würde, würde er direkt nach Westen nach Fairbanks fahren. Oder aber er bog links auf den Alaska 2 ab und fuhr in südlicher Richtung nach Anchorage.

»Welchen Weg sollen wir nehmen, Dad?«

Will fuhr rechts ran und hielt an.

»Bis nach Fairbanks sind es dreihundertfünfzig Kilometer«, sagte er. »Es liegt mitten im Land. Ich weiß nicht viel darüber. Anchorage liegt im Süden, an der Küste.«

»Was denkst du, wie dicht wir hinter dem Truck sind?«

»Keine Ahnung.«

»Dad …«

»Warte mal einen Moment, Dev.«

Er überlegte eine halbe Minute lang, dann fuhr er wieder los.

»Nach Anchorage?«, fragte Devlin, als der Landrover auf hundertfünfzig beschleunigte.

»Es ist eine Hafenstadt. Ich habe das Gefühl, dass sie Kalyn auf ein Schiff verfrachten.«

»Bist du sicher?«

»Nein, Baby. Kein bisschen.«

29

Als Kalyn erwachte, stand der Truck. Es war still. Sie hatte nicht vorgehabt einzuschlafen, aber die Langeweile und der emotionale Stress der letzten Tage hatten ihren Tribut gefordert. Sie hatte keine Ahnung, wie lange sie schon im Trailer war, obwohl es sich anfühlte wie Wochen. Sie setzte sich auf dem dicken gelben Schaumstoff auf und betrachtete die glänzende Metalldecke, die beiden restlichen Wasserkrüge, die Kiste mit den schwindenden Lebensmitteln. Aus dem Metalleimer in der Ecke roch es nach Urin und Kot.

Seltsamerweise brachte sie das Wissen, dass auch ihre Schwester sich in diesem engen Raum aufgehalten hatte, Lucy näher denn je.

Lucy war vier Jahre jünger als sie, und seit sie verschwunden war, hatte Kalyn sich oft vorgemacht, dass ihre Schwester furchtlos und mutig sei und jede Situation meistern konnte. Aber hier, eingesperrt in den Trailer des Trucks, wusste Kalyn, dass das nicht der Fall war. Lucy war verwirrt und desorientiert aufgewacht, außer sich vor Angst.

Irgendetwas ging außerhalb der gepolsterten Wände vor sich, aber Kalyn konnte nicht sagen, was.

Ein Stück des gelben Schaumstoffs glitt zurück, und die Tür zu ihrem Gefängnis öffnete sich.

Sie stand auf. Im Anhänger war es dunkel, und die nackte Glühbirne über ihrem Kopf gab nicht genug Licht, als dass sie irgendetwas erkennen konnte.

Ein Paar Handschellen flogen durch die Tür und landeten auf dem gelben Schaumstoff.

»Leg sie an.«

Eine Männerstimme, kein Akzent.

Sie ergriff die Handschellen und legte sie um die Handgelenke.

»Komm heraus.«

Kalte Luft drang in den Trailer.

»Wo bin …«

Jemand griff nach ihr und zog sie heraus, und dann wurde sie hochgehoben. Hände hielten ihre Arme über den Ellbogen fest. Sie roch abgestandenes Rasierwasser und Zigarettenrauch.

Am Ende des Trailers wurde sie heruntergehoben, in die Arme eines großen Mannes mit blonden Haaren und eisblauen Augen, denen jegliche Wärme fehlte.

30

Am späten Nachmittag hielt Will am Straßenrand einer weiteren Kreuzung.

Devlin las das Straßenschild vor: »Anchorage, dreihundert Kilometer. Valdez hundertneunzig.«

Will stieß einen tiefen Seufzer aus und ließ den Kopf auf das Lenkrad sinken. »Wir haben sie verloren«, sagte er.

»Vielleicht ist der Truck vor uns.«

Er konnte die Hoffnung in der Stimme seiner Tochter nicht ertragen. »Ich bin in den letzten anderthalb Stunden hundertfünfzig gefahren. Wenn er hier langgefahren wäre, hätten wir ihn längst schon einholen müssen.«

»Wohin hätte er denn sonst fahren können?«

»Wohin? Vielleicht hat er in Tok gehalten, und wir haben ihn nicht gesehen. Aber wahrscheinlich ist er doch nach Fairbanks gefahren.« Er hob den kaputten Computer auf und starrte auf den zerstörten Bildschirm.

»Wird Kalyn sterben?«

»Ich weiß es nicht, Devi.«

»Aber wahrscheinlich doch?« Will trat aufs Gaspedal und wendete. »Was machst du, Dad?«

»Das Einzige, was mir übrig bleibt.«

31

Sie fuhren durch eine Stadt, die so groß war, dass sie sogar eine Art Skyline hatte – eine mickrige Ansammlung zehn- und zwölfstöckiger Gebäude. Der große Blonde fuhr den neuen Suburban, und Kalyn saß auf dem Rücksitz zwischen zwei weiteren Männern. Der Mann rechts neben ihr war jung, höchstens zwanzig. Er schaute sie ständig an und knetete die Hände. Seine Haare waren lang und schwarz, zu einem fettigen Pferdeschwanz zusammengebunden. *Er ist nervös,* dachte Kalyn. Der Mann links von ihr war vielleicht zehn Jahre älter – mit kurzen, hellbraunen Haaren und vielen Sommersprossen im Gesicht. Sie trugen beide schwarze Jeans und langärmlige Hemden mit Westen, in deren ausgebeulten Taschen sich vermutlich Messer und Handys befanden. Sie widerstand dem Drang, sich umzudrehen. Zu gerne hätte sie gewusst, ob der Landrover ihnen folgte.

»Wohin bringen Sie mich?«, fragte sie.

Der Fahrer drehte das Radio lauter.

Es war vierzehn Uhr sechsundvierzig, und bald ließen sie die Stadt hinter sich und fuhren durch stille Wohnstraßen, dann durch ein Waldstück, in dem einzelne Häuser weit verstreut lagen, und schließlich war die Straße nicht mehr asphaltiert, sondern nur noch ein Feldweg mit hohen Schwarzfichten zu beiden Seiten. Der Suburban wirbelte heftige Staubwolken auf, sodass sie im Seitenspiegel nicht erkennen konnte, ob Will ihnen folgte.

Nach weiteren zehn Kilometern endete der Weg an einem langen, schmalen See.

Der große Blonde schaltete den Motor aus. Sie parkten parallel zum Ufer, sodass Kalyn die Straße im Blick hatte. Der

Staub hatte sich gelegt. *Irgendetwas ist passiert. Er kommt nicht.*

»Würden Sie mir bitte sagen, wo ich bin?«, sagte Kalyn.

Der Mann hinter dem Steuer blickte in den Rückspiegel und sagte: »Halt den Mund.«

»Ich muss pinkeln.«

»Halt es an.«

»Im Ernst, mir platzt gleich die Blase. Ich weiß nicht, ob ich es noch einhalten kann, und ich möchte nicht über Ihren Sitz pinkeln.«

»Der Blonde sagte: »Geh mit ihr raus, Marcus.« Sie hoffte, dass er damit den Jüngeren gemeint hatte, aber der Sommersprossige öffnete seine Tür und half ihr aus dem Auto.

Er ging mit ihr zwanzig Meter vom Auto weg zu einem kleinen Wäldchen, und Kalyn zog ihr Höschen herunter, hob den Rock und hockte sich hin.

Während ihr Urin dampfend im Boden versickerte, tat Marcus genau das, was sie gehofft hatte – er schaute weg.

Leise erhob sie sich, trat aus ihrem Höschen und legte Marcus die Hände um den Hals. Er war größer und viel stärker als sie, aber das spielte keine Rolle, weil Kalyn ihm den Rand der metallenen Handschellen auf die Halsschlagader drückte. Mit dem Unterarm schnürte sie ihm die Luft ab, und es dauerte nur Sekunden, bis er zu Boden sank.

Sie schleppte ihn hinter die jungen Bäume und riss ihm die Weste auf. Mehr als fünfzehn Sekunden Zeit hatte sie nicht, bevor die anderen beiden sich fragen würden, wo sie blieb. Er hatte eine Pistole bei sich. Rasch untersuchte sie die Kammer. Sechs Schuss. Sie schloss sie wieder und schlich auf bloßen Füßen durch das Gras zum Suburban. Vorsichtig spähte sie hinter dem Wagen hervor und sah im Seitenspiegel auf der Fahrerseite, dass der große Blonde sich umgedreht hatte und mit dem anderen Mann redete.

Im Wäldchen setzte Marcus sich bereits auf und versuchte aufzustehen.

Kalyn kroch an der hinteren Tür vorbei zur Fahrertür.

Du kannst es. Du musst es tun. Für Lucy.

Sie hatte den Finger am Abzug und stand auf. Marcus schrie etwas, und auf dem Weg war ein weiteres Auto zu hören.

Will?

Obwohl die Scheibe getönt war, sah sie das Profil des Mannes.

Glas splitterte. Blut spritzte.

Sie riss die hintere Tür auf. Der junge Mann sah sie aus weit aufgerissenen Augen an und sagte »Nein«. Gleichzeitig griff er in seine Weste.

Zwei weitere Schüsse auf den Bauch, gurgelnde Laute.

Das Motorengeräusch wurde lauter.

Noch drei Kugeln. Sei vorsichtig.

Marcus kam jetzt aufs Auto zu. Er hielt ein Messer in der Hand und bewegte sich wie ein Roboter.

Kalyn rannte auf ihn zu, blieb zehn Meter vor ihm stehen und schrie: »Lass das Messer fallen und bleib stehen!«

Aber er kam immer weiter auf sie zugetaumelt.

»Ich habe deine Freunde erschossen, und ich werde auch dich erschießen. Willst du heute sterben, Marcus?«

Als er immer weiter auf sie zukam, dachte Kalyn: *Vielleicht glaubt er, eine Frau kann ihn nicht erschießen.*

Die Kugel riss ihm die Schädeldecke weg, und er sank auf die Knie und fiel nach vorne auf den feuchten Boden.

Noch zwei Kugeln. Das reicht nicht.

Sie rannte zurück zum Suburban und öffnete die Fahrertür. Eisauge war über den Beifahrersitz gesunken, und sie zerrte ihn heraus, um ihn zu durchsuchen. Sie fand die Handschellenschlüssel und eine .45 Smith.

Der Autolärm war ohrenbetäubend geworden, und erst jetzt merkte sie, dass es gar kein Auto sein konnte, weil das Geräusch vom See kam.

Ein einmotoriges Wasserflugzeug war gerade gelandet und fuhr mit kreischender Maschine auf das Ufer zu.

Kalyn schloss die Handschellen auf und kroch hinter den Suburban. Sie duckte sich und beobachtete durch die getönte Scheibe, wie das Flugzeug am Steg anlegte. Die Pontons schlugen gegen die Holzpfosten. Die Tür des Flugzeugs ging auf, und ein Mann kletterte heraus. Sie konnte keine Details erkennen, da er noch relativ weit weg war und sie ihn außerdem nur durch die getönte Scheibe sah.

Als er den Steg entlangging, öffnete sich die hintere Tür. Der junge Mann mit dem Pferdeschwanz fiel heraus, rappelte sich auf und stolperte auf das Flugzeug zu.

Der Pilot war stehen geblieben und starrte den verletzten Mann an, der auf ihn zu taumelte. Er schrie etwas, was Kalyn nicht verstehen konnte, dann rannte er zum Flugzeug zurück, kletterte ins Cockpit und ließ den Motor an.

Sie trat hinter dem Suburban vor, als das Flugzeug ablegte. Der junge Mann lag bäuchlings im Gras. Sie rannte zum Steg, aber das Flugzeug glitt bereits mit hoher Geschwindigkeit über die Wasseroberfläche, bereit zum Abheben. Es war schon zu weit weg.

Ein Geräusch wie das Kreischen einer Kreissäge ertönte, als das Flugzeug abhob und sich in den Himmel schraubte. Es flog eine Linkskurve und verschwand nach Westen über dem Wald. Bald schon war nichts mehr zu sehen und zu hören.

Kalyn rannte zurück zu dem jungen Mann und drehte ihn auf den Rücken. Aus seinen Mundwinkeln rann Blut ins Gras. Die glasigen Augen waren nur noch Schlitze. Sie lehnte ihn gegen einen Fichtenstamm und schlug ihm ins Gesicht.

»Wohin fliegt das Flugzeug?«

Er schüttelte den Kopf und riss seine Weste auf. Verständnislos blickte er auf die beiden dunklen Flecken auf seinem Hemd, die sich rasch über seinen Bauch ausbreiteten. Er begann zu weinen.

»Ich kann dir helfen«, log Kalyn ihn an. »Ich bringe dich ins Krankenhaus. Du könntest überleben. Aber ich muss wissen, wohin das Flugzeug geflogen ist.«

»Mir ist kalt«, stieß er hervor.

»Willst du leben?«

Er nickte.

»Dann sag es mir.«

Er flüsterte etwas.

»Was?«

»Hills.«

»Was soll das heißen?«

»Wolverine Hills.«

»Wolverine Hills?«

Er nickte.

»Wo ist das?«

Der junge Mann hustete Blut und stöhnte: »Bitte.«

»Wie heißt der Typ, der aus dem Flugzeug ausgestiegen ist?«

Sein Blick wurde trüb, als ob jemand Jalousien heruntergezogen hätte.

»War das der letzte Austausch, oder wollte der Mann mich nur zu jemandem bringen? Ich muss wissen …«

Er atmete aus, und die Muskeln an seinem Hals und seinem Rücken entspannten sich. Er sank nach vorne. Kalyn berührte seinen Hals. Dann stand sie auf und schaute sich um. Drei Leichen in der Wildnis, und es wurde dunkel.

32

Will und Devlin betraten den Coffee Shop, der zugleich auch als Internet-Café diente. Ungeduldig warteten sie darauf, dass ein Computer frei wurde. An den Wänden hingen bizarre Fotos von kopulierenden Karibus. Auf der Bühne an der hinteren Wand stand ein College-Student und stimmte seine akustische Gitarre. Draußen war es schon dunkel, und Will wollte gerade aufgeben, als endlich ein Computer frei wurde.

Er und Devlin teilten sich einen Stuhl vor einem der Macs. Die Verbindung war wahnsinnig langsam, und es dauerte fünf Minuten, bis SoniyaMobile's Website geladen hatte. Es war jetzt drei Tage her, seit Kalyn ihm ihren Log-in-ID und ihr Password gesagt hatte. An den ID erinnerte er sich sofort, aber ihr Password bestand aus Buchstaben und Zahlen, und er brauchte fünf Versuche, bis es richtig war.

Als die Google-Karte endlich lud, sagte er so laut »Scheiße«, dass die anderen Gäste aufblickten und ihm böse Blicke zuwarfen.

»Oh nein«, stieß Devlin hervor.

Das kleine Symbol für Jonathans Truck war bereits im nördlichen British Columbia.

»Er fährt nach Hause«, sagte Will. »Er hat sie schon an den Käufer übergeben.«

»Ist sie tot?«, flüsterte Devlin.

»Frag mich das nicht ständig«, erwiderte er scharf.

Der Gitarrist stand mittlerweile am Mikro, zupfte Saiten und kündigte eine experimentelle Mischung aus Hip-Hop-Folk an, wie er es nannte.

»Geh seiner Spur nach, Dad.«

»Was?«

»Du kannst nachvollziehen, wo Jonathans Truck überall gewesen ist. Hier, ich mache es.« Sie ergriff die Mouse und ging mit dem Cursor zum Menü. Als sie auf VIEW TRACKING HISTORY klickte, klingelte Wills Handy. Er zog es aus der Tasche und starrte ungläubig auf das Display.

»Wer ist es?«, fragte Devlin.

Er drückte auf die grüne Taste. »Hallo?«

»Will?«

»Scheiße, Kalyn, bist du okay?«

»Wo bist du?«

»In Fairbanks, Alaska.«

»Wo in Fairbanks?«

»Im Coffee Shop an der Universität. The Last Drop.«

»Ich bin in zehn Minuten da. Geh nicht weg.«

Will klappte das Handy zu und blickte seine Tochter fassungslos an.

Devlin begann zu weinen.

33

Narben

Will und Devlin standen frierend vor dem Coffee Shop. Sie zogen die Kälte des Abends in Alaska dem Gitarrengeklimper im Lokal vor. Ein schwarzer Suburban bog auf den Parkplatz ein. Durch das zersplitterte Fenster auf der Fahrerseite grinste Kalyn sie an.

Sie stieg aus, und Will und Devlin stürzten auf sie zu, um sie zu umarmen.

»Es tut mir so leid«, flüsterte Will ihr ins Ohr.

»Hey.« Kalyn umfasste sein Gesicht mit beiden Händen. »Ich bin in Ordnung. Ist schon gut.«

»Was ist mit dir passiert?«

»Wir können später unsere Geschichten austauschen. Jetzt folgt ihr mir erst einmal. Ich muss diesen Wagen loswerden. Er ist voller Glas und Blut.«

Will folgte dem Suburban durch Fairbanks, bis sie schließlich zu einem Safeway gelangten. Kalyn parkte den Wagen in der hintersten Ecke und wischte fünf Minuten lang alles ab – Lenkrad, Türen, Schaltknüppel –, alle Stellen, an denen sie unter Umständen Fingerabdrücke hinterlassen haben konnte.

Dann setzte sie sich neben Will auf den Beifahrersitz und sagte: »Ich habe ein Zimmer im Best Western genommen. Fahr den gleichen Weg zurück, den wir gekommen sind.«

Als Will auf den Alaska Highway einbog, bemerkte Kalyn die Überreste des Computers auf dem Boden. Sie hob einen Teil der kaputten Tastatur hoch und drehte sie in der Hand.

»Das ist heute Morgen außerhalb von Whitehorse, Yukon,

passiert«, sagte Will. »Ein Elch stand mitten auf dem Highway. Ich musste eine Vollbremsung machen, und der Computer ist gegen das Armaturenbrett geflogen. Als du angerufen hast, haben wir gerade versucht, Jonathans Truck zurückzuverfolgen.«

»Es war alles meine Schuld«, sagte Devlin. »Ich habe mit Dad geredet, damit er wach blieb. Ich hätte den Computer besser festhalten sollen.«

Kalyn drehte sich zu Devlin um und ergriff ihre Hand. »Es war nicht deine Schuld, Baby«, sagte sie. »Manche Dinge passieren eben einfach. Daran können wir nichts ändern.«

»Und wie ist es dir ergangen?«, fragte Devlin.

»Jonathan hat mich heute Nachmittag an drei Männer übergeben, an einem Lagerhaus irgendwo in Fairbanks. Sie sind mit mir aufs Land gefahren, zu einem See. Aber ich konnte fliehen.«

»Hast du sie umgebracht?«, fragte Will.

»Ja.«

»Drei Männer? Wie?«

»Sie haben einen Fehler gemacht. Sie haben meine Hände nicht auf dem Rücken gefesselt. Wenn sie das getan hätten, wäre es viel schwieriger für mich geworden. Und sie haben mich unterschätzt.«

»Wer waren die Männer?«

»Das muss ich noch herausfinden. Mir kamen sie so vor wie Mitglieder einer organisierten Bande.«

»Meinst du, hier in Alaska gibt es organisiertes Verbrechen?«

»Vielleicht eine Art Filiale des Syndikats von Anchorage. Hier musst du abbiegen.«

Will gehorchte, und schon bald sah er die Lichter von Motel, Hotel und Restaurant in der Ferne.

»Sie wollten mich mit Sicherheit jemandem übergeben«, sagte Kalyn. »Während ich noch mit ihnen beschäftigt war, landete ein Wasserflugzeug auf dem See und ankerte am Steg. Ein Mann stieg aus, sah, dass offensichtlich etwas schiefgegangen war, und haute sofort wieder ab.«

»Willst du herausfinden, wohin?«

»Ich habe einen der sterbenden Männer danach gefragt, aber er sagte nur noch etwas von Wolverine Hills. Hast du schon mal davon gehört?«

»Nein.«

»Ich auch nicht. Hey, da ist das Best Western.«

Als Will in die Hoteleinfahrt einbog, sagte Devlin: »Dad, dein Rucksack summt.«

Will und Kalyn blickten einander an und sagten beide gleichzeitig: »Javier.«

»Gib das Handy her, Dev«, sagte Will. Zu Kalyn gewandt fügte er hinzu: »Du lieber Himmel, wie lange ist es jetzt her, seit du die Frau und ihren Sohn in diese Mall gebracht hast?«

»Fünf Tage.«

Er fuhr in eine Parklücke. »Fünf?«

»Ja, ich weiß. Das ist eine lange Zeit, aber sie hatten genug zu essen und zu trinken. Ich habe diese Möglichkeit in Betracht gezogen, Will. Deshalb habe ich ihnen ein paar Bücher dagelassen und Taschenlampen. Welche Nummer steht auf dem Display.«

Will blickte auf den BlackBerry. »Die gleiche wie sonst auch.« Er stellte auf Lautsprecher. »Hallo?«

»Ihr habt euch vor drei Tagen mit Jonathan getroffen. Ich habe mich herausgehalten. Sagen Sie mir jetzt, wo meine Familie ist?«

Kalyn nahm Will den BlackBerry aus der Hand.

»Hallo, Javier. Tut mir wirklich leid, dass wir uns bisher nicht gemeldet haben, aber die letzten Tage waren wirklich verrückt. Das verstehen Sie doch sicher.«

»Nein, ich …«

»Nun, Folgendes: Ich werde Ihnen nicht sagen, wo Misty und Raphael sind, weil es sowieso keine Rolle spielt. Ich habe beide letzten Samstag getötet.«

Kalyn drückte auf BEENDEN und begann sofort neu zu wählen.

»Was machst du …«, begann Will.

Sie bedeutete ihm, er solle den Mund halten. Am anderen Ende der Leitung meldete sich eine Frauenstimme.

»Ja, ich möchte etwas anzeigen. In einer der Umkleidekabinen in der Kinderabteilung von Belk sind eine Frau und ein Junge eingesperrt … ja, diese ausgebrannte Mall in Scottsdale … Desert Gardens Shopping Center … Nein, mehr Informationen kann ich Ihnen nicht geben … Nein, meinen Namen kann ich Ihnen nicht sagen.«

Sie legte auf und öffnete die Tür. Der BlackBerry vibrierte erneut.

»Ach, komm, Kalyn«, sagte Will.

»Na, rat mal, wer schon wieder anruft.« Sie schaltete den BlackBerry aus und steckte ihn in die Tasche.

»Bist du verrückt, Kalyn?«

Grinsend stand sie an der offenen Tür.

Will schaltete den Motor aus, und er und Devlin stiegen aus.

»Du bist zu weit gegangen«, sagte er, als sie zum Eingang gingen. »Du kannst keinem Mann, auch einem bösen nicht, sagen, dass du seine Frau und seinen Sohn umgebracht hast.«

Kalyn blieb stehen und blickte ihn an. »Warum nicht?«

»Es gibt eine Grenze.«

»Wo?«

»Die uns trennt von Leuten wie …«

»Ach, scheiß drauf, Will. Soll dieses Stück Dreck doch spüren, was es heißt, die Familie zu verlieren.«

Sie duschten, dann gingen sie sich neue Kleider kaufen, die sie seit Idaho nicht mehr gewechselt hatten. In einem Steak House in der Nähe des Hotels aßen sie zu Abend, und nach den Tagen der Entbehrung schwelgten sie in richtigem Essen, genossen es, wieder zusammen zu sein und erzählten einander, wie sie die letzten Tage verbracht hatten.

Als sie ins Hotel zurückkehrten, war Will so müde wie noch nie in seinem ganzen Leben.

Während sie auf den Aufzug warteten, erblickte Kalyn das unbesetzte Business-Center.

»Nein, lass uns das morgen früh machen«, sagte Will. »Ich kann nicht mehr.«

»Ach, komm, es dauert doch nur eine Minute.«

Sie versammelten sich um den Computer. Kalyn saß an der Tastatur, Will und Devlin blickten ihr über die Schulter.

Sie gab »Wolverine Hills« und »Alaska« bei Google ein.

Die Suchergebnisse waren nicht beeindruckend. Wolverine Hills hatte keine eigene Website und wurde nur zweimal beiläufig erwähnt.

»Okay, hier ist doch noch was«, sagte Kalyn. »Hier steht, es handelt sich um eine kleine Gruppe von Hügeln, die zwischen sechs- und zwölfhundert Meter hoch sind. Sie erstreckt sich von Osten nach Westen. Fünfzig Kilometer lang, fünfzehn breit. Dreihundert Kilometer nördlich des Denali National Park. Dreihundert westlich von Fairbanks.«

»Wahrscheinlich kann man nicht mit dem Auto dorthin fahren«, sagte Will.

Kalyn hatte bereits Google Maps aufgerufen und schaute sich die westliche Umgebung von Fairbanks an.

»Der Alaska 3 verläuft südlich nach Anchorage. Es sieht so aus, als ob unbefestigte Straßen nach Norden und Westen führen, aber keine davon kommt auch nur in die Nähe der Wolverines.«

»Deshalb das Wasserflugzeug.«

Devlin sagte: »Dann fliegt der Typ also die Frauen zu diesen Hügeln?«

»Sieht so aus«, erwiderte Kalyn.

»Warum denn?«

»Ich weiß es nicht, Baby. Und ein Teil von mir möchte es lieber gar nicht wissen.«

34

Will gab Devlin ihre Physiotherapie und ließ sie halb schlafend vor dem Fernseher zurück. Er lief über die Treppe in die nächste Etage und klopfte leise an die Tür von Zimmer 617. Kalyn trug ein Tank Top und Laufshorts, die ihre langen, muskulösen Arme und Beine betonten.

»Können wir reden?«, fragte Will.

Sie setzten sich auf das King-Size-Bett. Es war still im Zimmer, abgesehen von dem leisen Rauschen der Zentralheizung, aus der warme Luft strömte. Kalyns Haare waren beinahe wieder glatt, und die Dusche hatte die schwarze Farbe schon fast wieder herausgewaschen.

»Woran denkst du?«, fragte er.

»An das Gleiche wie du.«

»Wir können nicht wissen, was wir dort draußen finden, und Devi hat schon eine Menge durchgemacht.«

»Ich kann euch beide beschützen«, sagte Kalyn.

Will lächelte. »Ist das nicht eher mein Text? Du forderst mein angeschlagenes Ego heraus.«

»Hör mal, ihr braucht nicht mitzukommen. Ihr könnt auch wieder nach Hause fahren.«

»Aber du machst dich auf jeden Fall auf den Weg zu den Wolverine Hills.«

»Mir bleibt nichts anderes übrig.«

»Und wenn der Typ gelogen hat? Er lag im Sterben, Kalyn. Was hatte er zu verlieren?«

»Das werde ich wohl herausfinden.«

»Wir könnten jetzt auch die Polizei informieren, damit sie übernehmen.«

»Die Polizei, die schon Rachael nicht gefunden und stattdessen dich des Mordes an deiner Frau verdächtigt hat? Nein, danke Will. Ich habe zu viel geopfert, um ihnen jetzt einfach so den Ball zu überlassen. Und am Ende würden sie doch wieder kein Tor schießen.«

Will lehnte sich gegen das Kopfteil des Bettes und blickte aus dem Fenster auf die Lichter von Fairbanks.

»Mal angenommen, wir finden heraus, was mit meiner Frau passiert ist. Mit deiner Schwester? Und dann? Dann sind sie trotzdem noch fort. Wir werden sie trotzdem noch vermissen.«

»Könnte es dir nicht eher dabei helfen, weiterzuleben?«

»Ich weiß nicht. Rachael ist jetzt seit fünf Jahren weg, aber ich kann mich immer noch an die Nacht erinnern, als sie nicht nach Hause gekommen ist, und an den nächsten Tag, als sie alle in mein Haus gekommen sind, um Wache zu halten. Ich stecke irgendwie in diesem Moment fest.«

»Dieses Gefühl kenne ich.«

»Was willst du, Kalyn? Was erwartest du dir von all dem?«

»Frieden, glaube ich. Und genau zu wissen, was meiner Schwester widerfahren ist. Du verstehst das nicht. Bevor Lucy verschwand, verlief mein Leben reibungslos. Ich war Special Agent, und ich machte Karriere im Bureau. Alles verlief nach meinen Wünschen. Ich hatte genau die Freunde und Verbindungen, die ich wollte. Die nächsten zehn, fünfzehn Jahre hatte ich schon geplant. Ich wollte vom FBI weggehen und Staatsanwalt werden. Aber nachdem Lucy …«

»Da ist alles aus der Bahn gelaufen.«

»Ja.«

»Du kannst trotzdem noch alles so machen, wie du es geplant hast. Das weißt du doch, oder?«

»Nein, das kann ich nicht. Das FBI hat mich entlassen. In meiner Akte stehen schreckliche Dinge über mich, die nie gelöscht werden. ›Emotional instabil‹, ›Klinische Depression‹. Dieser Teil meines Lebens, diese Träume … sie sind gestorben.« Sie sagte es ohne jede Emotion, ohne jedes Bedauern.

Zum ersten Mal fielen Will die dünnen weißen Narben an ihren Handgelenken auf.

Er berührte sie und fuhr mit dem Finger über die Narben.

»Letztes Jahr«, flüsterte sie, »war hart. Ich war einfach so müde, weißt du? Ich bekam keine Luft mehr. Hast du jemals an so eine Lösung gedacht?« Er nickte. »Aber du hattest Devlin.«

»Ich weiß nicht, ob ich ohne sie noch leben würde.«

»Hast du dich jemals einfach … kaputt gefühlt?«

Will blickte Kalyn in die Augen. Er hatte das Gefühl, sie noch nie wirklich gesehen zu haben. »Du bist eine der ungewöhnlichsten Frauen, denen ich je begegnet bin«, sagte er. »Das ist die Wahrheit.«

Kalyn schmiegte sich an ihn.

Lang aufgestaute Energien brachen hervor. Schließlich lösten sie sich atemlos und ein wenig verwundert voneinander. Will klopfte das Herz bis zum Hals. Er konnte die glatte Haut von Kalyns Bein an seinem Arm kaum ertragen.

»Ich kann das nicht«, sagte er, stand auf und verließ das Zimmer.

35

Am nächsten Morgen rasierte Will sich gerade im Badezimmer, als Devlin an die Tür klopfte. Sie kam herein, setzte sich auf die Wanne und starrte ihren Vater an.

»Morgen«, sagte Will und rasierte sich weiter. »Hast du gut geschlafen?«

»Ja. Und du?«

»Viel zu gut. Ich könnte noch ein paar Stunden länger im Bett bleiben.«

Devlin gab Zahnpasta auf eine Zahnbürste und begann, sich die Zähne zu bürsten. »Was machen wir heute?«

»Nun, du kannst hierbleiben und tun und lassen, was du willst.«

»Fährst du weg?«

»Kalyn und ich wollen sehen, ob wir jemanden finden, der uns in die Wolverine Hills fährt.« Will ließ das Rasiermesser vorsichtig über die Krümmung am Kinn gleiten.

»Und wenn ihr jemanden findet?«

»Dann fliegen wir da hin.«

»Ohne mich?«

»Ja.«

Devlin spuckte ins Waschbecken und ließ die Zahnbürste sinken.

Will drehte den Wasserhahn auf, um sich den Rasierschaum abzuwaschen.

»Liebes, ich habe keine Ahnung, was uns dort draußen erwartet. Ich habe dich bereits viel zu sehr in Gefahr gebracht, und du bist mir viel zu kostbar, um dich dorthin mitzuschleppen …«

»Du brauchst mich nicht zu schleppen, Dad.«

Will ergriff ein Handtuch und tupfte sich das Gesicht ab, »Es ist ja nur für einen Tag, Devi.«

Sie begann zu keuchen. Tränen traten ihr in die Augen.

»Beruhige dich, Baby. Ich möchte doch nur, dass du …«

»Hör auf, mich so zu nennen. Ich bin kein Kind mehr.« Ihre Augen brannten.

»Du hast recht. Du bist kein Kind mehr, aber du bist erst sechzehn, und ich fühle mich schon schlimm genug, weil ich dich hierher mitgenommen habe. Ich werde diese Fehler nicht …«

Devlin schlang weinend die Arme um ihn. »Bitte, nimm mich mit. Ich will nicht zurückgelassen werden. Sie ist doch meine Mutter. Ich will genauso sehr wie du wissen, was mit ihr passiert ist.«

»Sieh mich an. Nein, sieh mich an.« Er packte seine Tochter an den Armen. »Ich werde dich nicht in Gefahr bringen.«

»Du bist alles, was ich noch habe, Dad. Weißt du das?«

»Natürlich weiß ich das.«

»Dann müssen wir auch zusammenbleiben.«

Das Büro der kleinen Fluglinie Arctic Skies lag am Fluss, der sich durch Fairbanks schlängelte. Im Telefonbuch hatte gestanden, dass es morgens um zehn Uhr aufmachte, und als Devlin, Will und Kalyn pünktlich dort eintrafen, saß ein Mann in einem Drehstuhl, hatte die Beine auf seinen Schreibtisch gelegt, rauchte eine Zigarre und blätterte den *Daily News-Miner* durch. Das Büro war klein und spärlich eingerichtet – nur ein Schreibtisch, ein Computer, ein paar Stühle und eine künstliche Pflanze. An den Wänden hingen gerahmte Poster – Fotos von verschneiten Bergen, Grizzlybären, die Lachse fingen, Nordlicht.

»Buck Young?«, fragte Will.

Der Mann blickte über den Rand seiner Zeitung und stieß eine Rauchwolke aus.

»Derselbe.«

Er sah ein bisschen heruntergekommen aus: rote, wässerige Augen, wettergegerbte Haut, grau gesprenkelter Bart. Auf seinen schulterlangen grauen Haaren, die er wahrscheinlich seit einer Ewigkeit nicht mehr gewaschen hatte, saß eine mindestens zwanzig Jahre alte Yankees-Baseballkappe.

»Wir suchen jemanden, der uns zu den Wolverine Hills fliegt«, sagte Will.

»Wirklich? Zu den Wolverines?«

»Ja. Kennen Sie das Gebiet?«

»Klar. Ich habe vor zwei Jahren einmal einen Jäger dorthin geflogen. Kommen Sie, setzen Sie sich.«

Vor dem Schreibtisch standen nur zwei Stühle, deshalb setzte sich Devlin auf die Armlehne von Kalyns Stuhl.

»Wohnt da draußen jemand?«, fragte Will.

»Nein. Es gibt keinen abgelegeneren Flecken in ganz Alaska.«

»Es ist also öffentliches Land?«

»Soweit ich mich erinnere, ist ein Teil öffentlich, aber das meiste gehört den Athabascan-Indianern. Hören Sie, wenn Sie zahlen, fliege ich Sie überallhin. Aber mich interessiert doch, warum es ausgerechnet die Wolverines sein müssen? Da gibt es nicht so besonders viel zu sehen. Und es ist ein furchtbar langer Flug.«

»Es tut mir leid, aber wir haben nun mal unser Herz daran gehängt«, sagte Kalyn.

Buck nahm seine Stiefel vom Schreibtisch und beugte sich vor. »Was wollen Sie da draußen eigentlich machen?«

»Wir möchten zwei Tage lang dort campen und wandern.«

»Haben Sie eine Ausrüstung?«

»Nein.«

»Ich kann Sie mit allem versorgen, was Sie brauchen.« Buck zog einen Taschenrechner aus einer Schublade und begann leise murmelnd Zahlen einzutippen. »Sechshundert Kilometer hin und zurück. Mietausrüstung für zwei Tage. Drei Personen. Mit Führer? Ohne Führer?«

»Nur wir drei.«

»Das wird Sie ungefähr dreitausend kosten.«

Kalyn blickte Will an. Er nickte. Dann wandte er sich zu Buck. »Wir möchten so schnell wie möglich aufbrechen. Heute noch wäre ideal.«

Um ein Uhr mittags trafen sie sich mit dem Buschpiloten an der Chena Marina, einem Wasserflugzeughafen außerhalb von Fairbanks. Buck lud gerade Vorräte in den Gepäckraum der einmotorigen Cessna 185. Das Äußere der Maschine wirkte nicht gerade vertrauenerweckend, da sie überall Beulen hatte und die Farbe abgeblättert war.

»So, ich glaube, ich habe alles für euch«, sagte Buck. »Heute Abend soll es schlechtes Wetter geben, deshalb sollten wir so schnell wie möglich starten.«

Das Flugzeug war ein Viersitzer mit reichlich Stauraum im hinteren Bereich. Der Innenraum war mit hellgrauem Teppich gepolstert, und auf den Ledersitzen lagen Schaffelle. Devlin bat darum, neben Buck sitzen zu dürfen, und er verlieh ihr den Status eines Co-Piloten. Sie schnallten sich an, und kurz darauf glitt Buck zum Ende des Teiches. Über Kopfhörer teilte er ihnen mit, dass der Flug etwa neunzig Minuten dauern würde.

»Wie schnell fliegen wir und wie hoch?«, fragte Devlin.

»Hundertzwanzig Knoten auf fünfzehnhundert Metern.«

»Cool.«

Der 300 PS starke Motor drehte hoch, der Propeller verschwand, und die Cessna beschleunigte auf dem Wasser.

Will starrte aus dem Fenster, als die Landschaft vorbeiraste, und dachte an ihr Gespräch auf der Fahrt vom Hotel zum Hafen. Er und Kalyn waren sich über die Grundregeln dieser Expedition einig. Sie wollten sich umschauen, aber nicht mit jemandem in Kontakt kommen. Wenn sie etwas fanden, würden sie warten, bis Buck sie abholte, und bei ihrer Rückkehr würden sie die Behörden in Fairbanks verständigen. Sicherheit und Devlins Schutz waren oberste Priorität.

Buck zog den Steuerknüppel zu sich heran, und das Flugzeug stieg sanft in die Luft. Sie glitten über die Bäume, und Will musste schlucken, weil seine Ohren zugingen. Das Hafenbecken und die Stadt blieben hinter ihnen zurück, und er sah auf einmal, wie klein und unbedeutend Fairbanks wirkte, umgeben von endlosen Wäldern, die nur selten von einer Straße oder einem Fluss durchbrochen wurden. Er tätschelte Devlins Schulter und spürte, wie Kalyn seine Hand drückte.

36

Eine Viertelstunde lang flogen sie am Alaska 3 in westlicher Richtung entlang, wobei sie ständig an Höhe gewannen. Dann wand sich das graue Asphaltband in südlicher Richtung nach Anchorage, aber sie flogen weiter über die Wildnis nach Westen.

So einsam und öde war es noch nicht einmal in der Wüste Nord-Arizonas. Kein Zeichen menschlicher Ansiedlungen. Endlose Fichtenwälder, ab und zu unterbrochen von helleren Flecken, wo hauptsächlich Birken wuchsen. Von hier oben sahen sie aus wie Goldadern, weil sich jetzt im Herbst gerade das Laub färbte.

Sie flogen über Hügel, über weite Tundraflächen. Buck machte sie auf Karibuherden aufmerksam und zeigte ihnen ein weißes Bergmassiv in der Ferne – der Mount McKinley, der höchste Berg Nordamerikas.

Nach einer Stunde fragte Devlin: »Gibt es denn dort, wo wir hinfliegen, auch Grizzlybären?«

»Darauf kannst du wetten«, antwortete Buck. »Da draußen gibt es überall Bären. Und gerade jetzt solltet ihr ihnen aus dem Weg gehen. Es ist schon spät im Jahr, und sie versuchen, sich vor dem Winterschlaf genügend Speck anzufressen.«

»Was ist mit Wölfen?«

»Davon gibt es auch viele.«

»Sind sie gefährlich?«

»Oh nein. Du hast Glück, wenn du überhaupt einen siehst. Halte auch Ausschau nach Karibus, Elchen und Füchsen. Das ist das Gute an so wenig bekannten Gegenden wie den Wolverines – es gibt reichlich Wildtiere. Hey, ich glaube, ganz weit hinten am Horizont kann ich schon unser Ziel erkennen.

Willst du nicht mal für eine Weile den Steuerknüppel übernehmen, Samantha?«

Will war es übel, und vom Dröhnen des Motors tat ihm der Kopf weh.

»In einer Minute sind wir in den Wolverines«, sagte Buck.

»Können Sie uns kurz darüber fliegen?«, fragte Kalyn. »Nur damit wir ein Gefühl für das Gebiet kriegen.«

»Klar.« Er drückte den Steuerknüppel nach vorn, und die Schnauze der Cessna senkte sich erdwärts. Wills Magen hob sich, und Devlin kreischte.

»Das ist wie auf der Achterbahn«, sagte sie.

Das Flugzeug drehte nach links.

»Das sind sie?«, fragte Kalyn.

»Das sind Ihre Hügel.

Sie waren jetzt nur noch dreihundert Meter über dem Boden, und die Wolverines lagen unter ihnen wie niedrige Erdwellen. Es war wirklich nur ein kleines Gebiet. Sie konnten die gesamte Kette mit einem Blick erfassen – bewaldete Hügel wogten um die höchste Erhebung, einen tausend Meter hohen, namenlosen Gipfel, der größtenteils über der Baumgrenze lag und nur durch die Färbung des Unterholzes hervorstach. Mitten durch die Hügel zog sich ein Tal, in dem zwei Seen lagen, einer in der Mitte, ein anderer am östlichen Rand.

»Könnten Sie auf beiden Seen landen?«, fragte Kalyn.

»Überall dort, wo Sie gerne möchten.«

»Joe, siehst du das?«

Es dauerte einen Moment, bis Will realisierte, dass Kalyn mit ihm sprach. »Was?«

Sie zeigte aus ihrem Fenster. »Oh, jetzt ist es wieder weg.«

»Was war es denn?«

»Es sah aus wie ein Gebäude am Ufer des inneren Sees.«

»Das könnte gut sein«, sagte Buck. »Nachdem Sie heute früh weg waren, habe ich einen Freund angerufen, um mir noch ein paar Informationen zu den Wolverines zu besorgen.

Er sagte, um die Jahrhundertwende habe es hier draußen Goldgräber gegeben, am Eisfluss, der die Hügel im Süden verlässt. Anscheinend haben sie nichts gefunden, aber es würde mich nicht wundern, wenn es da unten immer noch ein paar alte Bauten geben würde.«

»Es war ein großes Gebäude«, sagte Kalyn. »Aber es wurde von den Bäumen verdeckt und war schwer zu erkennen.«

»Na, Sie können es sich ja anschauen. Das wäre doch eine tolle Wanderung für Sie drei. Wo soll ich denn jetzt landen?«

Sie landeten auf dem äußeren See. Es war eine turbulente Landung, und das Wasser spritzte bis zur Windschutzscheibe.

Als Buck den Motor abstellte, war es halb drei am Nachmittag. Der Propeller kam spuckend zum Stehen, und die Cessna glitt ans sandige Ufer.

Nacheinander stiegen sie über die Pontons aus.

Es war kalt. Ein rauer Wind trieb kleine Wellen an den Strand, und aus dem trüben, grauen Himmel fiel feiner Nieselregen.

Will und Buck öffneten die Gepäckluke und brachten die drei Rucksäcke ans Ufer.

»Kennen Sie sich mit Campen aus, Mr Foster?«, fragte Buck.

»Ein bisschen. Warum?«

»Glauben Sie, Sie können das Zelt alleine aufbauen? Und kommen Sie mit dem Wasserfilter und dem Propangaskocher zurecht?«

»Klar, das kann ich.«

»Ich würde ja hierbleiben und Ihnen noch eine kleine Einweisung geben, aber das schlechte Wetter kommt schneller, als ich erwartet habe, und ich möchte gerne zurück nach Fairbanks fliegen.«

»Nein, das ist in Ordnung. Wir sind Ihnen sehr dankbar, dass Sie uns so kurzfristig hierher geflogen haben.«

»Es war mir ein Vergnügen.« Buck watete zurück zum Flugzeug und stieg auf die Pontons. »Am Sonntag um drei Uhr nachmittags hole ich Sie hier wieder ab. Hier draußen haben Sie keinen Handyempfang, denken Sie daran. Passen Sie gut auf sich auf. In Ordnung?«

»Ja. Sonntag um drei. Wir werden hier sein«, sagte Will.

»Ich wünsche Ihnen viel Vergnügen. Hoffentlich hält das Wetter.«

Buck stieg ins Flugzeug und schloss die Tür.

Die Cessna dröhnte, und Kalyn, Will und Devlin blickten ihr nach, als sie abhob und nach Osten flog.

Sie stieg immer höher, bis sie schließlich in den Wolken verschwunden war und sie den Motor kaum noch hörten.

Bald war das einzige Geräusch das Plätschern der Wellen am Strand.

37

Der einsamste Laut

Kalyn kniete sich hin und tauchte ihre Finger in das klare Wasser des Sees. »Seltsam, wie still es ist.«

»Mir ist kalt«, sagte Devlin.

»In den Taschen deiner Fleecejacke sind Handschuhe. Zieh sie an, Baby.«

Will setzte sich in den Sand und zog ein gefaltetes Blatt Papier aus seiner Hosentasche – eine Karte, die er sich aus dem Internet ausgedruckt hatte.

»Okay, seht mal hier.« Kalyn und Devlin blickten ihm über die Schulter. »Anscheinend ist das Flugzeug, das Kalyn gestern gesehen hat, nicht auf diesem See hier gelandet. Der innere See ist die einzige weitere Wasserfläche in den Wolverines, die groß genug ist, damit ein Wasserflugzeug darauf landen kann.«

»Du glaubst also, das Flugzeug ist dort gelandet, Dad?«

»Ich weiß nicht. Ein Teil von mir denkt auch, dass hier außer uns niemand ist und wir nur Zeit vergeuden.«

»Was wäre die Alternative?«, fragte Kalyn. »Sollen wir zur Mafia Alaskas gehen und sie fragen, wohin sie die gekidnappten Frauen bringen? Sie würden uns in der Tundra verscharren.«

Will deutete auf einen Punkt auf der Karte. »Wir sind hier.« Er fuhr mit dem Finger über das Papier. »Der innere See ist hier, ungefähr zehn Kilometer entfernt.«

»Ich habe einen Vorschlag«, sagte Kalyn.

»Was?«

»Es ist noch ein paar Stunden lang hell. Mal sehen, wie viele Kilometer wir zurücklegen können. Wir suchen uns einen sicheren Platz zum Campen, in der Nähe des inneren Sees, damit wir von dort aus die Gegend erkunden können, ohne ständig diese Monsterrucksäcke mit uns herumschleppen zu müssen.«

»Okay, das finde ich gut.«

Auf Wills Karte war kein Wanderweg eingezeichnet, aber ein Bach verband die beiden Seen, und so folgten sie seinem Lauf. In der ersten Stunde kamen sie nur langsam vorwärts, weil sie sich über das moosbewachsene Ufer vorantasten mussten. Die Luft war rein, und es roch nach Fichtennadeln.

Schließlich hielten sie an einem Wasserfall. Buck hatte ihnen Tüten mit Trockenobst und Nüssen eingepackt. Während Will die Snacks und Wasserflaschen verteilte, studierte Kalyn die Karte und fuhr mit dem Finger den Weg vom äußeren See in die Hügel hinein nach.

»Wie weit sind wir gekommen?«, fragte Devlin.

»Das versuche ich gerade herauszufinden.« Schließlich fand Kalyn die Stelle auf der Karte, die die Wasserfälle markierte.

»Es sieht so aus, als hätten wir etwa … fünf Kilometer geschafft.«

»Seht mal!«, flüsterte Devlin.

Zwei Karibus trotteten vorsichtig über den unteren Wasserfall. Alle paar Meter blieben sie witternd stehen.

Die drei gingen weiter. Der Bach wurde schmaler und steiler, mit weniger flachem Wasser und mehr Strudeln.

Devlin ging voran. Plötzlich blieb sie stehen. »Hört mal!«

Will hörte nur das Plätschern des Wassers. »Devi, ich …« Nein, da war es – Motorengeräusch, kaum hörbar über dem Rauschen der Kaskaden.

Offenbar waren es mehrere Flugzeuge. Sie konnten sie durch den dichten Fichtenbewuchs nicht sehen, aber sie schienen direkt über ihnen zu fliegen. Das Geräusch wurde leiser, bis es schließlich nicht mehr zu hören war.

»Das kann doch nicht Buck gewesen sein, oder?«, sagte Will.

»Nein, das glaube ich nicht«, erwiderte Kalyn.

Devlin sagte: »Vielleicht war das Flugzeug dabei, das du gestern gesehen hast, Kalyn.«

»Keine Ahnung.«

Es wurde kälter und dunkler, und die feuchte Luft fror zu Eisflecken auf Wills schwarzer Fleecejacke.

»Wir sollten uns langsam schon mal nach einem Lagerplatz umsehen«, sagte er.

Es dauerte noch eine Stunde, bis sie schließlich in der Nähe des Ufers eine Stelle fanden, die eben genug war, um ein Zelt dort aufzubauen. Sie hatten mehr als dreihundert Höhenmeter zurückgelegt, und der Charakter des Waldes hatte sich verändert – die Schwarzfichten sahen hier oben verwitterter aus. Sie standen vereinzelter, und das Unterholz war flammend rot.

»Lasst uns hier über Nacht bleiben«, sagte Will. »Das ist eine hübsche kleine Wiese, nahe am Bach.«

In Devlins Rucksack befand sich ihre Unterkunft – ein geräumiges Vier-Personen-Zelt. Will hatte seit Jahren kein Zelt mehr aufgebaut; Kalyn hatte überhaupt keine Camping-Erfahrung. Sie brauchten fast eine halbe Stunde, um die Stangen zusammenzustecken und sie durch die dazugehörigen Zeltteile zu schieben, und es dauerte eine weitere Viertelstunde, das Zelt an den Heringen zu befestigen und den Regenschutz zu installieren. Als das Zelt schließlich stand, warfen sie ihre Rucksäcke und Schlafsäcke hinein und brachten sich vor dem immer schlechter werdenden Wetter in Sicherheit.

»Es wird bald dunkel«, sagte Will. »Ich wünschte, ich könnte von mir sagen, ich sei ein erfahrener Camper und könnte jederzeit Feuer machen, aber das wird nicht funktionieren, wo alles so durchnässt ist.«

»Mach einfach den Kocher an, dann bist du mein Held«, sagte Kalyn.

Die Frauen bliesen Luftmatratzen auf und breiteten die Schlafsäcke darauf aus, während Will draußen die Küche aufbaute. Da er sich vage daran erinnerte, dass der Buschpilot ihn davor gewarnt hatte, in der Nähe des Zeltes zu kochen, stellte er den Kocher mitten zwischen eine kleine Felsengruppe, die etwa fünfzig Meter entfernt war.

An den Rändern der Wiese stieg Nebel auf, und während er sich die Gebrauchsanweisung des Kochers durchlas, dachte er an die letzte Nacht mit Kalyn. Es war nicht so seltsam mit ihr gewesen, wie er es befürchtet hatte. Vielleicht würden sie heute Abend noch einen kleinen Spaziergang machen und darüber reden – über den Kuss und darüber, dass sie sich offenbar zueinander hingezogen fühlten.

Als Devlin und Kalyn an die Feuerstelle kamen, kochte bereits Wasser in einem Topf über der blauen Propangasflamme, und Dampf stieg in die Luft auf.

Sie tranken heiße Schokolade und aßen ein überraschend leckeres Fertiggericht. Als sie sich schließlich erhoben, begann es zu schneien – dicke Flocken wirbelten durch die Luft.

Niemand sagte etwas. In der Dunkelheit stolperten sie zum Zelt zurück. Der Boden war schneebedeckt, und es war so kalt geworden, dass ihr Atem weiß in der Luft hing.

»Das ist blöd«, sagte Devlin.

38

Eingehüllt in ihre Schlafsäcke saßen sie im Schein einer Taschenlampe, die Will an der Decke befestigt hatte, im Zelt. Im schwachen Licht konnten sie einander kaum erkennen.

Kalyn hielt die Karte unter die Taschenlampe. »Ich glaube, ich sehe, wo wir sind«, sagte sie. »Wir müssen noch etwa einen Kilometer vom inneren See entfernt sein.

»Wir haben heute eine ganz schöne Strecke geschafft, oder?«, sagte Devlin.

»Ja, auf jeden Fall. Und du hast dich großartig gehalten.«

»Nun, wir sollten besser deine Therapie jetzt machen«, sagte Will. »Die Höhe hier ist anstrengend für deine Lungen.« Seufzend schälte sich Devlin aus ihrem Schlafsack und streckte sich bäuchlings auf der Thermomatte aus.

Als Will sich neben sie setzte, fragte Kalyn: »Kann ich es tun?«

»Äh, ja, wenn es für Devi okay ist.«

»Mir macht das nichts aus«, erwiderte Devlin.

»Okay, dann zeig es mir.«

Will zog den Reißverschluss des Zeltes auf und steckte den Kopf hinaus. Schneeflocken tanzten im Lichtstrahl der Taschenlampe. Er zog den Kopf zurück und machte den Reißverschluss wieder zu. Er wandte sich zu seiner Tochter, die mit Kalyn gerade Schere, Stein, Papier spielte.

»Nun, Devi, alles …«

In diesem Moment brach draußen ein lang gezogenes, klagendes Geheul los.

»War das ein Wolf, Dad?« Devlin blickte auf.

»Ich glaube schon.«

»Das war der einsamste Laut, den ich je gehört habe.«

Devlin lag in ihrem Schlafsack, eingekuschelt zwischen Kalyn und ihrem Vater. Sie hatten die Taschenlampe ausgeschaltet, und es war dunkel und still, abgesehen vom leisen Geräusch der Schneeflocken, die auf den Regenschutz fielen.

»Dad?«, sagte Devlin.

»Ja, Liebes?«

»Kalyn?«

»Ja?«

»Ich wollte nur hören, ob ihr noch wach seid.«

»Nicht mehr lange. Was ist mit dir? Hast du Angst?«

»Nein. Na ja, ein bisschen.«

»Wir lassen nicht zu, dass dir irgendetwas passiert«, sagte Kalyn. Sanft küsste sie Devlin auf die Wange.

Devlin wachte auf vom vertrauten Schnarchen ihres Vaters. Sowohl er als auch Kalyn hatten den Arm um sie geschlungen. Es war völlig dunkel, nicht der leiseste Lichtschein war zu sehen. Sie dachte an den Wolf und fragte sich, ob er wohl in seiner warmen Höhle schlief oder im Schnee auf Jagd war. Hoffentlich war er nicht einsam.

Ihre Nase war kalt, aber der Rest ihres Körpers war behaglich warm im Schlafsack verpackt. Selbst ihre Zehen waren warm. Sie wackelte damit, und als sie die Augen zumachte, war sie schnell wieder eingeschlafen.

Devlin schlug die Augen auf. Sie lag immer noch im Zelt, warm in ihrem Schlafsack.

Jemand flüsterte etwas, und es dauerte einen Moment, bis sie Kalyns Stimme erkannte.

Devlin setzte sich auf. Es war nicht mehr so dunkel, und einen Moment lang glaubte sie schon, es würde dämmern, aber dann sah sie den Lichtstrahl der Taschenlampe auf dem Schlafsack ihres Vaters.

»Was ist los?«, fragte sie.

»Nichts. Ich muss nur pinkeln«, sagte Kalyn. »Will, ich kann meine Stiefel nicht finden.« Er leuchtete in die Ecke des Zeltes, wo die schlammbespritzten Stiefel standen, die Buck ihnen geliehen hatte. Kalyn schlüpfte hinein, und dann hörte Devlin, wie der Reißverschluss des Zeltes hochgezogen wurde.

»Musst du auch, Dev?«, fragte ihr Vater.

»Nein.« Bittere Kälte drang ins Zelt.

Kalyn ergriff die Taschenlampe, die Will ihr hinhielt, und stieg nach draußen. »Mann, hier schneit es vielleicht«, sagte sie, als sie den Reißverschluss wieder zuzog. Dann hörten sie ihre durch den Schnee gedämpften Schritte auf dem Pfad. Als alles wieder still war, legte Devlin sich zurück und schloss die Augen.

Einige Zeit später wachte sie auf, weil ihr Vater sich im Zelt bewegte. »Was ist los?«, fragte sie schlaftrunken. Ihr Vater war dabei, seine Stiefel zuzuschnüren. Sie blickte auf den Schlafsack links neben sich. Er war leer. »Wo ist Kalyn?«, fragte sie ihren Vater.

»Sie ist noch nicht zurückgekommen.«

»Wie lange ist sie jetzt weg?«

»Ich weiß es nicht. Aber auf jeden Fall zu lange. Ich bin eingeschlafen.« Sie sah, dass ihr Vater eine Pistole in der Hand hielt. »Ich muss nach ihr suchen.«

»Warum nimmst du eine Pistole mit?«

»Nur, um auf der sicheren Seite zu sein. Ich gehe nur kurz …«

»Nein!«

»Devi. Denk an unser Gespräch im Hotel. Jetzt ist nicht der Zeitpunkt, um mir zu widersprechen. Du verlässt auf keinen Fall dieses Zelt!«

39

Will leuchtete mit der Taschenlampe auf den Weg. Es war totenstill. Er folgte Kalyns Spuren, die vom Zelt wegführten. Sie verliefen quer über die Wiese. Beim Gehen hatte er das Gefühl, dass seine Kopflampe immer schwächer wurde, bis er schließlich nur noch den knöcheltiefen Schnee um seine Füße wahrnahm.

Seine Kopflampe wurde tatsächlich immer schwächer. Er griff nach oben und tippte gegen die Glühbirne. Anscheinend hatte sie einen Wackelkontakt, denn sie ging immer wieder an und aus. Die Kälte stach wie mit Messern in die Haut seines Gesichts.

Als er zu der kleinen Felsgruppe kam, wo er die Feuerstelle errichtet hatte, war die Lampe wieder aus. Erneut tippte er dagegen. Nichts. Nur Dunkelheit, Kälte und Schnee.

Er rief nach Kalyn und wartete eine Weile, weil er dachte, dass sich seine Augen schon an die Dunkelheit gewöhnen würden. Aber das war nicht der Fall. Er wusste zwar die allgemeine Richtung, in der das Zelt lag, aber er scheute davor zurück, einfach blindlings durch den Schneesturm zu stolpern.

Der Schneefall ließ ein wenig nach.

Die Sichel des Mondes stand am Himmel, und auf einmal konnte er wieder etwas sehen – die Umrisse von Bäumen und das Zelt am anderen Ende der Wiese.

Er blickte in den Wald. Dort war es fast ganz dunkel, nur vereinzelt schimmerten Schneeflecken, die vom Mond beleuchtet wurden, zwischen den Bäumen.

Kalyns Spuren führten in den Wald.

Dann wurde wieder alles dunkel, und der Schneefall setzte erneut heftig ein. Der Mond verschwand, und die Welt wurde wieder schwarz. Er drehte an der Kopflampe, aber sie war kaputt.

Mit ausgestreckten Armen machte er sich auf den Rückweg zum Zelt.

Devlin war tief in ihren Schlafsack gekrochen und versuchte, zu dem schönen Traum zurückzufinden, den sie gehabt hatte – sie war zu Hause in Colorado, an einem kühlen Sommerabend. Die Grillen zirpten, der Bach plätscherte durch die Weide. Kein Mond war am Himmel zu sehen, dafür aber Millionen von Sternen. Sie ging auf das Farmhaus zu, wo ihr Vater und Kalyn auf der hinteren Veranda saßen, Wein tranken und lachten. Sie öffnete den Mund, um ihnen zu sagen, wie glücklich sie war.

Will tastete sich durch die undurchdringliche Dunkelheit zum Zelt zurück. Er war sich sicher, dass er in die richtige Richtung ging, aber bald schon berührten seine Finger die eisige Rinde von Fichtenstämmen, und er merkte, dass er in den Wald hineingelaufen war.

Statt stehen zu bleiben, ging er jedoch immer weiter. Er sah zwar nichts, aber seine anderen Sinne waren geschärft, und er nahm alles verstärkt wahr: das Schaben der Schneeflocken, die auf seinen Parka fielen, das Klopfen seines Herzens, die klare Luft, die nach Schnee roch.

Die Schneedecke schimmerte in einem unwirklichen grellen Blau. Er sah Bäume, seine Spuren. Und dann war es wieder dunkel.

Es donnerte.

Er rief sich ins Gedächtnis, wo das Zelt stand, sah es vor seinem geistigen Auge und versicherte sich, dass er gar nicht so weit vom Weg abgekommen war.

Er begann, nach Devlin zu rufen, damit ihre Stimme ihn zur Wiese zurückführte. Aber wenn sie nun die Worte nicht verstand, sondern nur sein Schreien hörte? Dann verließ sie vielleicht das Zelt und ging ebenfalls nach draußen. Sie würde sich auch verirren.

Erneut wurde es im Wald heller. Er korrigierte die Richtung und stolperte weiter durch die Dunkelheit, wobei er gegen die ersten Anzeichen von Panik ankämpfte.

40

Will blieb stehen. Soweit er sagen konnte, befand er sich immer noch zwischen den Bäumen. Die Nacht war mondlos, es schneite, und er hätte ebenso gut blind sein können. Es hatte wohl keinen Zweck, unter diesen Bedingungen weiterzugehen. Er war jetzt seit mindestens zehn Minuten unterwegs, und wenn er weiterging, fand er am Ende das Zelt nicht mehr wieder, wenn der Mond sich wieder zeigte.

Er lehnte sich gegen den Stamm einer hohen Birke und wartete.

Innerhalb einer Minute war er völlig durchgefroren. Er hatte das Zelt ohne Handschuhe verlassen, und die Pistole lag eiskalt in seiner Hand. Er legte sie neben sich in den Schnee und zog sich die Ärmel seines Parkas und seiner Fleecejacke über die Hände.

Zehn quälende Minuten vergingen. Sein Gesicht war schon ganz taub, und es schneite immer noch. Und die Dunkelheit war undurchdringlich.

Er klopfte den Schnee von seinem Parka und beschloss, wenigstens ein paarmal um den Baum herumzugehen, damit ihm wieder warm wurde.

Etwas bewegte sich in der Nähe.

Er hielt den Atem an und lauschte angestrengt.

»Kalyn?«, flüsterte er. Das Geräusch wiederholte sich, kam näher, und er begann zurückzuweichen. Auf einmal jedoch hörte er ein weiteres Geräusch hinter sich – leise Schritte im Schnee.

»Kalyn, bist du das?« Er vernahm ein Geräusch links von sich. Auch rechts war jetzt etwas zu hören. Er hockte sich hin und fuhr mit der Hand durch den Schnee, bis er auf die Smith

& Wesson stieß. »Ich habe eine Pistole«, sagte er laut. Panik stieg in ihm auf, schnürte ihm die Kehle zu.

Der Schneefall ließ nach. Der Mond tauchte hinter schwarzen Wolken auf, und ein paar Sterne blinkten.

Er blickte durch den Wald – schlanke schwarze Baumstämme, seine Fußspuren, die eine kleine Anhöhe hinaufführten. *Ich glaube, direkt dahinter ist die Wiese. Soweit kann ich noch nicht weg sein. Wenn etwas passiert wäre, hätte ich Devi sicher schreien hören.*

Zuerst dachte er, ein Mensch würde zwanzig Meter vor ihm im Schnee hocken. Er hob seine Waffe. Aber dann erkannte er seinen Irrtum und schwenkte wild die Hände in der Luft.

Der Wolf war weiß, und im Mondschein schimmerten seine roten Augen. Er rannte durch die Bäume davon. Nach dreißig Metern blieb er stehen, drehte sich um und blickte ihn erneut an. »Du gehörst zu den gefährdeten Tierarten«, sagte Will laut. »Also zwing mich nicht, dich zu erschießen.«

Will begann, seinen Fußspuren zum Hügel zurück zu folgen. Der Wald lag jetzt im vollen Mondlicht.

Rechts, links und hinter sich spürte er Bewegung, aber hören konnte er nichts.

Er drehte sich abrupt um. Die drei schwarzen Wölfe, die ihm folgten, blieben stehen.

Er rannte auf sie zu und schwenkte die Arme.

Sie zogen sich zwischen die Fichten zurück, liefen aber nicht weg. Vom Hügel her schlich auch der weiße Wolf erneut auf ihn zu. Er hielt inne, als er sah, dass Will ihn bemerkt hatte.

Auch die drei schwarzen Wölfe kamen wieder näher, deshalb drehte er sich um. Sie blieben stehen, aber dafür kam der weiße Leitwolf wieder näher.

»Ich habe keine Zeit für dieses blöde Spiel«, sagte er.

Er folgte seinen Spuren auf den Hügel, und der weiße Wolf senkte den Kopf und wich immer weiter zurück. Will hörte, dass die anderen hinter ihm her kamen.

Er erreichte den Gipfel des kleinen Hügels, aber statt der

Wiese und dem Zelt sah er nur noch mehr Wald und weitere Fußspuren, die sich ziellos durch die Bäume wanden.

Offensichtlich war er weiter gekommen, als er gedacht hatte.

Langsam drehte er sich zu den Wölfen um, wobei ihm zum ersten Mal auffiel, dass sie Halsbänder trugen. Sie waren noch näher gekommen und knurrten ihn an. Will konnte ihre langen Fangzähne sehen.

Nacktes Entsetzen stieg in ihm auf. Er sprang ihnen entgegen und schwenkte wild die Arme, aber sie wichen nur wenige Meter zurück. Der größte der schwarzen Wölfe, ein etwa hundertfünfzig Pfund schweres Männchen, rührte sich gar nicht von der Stelle, sondern starrte ihn aus seinen gelben Augen nur an. Zum ersten Mal sah Will, dass hinter den schwarzen auch noch zwei graue Wölfe lauerten.

Du lieber Himmel! Sechs Wölfe!

Er begann zu laufen. Es hatte wieder angefangen zu schneien, und er glaubte, Donner zu hören, war sich aber nicht sicher, da sein Herz so laut schlug.

Die Wölfe rannten jetzt neben ihm her und schnappten nach seinen Waden.

Er blieb stehen, zielte auf den großen schwarzen Wolf und drückte ab.

Der Schuss hallte durch den Wald, und die Wölfe rannten weg. Der, den er erschossen hatte, lag als schwarzes Fellbündel im Schnee. »Jagt lieber Elche!«, schrie Will ihnen nach.

Er machte sich erneut auf den Weg, wobei er jeden Moment erwartete, aus dem Wald herauszukommen und auf die Wiese zu stoßen.

Als er jedoch tatsächlich aus dem Wald heraustrat, blickte er auf das Ufer des schmalen Sees, dessen Wasser in der Dunkelheit aussah wie schwarzes Blut. *Der innere See.* An einem Ende floss ein Bach. Hoffentlich war das der Bach, an dem sie sich auf ihrer Wanderung orientiert hatten. Dann konnte er an ihm entlang zur Wiese, zu Devlin zurückgehen.

Als er darauf zuging, hörte er erneut Geräusche. Er blickte

über die Schulter. Fünf Schatten brachen aus dem Wald und rannten in enger Formation auf ihn zu.

Es schneite wieder heftig, und der Mond verschwand. Die Welt war wieder pechschwarz geworden. Er konnte nichts sehen, aber er hörte sie kommen, und als ein Blitz über den Himmel zuckte, sah er sie – *O Gott, so nahe*. Er zielte auf den weißen Leitwolf, der keuchend angerannt kam. Die blaue Zunge hing ihm aus dem geöffneten Maul.

Etwas rammte ihn von hinten, und durch die Wucht des Stoßes ging Will zu Boden und überschlug sich mehrmals. Er roch den scharfen Tiergeruch, aber dann erhob er sich, wie durch ein Wunder unverletzt.

Ein weiterer Blitz erhellte die Szene, und er sah, dass die Wölfe ihn umkreisten. Knurrend schnappten sie nach seinen Beinen.

Wieder wurde es dunkel. Die Pistole war ihm bei seinem Sturz aus der Hand gefallen, und jetzt hatte er nur noch die bloßen Hände, um sich zu verteidigen.

Etwas biss ihn ins Bein, und er schrie auf – mehr aus Angst als aus Schmerz. Er war so vollgepumpt mit Adrenalin, dass er so gut wie gar nichts spürte. Mit ausgestreckten Händen drehte er sich in der gnadenlosen Dunkelheit und versuchte, die Wölfe, die nach ihm schnappten, abzuwehren.

An der Mündung des Baches standen ein paar Schwarzfichten. *Vielleicht kann ich ja auf einen Baum klettern,* dachte er. Trotz der Schmerzen in seinen Beinen stapfte er durch den Schnee darauf zu.

Mittlerweile donnerte und blitzte es. Im Schein eines Blitzes sah er, dass eine Fichte tief hängende Äste hatte. *Ja,* dachte er, *ich klettere hinauf.*

41

Die Lodge, die es nicht gibt

Devlin kroch aus ihrem Schlafsack und öffnete den Reißverschluss ihres Zeltes. Bitterkalte Luft drang scharf wie Säure in ihre Lungen. Die Wiese lag im Mondlicht. Der Schneefall hatte nachgelassen.

Sie wusste nicht, wie lange sie sich in ihrem Schlafsack verkrochen hatte – eine Stunde, vielleicht zwei –, und obwohl sie sich nur so verhalten hatte, wie ihr Vater es ihr befohlen hatte, kam sie sich vor wie ein Feigling.

Es war schon einige Zeit her, seit sie die Schüsse gehört hatte, und jetzt war alles still in den Wolverine Hills. Sie schnürte ihre Stiefel zu, schlüpfte in ihren Parka und nahm Handschuhe und Mütze aus dem Rucksack ihres Vaters. In Kalyns Rucksack fand sie die Pistole. Sie hatte zwar noch nie eine Waffe in der Hand gehalten, steckte sie aber zur Sicherheit doch ein.

Der Schnee reichte ihr bis zu den Knien, und die Wege um das Zelt waren kaum noch zu erkennen. Sie kämpfte sich quer über die Wiese, bis zu dem Punkt, wo der eine Weg in den Wald abbog und der andere im Bogen wieder am Zelt vorbeiführte.

Ein plötzlicher Hustenanfall zwang sie stehen zu bleiben. Tränen traten ihr in die Augen, als ihre Lungen gegen die Kälte rebellierten. Als der Anfall vorbei war, drehte sie sich um und folgte der Spur, die hinter dem Zelt vorbeiführte. Jeder Atemzug fiel ihr schwer.

Sie stapfte durch den Wald, über kleine Hügel und durch Schneewehen. Die Spuren, denen sie folgte, wirkten seltsam. Sie gingen nicht in eine bestimmte Richtung, sondern kreuz und quer durch die Bäume, und an einer Stelle sogar dreimal um denselben Baum herum.

Als sie endlich am Waldrand angekommen war, schmerzten ihre Beine. Sie blieb stehen, um wieder zu Atem zu kommen. Vor ihr lag ein lang gezogener See, dessen Oberfläche im Mondschein wie schwarzes Eis schimmerte, obwohl er noch nicht zugefroren war. Mit den Augen folgte sie dem Verlauf der Spuren ihres Vaters. Sie verliefen den Hügel hinunter, zum Ufer des Sees, und sie lächelte, als sie dort eine Bewegung wahrnahm.

Dad. Fast schrie sie das Wort, als sie den Hügel hinunterrannte.

Dreißig Meter vor der kleinen Baumgruppe blieb sie jedoch stehen. Von oben vom Waldrand aus hatte sie nur die Bewegung wahrgenommen, aber jetzt erkannte sie, dass das nicht ihr Vater sein konnte. Es sah aus wie mehrere Personen auf allen vieren, die im Schnee herumkrochen und anscheinend spielten. Sie konnte sie zwar hören, aber sie sprachen in einer Sprache, die sie nicht verstand. Sie grollten und knurrten und stritten sich um etwas. *Wölfe. Warum führen Dads Spuren dort hinunter?*

Leise drehte sie sich um und begann, wieder den Hügel hinaufzustapfen.

Sie hatte die halbe Strecke schon geschafft, als sie es kommen spürte. Ein unüberwindlicher Drang in ihren Lungen, der mit jeder Sekunde stärker wurde. *Du darfst nicht husten, Devi. Du darfst nicht.* Der Husten sprang förmlich aus ihr heraus, heftige Zuckungen erschütterten ihnen Körper und brannten in ihrer Kehle.

Als der Hustenanfall vorüber war, blickte sie sich um. Die Wölfe kamen bereits auf sie zu – fünf von ihnen schlichen durch den Schnee.

Sie rannte zum Wald, der nur noch ein paar Meter entfernt war, aber ihre Beine waren bleiern und steif, und sie kam nur mühsam voran. Sie stolperte und fiel bäuchlings in den Schnee.

Als sie sich endlich wieder aufgerappelt hatte, waren die Wölfe schon so nahe, dass sie ihr Keuchen hörte.

Sie erreichte den Waldrand. Die ersten drei Schwarzfichten ragten zu hoch auf, aber die Äste der vierten Fichte reichten weit hinunter. Außer Atem packte sie einen verschneiten Ast und zog sich hinauf, als die ersten beiden Wölfe den Waldrand erreichten. Der nächste Ast über ihrem Kopf war kaum so dick wie ihr Daumen, aber sie packte ihn direkt am Stamm und zog sich noch weiter hoch.

Zähne schnappten nach ihrem rechten Stiefel. Schreiend trat sie nach der Schnauze des Wolfs. Sie konnte sich kaum festhalten, und die Wolle ihrer Handschuhe zerriss.

Der Wolf fiel auf den Rücken, und hastig kletterte sie höher. Schließlich fand sie einen soliden Ast, auf dem sie stehen konnte. Sie schlang ihre Arme um den Stamm und hielt ihn fest umklammert.

Sie blickte nach unten. Fünf Wölfe – zwei schwarze, zwei graue und ein weißer. Der weiße war der größte, größer als jeder Hund, den sie jemals gesehen hatte. Er starrte sie aus klugen Augen an. Die Wölfe sprangen am Stamm hoch, und manche kamen bis kurz vor den Ast, auf dem sie stand.

Sie kletterte noch höher.

Nach einer Weile gaben die Tiere auf. Die schwarzen und der weiße Wolf legten sich in den Schnee, während die beiden grauen knurrend den Stamm umkreisten.

Devlin fand einen dicken Ast, auf den sie sich setzen konnte.

Nach fünf Minuten zitterte sie am ganzen Leib. Sie überlegte, ob sie die Pistole herausholen sollte, aber sie zitterte so sehr, dass sie bestimmt nicht richtig zielen und treffen konnte. Es hatte wieder begonnen zu schneien, und jetzt lagen alle Wölfe um den Fuß des Baumes. Von Zeit zu Zeit blickten sie zu ihr hinauf und winselten.

Devlin fror so sehr wie noch nie in ihrem Leben, und immer wieder übermannten sie heftige Hustenanfälle, bis ihre Kehle brannte.

Vom Himmel schüttete es förmlich.

Sie weinte.

Durch den Blizzard konnte sie den See nicht mehr erkennen, und sie fragte sich, wo wohl die Spuren ihres Vaters hinführen mochten. An das Schlimmste wollte sie erst gar nicht denken. Stattdessen schloss sie die Augen und versuchte sich Ajo, ihren Geburtsort in der Wüste von Arizona, vorzustellen – die knochentrockene Luft, die Hitze, die von den Asphaltstraßen aufstieg, die Wüste bei Sonnenuntergang, die warmen Nächte, die schönen Kakteen. Schnee wollte sie nie wieder sehen, nicht einmal an Weihnachten.

42

Als sie die Augen öffnete, waren die Wölfe verschwunden. Sie war eingedöst, das Gesicht flach an den Baumstamm gepresst. Die Rinde hatte ihre Wange zerkratzt, und ihr Gesicht war von der Kälte ganz taub. Sie spürte den Druck auf ihren Lungen und dachte: *Ich sollte bei diesem Wetter nicht draußen sein. Ich könnte ein Lungenentzündung bekommen.* Der Schnee fiel sogar noch dichter als vorhin, aber jetzt konnte sie wenigstens etwas sehen.

Es war heller geworden. Die Muskeln in ihrem Arm schmerzten, weil sie den Baumstamm so fest umklammert hielt.

Langsam kletterte Devlin herunter, und als ihre Stiefel schließlich den Boden berührten, versank sie bis zu den Knien im Pulverschnee. Sie ging zum Waldrand und blickte auf den See. Es war schrecklich still. Die Spuren ihres Vaters waren unter der frischen Schneeschicht verschwunden. Aber sie hätte ihnen jetzt sowieso nicht folgen können, weil sie dann schutzlos den Wölfen ausgeliefert gewesen wäre. Sie blieb besser zwischen den Bäumen.

Devlin ging am Waldrand, parallel zum See, entlang. Immer häufiger musste sie husten. Alle paar Minuten blieb sie stehen, um zu lauschen, ob die Wölfe ihr folgten oder ihr Vater sie vielleicht rief. Oft dachte sie, sie hätte ihn gehört, aber es war immer nur der Wind.

Eine Stunde lang ging sie so. Die offene Fläche zwischen dem Wald und dem See wurde immer kleiner. Mittlerweile war es schon richtig hell geworden, und es schneite immer noch. Anscheinend hatte sie ein Loch im Stiefel, denn ihre Füße waren nass, und sie spürte ihre Zehen nicht mehr. Sie hatte Hunger und Durst, und mit jeder Minute nahmen ihre Angst und Unsicherheit zu.

Gerade überlegte Devlin, ob sie nicht besser umdrehte und versuchte, den Weg zum Zelt zurück zu finden, als plötzlich ein riesiges Gebäude vor ihr stand. Einen Moment lang vergaß sie die Schmerzen in ihren Beinen und ihrer Lunge. Sie hatte so etwas schon einmal gesehen, und es dauerte ein bisschen, bis sie sich erinnerte, wo es gewesen war, aber dann fiel es ihr ein. Im Sommer nach dem Verschwinden ihrer Mutter war sie mit ihrem Vater an den Crater Lake gefahren, und die Lodge, die sie dort gesehen hatte, hatte so ähnlich ausgesehen wie dieses Gebäude.

Es war ein großer vierstöckiger Turm mit je einem dreistöckigen Nord- und Südflügel. Hinter einigen Fenstern schimmerte Kerzenlicht.

Sie stellte sich unter eine massive Schwarzfichte und überlegte. Sie meinte sich zu erinnern, dass der Pilot sie morgen Nachmittag wieder abholen wollte. Wenn sie an die Wölfe und den Schneesturm dachte, fiel ihr die Entscheidung leicht. *Ich schaue es mir einfach an. Wenn ich hier draußen bleibe, sterbe ich. Außerdem sind Dad und Kalyn vielleicht da drin.*

Sie verließ den Schutz des Waldes nur ungern, aber da der Schneefall sowieso die Sicht behinderte, war es wahrscheinlich egal.

Der Schnee reichte ihr mittlerweile bis zu den Oberschenkeln, und sie ging ganz dicht an den inneren See heran.

Zwei Wasserflugzeuge ankerten am Steg. Sie waren so mit Schnee bedeckt, dass man nur ihre Pontons aus dem Wasser ragen sah.

Vor ihr ragte die Lodge auf – eine Veranda mit geschnitzten Fichtensäulen, eine riesige Holztür, diese unheimlichen, von Kerzenschein erleuchteten Fenster, hinter denen sich Schatten bewegten.

Vom anderen Ende des Sees her ertönte ein Heulen. Unwillkürlich dachte Devlin an die Wölfe. Es war der schrecklichste Laut, den sie jemals gehört hatte.

Devlin trat auf die Lodge zu, ging jedoch nicht zur Veranda, sondern erst einmal zum Südflügel. Das Erdgeschoss war aus Stein gebaut, und die drei Stockwerke darüber waren aus Holz. Ab und zu rutschte ein Schneebrett vom tief hängenden Dach.

Es roch nach Holz, als sie sich um den Kamin herum zur hinteren Seite des Südflügels vorkämpfte. Im steinernen Erdgeschoss gab es nur wenige Fenster, und sie fuhr mit der Hand über die Steine, als sie sich auf die Veranda zu bewegte, die hinten am Mittelgebäude angebaut war.

Die Stufen, die hinaufführten, waren tief verschneit, und sie wollte dort auch nicht hinaufgehen.

Ein weiteres Heulen zerriss die Stille, viel näher jetzt. Devlin blickte sich um. Beinahe erwartete sie, die Wölfe hinter sich aus dem Sturm auftauchen zu sehen.

Unter der Veranda war eine Öffnung. Erleichtert brachte sie sich vor dem Schneetreiben in Sicherheit. Auf dem trockenen Boden klopfte sie sich den Schnee vom Parka und der Hose.

Steinerne Stufen führten hinunter zu einer Holztür. Vorsichtig legte sie ihre behandschuhte Hand auf den Türgriff und drückte ihn langsam und vorsichtig hinunter. Quietschend öffnete sich die Tür. Sie war anscheinend schon lange nicht mehr in Gebrauch gewesen, die Türangeln waren ganz verrostet. Sie drückte sie weiter auf und trat ein.

Der Schwall abgestandener Luft, der ihr entgegenschlug, überwältigte sie. Da sie keine Taschenlampe dabeihatte, machte sie die Tür so weit auf, wie sie konnte. Es roch scharf und säuerlich nach Urin. Das Licht, das durch die offene Tür fiel, machte den Kellerraum auch nicht heller. Sie sah alte Werkzeuge und Gartengeräte an der Wand hängen – Sicheln und Macheten, eine Heugabel –, abgewetzte Ledersättel und Bärenfallen mit riesigen Metallzähnen. Eine schmiedeeiserne Treppe wand sich nach oben in die Dunkelheit. Links von sich entdeckte Devlin etwas, das ihr zu denken gab – große Metallkäfige, mit Wasserschüsseln und Knochenstücken, die auf dem schimmeligen Stroh lagen.

Immer noch zitternd vor Kälte drang Devlin weiter in den Keller vor. Am Fuß der Treppe blieb sie stehen und rüttelte leicht am Geländer. Es schien ganz stabil zu sein.

Langsam ging sie die Treppe hinauf, weg vom Gestank und Schmutz des Kellers. Bald schon befand sie sich in totaler Dunkelheit, eingehüllt in eine tiefe Stille. Sie kam sich vor wie im Nirgendwo.

Immer höher ging die Treppe, viel höher, als sie erwartet hatte. Dann war sie irgendwo angelangt, streckte die Hände aus und ertastete die raue Oberfläche einer Tür. Sie legte ihre Hände um den Türgriff.

Dass die Tür nicht verschlossen war, überraschte sie.

43

Devlin trat in ein Arbeitszimmer und schloss die Kellertür leise hinter sich. Im Raum war es herrlich warm. Im Kamin prasselte ein Feuer. Die Decke war mindestens vier Meter hoch, und die Bücherregale an den Wänden waren voller ledergebundener Bände. Ledersessel und Hocker standen um den Kamin herum. Auf einem Beistelltisch lag ein Humidor.

Das Feuer war fast heruntergebrannt. Devlin setzte sich an den Kamin, zog die Handschuhe aus und hielt ihre Hände in die Wärme. Nach und nach verlangsamte sich ihr Puls.

Sie blickte sich im Zimmer um. Eine Tür führte aus dem Arbeitszimmer heraus, vermutlich in den Rest der Lodge. Aus den Verandatüren an der hinteren Wand blickte sie auf die tief verschneite Veranda.

Ihre Schneehosen und der Parka raschelten viel zu laut, deshalb stand sie auf und legte sie neben die Kellertür. Ihr war warm, und ihr Drang zu husten schien verflogen zu sein.

Devlin trat zu der Tür, die aus dem Arbeitszimmer führte, und drückte einen Moment lang ihr Ohr daran. Alles war still, nur die Holzscheite im Kamin knackten leise. Leise zog sie die Tür auf. Der Raum, den sie betrat, war eine riesige Halle, vom Boden bis zur Decke fünfzehn Meter hoch, mit einem freistehenden Kamin in der Mitte. Der Boden war aus poliertem Steinzeug, und auf beiden Seiten erhoben sich freischwebende Treppen, die in die beiden Seitenflügel führten.

Ihre Schritte hallten, als sie die Halle durchquerte und die Treppe emporblickte. Ihr Blick fiel auf den Gang im Nordflügel, in dem Kerzen schimmerten. Über ihr und hinter ihr in den oberen Stockwerken des Südflügels hörte sie Geräusche – Schritte vielleicht.

Sie ging die Treppe hinauf. Das Knarren der Stufen hallte durch die große Halle.

Der Flur im dritten Stock war leer und totenstill. Beleuchtet wurde er von eisernen Wandlampen. Dicker Teppichboden verschluckte ihre Schritte, als sie an verschlossenen Türen mit Messingnummern vorbeiging.

Sie hatte etwa die Hälfte des Korridors hinter sich gelassen, als sie plötzlich bemerkte, dass sich unter jeder Nummer ein Guckloch befand. Vor allem eines zog ihre Aufmerksamkeit auf sich, weil Licht hindurch drang. Sie schlich zur Tür und legte ihr Ohr an das Holz. Sie konnte etwas hören, aber es war ein leiser, undefinierbarer Laut. Vorsichtig spähte sie durch das Guckloch und keuchte unwillkürlich auf.

Durch das Glas erschien der Raum bläulich, abgesehen von der orangefarbenen Flamme eines Kerosinofens und der Kerze auf der Fensterbank, die unruhig flackerte. Nach und nach konnte sie Formen und Umrisse erkennen – ein Bett, eine Kommode, ein Schreibtisch am Fenster. Als ihre Augen sich an das schwache Licht gewöhnt hatten, sah sie, dass jemand zugedeckt im Bett lag. Der Körper lag von ihr abgewandt, aber sie sah, dass Atemwolken in die Luft aufstiegen.

Über Devlins Kopf knisterte es, und die gesamte Lodge schien zu rumpeln.

Auf dem gesamten Korridor gingen Lampen an, die in die Decke eingelassen waren, und der warme Atem einer Zentralheizung drang durch einen breiten Schlitz im Boden in ihr Gesicht.

Sie ging bis zum Ende des Flurs. Dort führte ein leerer Alkoven mit einem großen Fenster zu einer Treppe.

Gerade wollte sie die Treppe hinuntergehen, als sie Schritte von der Halle her hörte. Sie lief in den zweiten Stock und spähte im Alkoven dort vorsichtig um die Ecke.

Jemand kam den Gang entlang, und unter einer Deckenlampe sah sie, dass es ein Mann in einem schwarzen Overall war. Er hatte ein rotes Band um seinen linken Oberarm gebunden und hielt ein Repetiergewehr in der Hand, dessen Riemen von seiner Schulter hing. Er war groß und sehr dünn, trug einen Stetson und hatte lange Haare, die ihm bis zu den Schultern reichten.

Devlin wich zur Treppe zurück und rannte ins Erdgeschoss hinunter, zurück in die Halle.

Neben der Bibliothek war ein Bogendurchgang, der ihr noch nicht aufgefallen war. Als sie hindurchlief, kam sie an einer Öffnung vorbei, die rechts von ihr zu einer weiteren Treppe führte.

Der Durchgang endete an einer soliden Holztür, die offen stand. Sie blieb stehen und blickte um die Ecke in ein Speisezimmer mit einem Esstisch, der so groß war, dass bequem zweiundzwanzig Personen daran sitzen konnten. In der Mitte des Tisches stand ein üppiges Blumenarrangement aus heimischen Pflanzen. Zwei große Kandelaber mit brennenden Kerzen standen zu beiden Seiten davon. Die Stühle sahen sehr teuer aus, ebenso wie der Leuchter, der über dem Tisch hing.

Am anderen Ende des Esszimmers befand sich ein riesiger Kamin, in dem ein Feuer prasselte.

Durch große Fenster fiel Licht herein, und an den Wänden hingen Jagdtrophäen – Köpfe von Elchen und Karibus mit unglaublich mächtigen Geweihen, ein Grizzlybär.

Draußen in der Halle ertönte eine Glocke – anscheinend wurde eine Mahlzeit angekündigt.

Devlin hörte Schritte und zog sich aus dem Speisezimmer in den Gang zurück. Von der Treppe kamen Männerstimmen.

Rasch schlüpfte sie ins Esszimmer zurück. Jetzt hörte sie auch Geräusche hinter der Flügeltür neben dem Kamin.

Wasser lief, Teller klapperten – Küchengeräusche.

Sie blickte sich um, aber außer einer großen Topfpflanze gab es im Raum nichts, um sich zu verstecken.

Die Stimmen kamen immer näher, und ihr wurden die Knie weich.

Kurz entschlossen tat sie das Einzige, was ihr übrig blieb.

44

Durch den Wald von Stuhlbeinen sah sie sie kommen – Füße und Beine ohne Körper, mindestens ein halbes Dutzend Personen, trat in das Speisezimmer. Sie setzten sich nicht sofort, sondern wandten sich zuerst einmal zur Anrichte, auf der exotische Glasflaschen standen.

»Bloody Mary, Sean?«

»Ja, gern.«

»Wir haben anscheinend nur Diaka, Grey Goose und so einen russischen Mist.«

»Diaka ist in Ordnung.«

Unter dem Tisch sah Devlin, wie ein Mann in Khakihose eine Limette und ein wenig Staudensellerie zerschnitt.

»Möchtest du auch einen, Zig?«

»Nein, ich nehme diesen Pasión Azteca. Wunderbar, dass sie diese Flasche Tequila ergattert haben.«

»Ich habe ihn gar nicht gesehen.«

»Ich schenke dir einen ein.« Frühstück – Speck, Kaffee, Eier, Pfannkuchen.

Jemand sagte: »Jungs, auf die Dekadenz!«

Gläser klirrten.

»Verdammt, das geht runter.«

»Ja, toll.«

»Ist es nicht unglaublich, wie viel Schnee heute Nacht heruntergekommen ist?«

Vom Durchgang her ertönten Schritte, und Devlin sah ein Paar Stiefel und Beine in Bluejeans näher kommen. Der Neuankömmling begrüßte die anderen mit lauter Stimme.

»Meine Herren! Willkommen! Es freut mich, dass Sie es noch vor dem Sturm hierher geschafft haben!«

Der Mann blieb am Ende des Tisches stehen. Wenn Devlin die Hand ausgestreckt hätte, hätte sie seine Beine berühren können.

Die anderen Männer traten von der Anrichte auf ihn zu und begrüßten ihn – schüttelten ihm die Hand, plauderten über den Schneesturm.

»Mein Bruder, Paul, repariert gerade den kaputten Generator, deshalb sehen wir ihn wahrscheinlich erst heute Mittag. Setzen Sie sich doch, bitte.«

Devlin kroch zum Kamin, als die Stühle über den Marmorboden geschoben wurden. Ein Stiefel streifte beinahe ihr Gesicht.

»Hat jeder etwas zu trinken?«, dröhnte die Männerstimme wieder.

Zustimmendes Grunzen.

»Gleich wird das Frühstück aufgetragen, deshalb erlauben Sie mir, Sie herzlich willkommen zu heißen in der Lodge, die es nicht gibt.«

Die Männer lachten verschwörerisch.

»Ich bin Ethan, und einige von Ihnen sind schon einmal hier gewesen, aber ich muss den Neuankömmlingen etwas erklären. Wir erzeugen hier Strom über Generatoren, die sich von Mitternacht bis halb sieben in der Früh automatisch ausschalten. Heute Abend werden sie wahrscheinlich ein wenig früher zurückgefahren. Wenn es dunkel wird, können Sie gerne Laternen und Kerzen benutzen. In Ihrem Zimmer finden Sie genügend Vorrat. Möchten Sie jagen, fischen? Es wird sehr kalt sein, aber Paul und ich begleiten Sie mit Freuden hinaus. Allerdings sagt mir eine kleine Stimme, dass Sie nicht zum Jagen hierhergekommen sind.«

Die Männer lachten erneut.

Jemand sagte: »Verdammt richtig.«

»Das hier ist ein heikles Unternehmen. Vielleicht haben Sie schon darüber reden gehört. Über den Sommer hatten wir eine andere Gruppe hier.«

Eine mürrische Männerstimme sagte: »Die Jungs hatten Spaß.«

»Lassen Sie mich zum wichtigsten Teil meiner Begrüßung kommen. Danach ist alles nur noch Vergnügen. Jedes Ihrer Bedürfnisse wird erfüllt werden. Aber wir müssen uns über diesen Punkt absolut klar sein. Sie waren sicher alle schon einmal in Vegas. Wir haben eine berühmte Redensart aus Sin City für unsere kleine Lodge übernommen: Was mitten im Nirgendwo passiert, *bleibt* mitten im Nirgendwo.«

Die Männer begannen zu lachen.

»Das ist kein Witz!«

Alle schwiegen. Man hörte nur noch das Knacken der Holzscheite im Kamin und das Knistern der Eiswürfel, die in den Getränken schmolzen. Devlin traten die Tränen in die Augen, weil sie den aufsteigenden Hustenreiz niederkämpfte.

»Vielleicht ist Ihnen aufgefallen, dass Gerald und Donald mit Repetiergewehren die Flure auf und ab patrouillieren. Sie sind zu Ihrem Schutz hier. Sollten wir auch nur im Entferntesten auf die Idee kommen, dass Sie unser Unternehmen gefährden könnten oder sich vielleicht als der Typ Mann herausstellen, der ein schlechtes Gewissen bekommt, oder zu Hause vor seinen Kumpels mit den Erlebnissen in Alaska prahlt, dann werden wir Sie ohne Bedenken in eine der Bärenfallen im Keller legen und sie auf dem Grund des Sees versenken. Dort sind Sie in Gesellschaft aller Gäste, denen wir nicht vertrauen konnten. Wir haben auch noch andere Methoden, um zu verhindern, dass sie nach Ihrer Abreise plaudern. Ich rede von Fotos und Videos. Reine, hässliche Erpressung.

Aber da jeder von Ihnen zweitausend für fünf Tage hier bezahlt hat, gehe ich davon aus, dass Sie alle *mit Begeisterung* an Bord sind.«

»Natürlich.«

»Klar.«

»Hundertpro.«

»Wir wissen, worum es geht.«

»Ich freue mich einfach nur, hier zu sein.«

Devlin hörte etwas klimpern und Metall glitt über die Tischfläche.

»Das sind Generalschlüssel, meine Herren. Der Südflügel ist Ihre Spielwiese, und mit diesen Schlüsseln können Sie jede Tür öffnen. Auf jedem Stockwerk gibt es vierzehn Zimmer. Zwar sind nicht alle besetzt – wir arbeiten noch daran –, aber die meisten. Die Türspione sind umgekehrt eingebaut, und sie können sich nach Herzenslust umsehen. Rothaarige, Blondinen, Brünette. Wir haben etwas für jeden Geschmack. Im dritten Stock gibt es sogar eine Schwangere, wenn das etwas für Sie ist. Sehen Sie in den Schränken in Ihren Zimmern nach. Wir haben Bademäntel und Schlappen zur Verfügung gestellt. Ich empfehle Ihnen, sie zu benutzen. Es ist einfach wärmer. Ich habe Ihre Bluttests erhalten, und Sie sind alle sauber. Unsere Frauen sind gesund und makellos. Schutz ist also eigentlich nicht nötig, aber natürlich ist das absolut Ihre Sache.«

»Und wenn wir …«

»Lassen Sie mich meinen Vortrag zu Ende bringen, Zig. Wahrscheinlich sind dann alle Ihre Fragen beantwortet.«

»Entschuldigung, natürlich.«

»Was Ihren Umgang mit den Frauen angeht, gilt Folgendes: Was Sie kaputtmachen, müssen Sie bezahlen. Wenn Sie eine Frau verletzen, sodass sie im Nordflügel gesund gepflegt werden muss, werden Sie Schadensersatz zahlen müssen. Sie dürfen mich nicht missverstehen. Toben Sie sich nach Lust und Laune aus. Niemand verbietet Ihnen etwas, Sie können alles tun, was Sie wollen. Im Ernst, drehen Sie richtig auf. Aber am letzten Tag hier wird die Abrechnung gemacht, und jede dieser Frauen bedeutete eine Investition von etwa eins Komma fünf Millionen. So viel kostet Ersatz.

Noch etwas, noch etwas … ah ja, die Wölfe. Sie laufen auf dem Gelände herum, und gelegentlich, vor allem nachts, lassen wir sie hinein. Sie haben sich wahrscheinlich schon gefragt, warum Sie alle angewiesen wurden, ein rotes Tuch um den linken Arm zu tragen. Dadurch wissen die Wölfe, zu welchem Team Sie gehören. Wenn sie das Tuch sehen, lassen sie Sie in Ruhe. Das bedeutet allerdings nicht, dass Sie alleine hinausgehen oder einfach auf einen Wolf zugehen sollten, um sich mit ihm anzufreunden. Ignorieren Sie die Tiere einfach und vermeiden Sie vor allem Blickkontakt. Sie sind aufs Töten trainiert, und sie arbeiten immer zu zweit. Wenn Sie die Regeln bei ihnen nicht befolgen, reißen sie Sie in Stücke. Okay?«

Devlin hörte die Küchentür aufgehen.

»Perfektes Timing. Das Frühstück wird serviert.«

Devlin drehte sich um und sah zwei Paar schlanke Beine in Miniröcken und Netzstrümpfen auf den Tisch zukommen.

»Meine Herren, das sind Alena und Jill. Sie haben diese Woche Küchendienst, weil sie sich im letzten Jahr außergewöhnlich gut benommen haben.«

Devlin hörte, wie Platten mit Essen auf den Tisch gestellt wurden.

»Ich glaube, auf dieser Platte in der Mitte ist Rentier-Wurst«, sagte Ethan. »Wir sollten unbedingt davon probieren. Sie schmeckt ein bisschen nach Wild, ist aber sehr lecker.«

45

Vierzig Minuten lang hockte Devlin unter dem Tisch und hörte zu, wie die sechs Männer das üppige Frühstück verschlangen.

Das wenige, was gesprochen wurde, prägte sie sich genau ein. Die Männer waren Manager eines Unternehmens namens Presidian Oil, das anscheinend in Houston seinen Sitz hatte. Ein älter klingender Mann namens Reynolds sprach einen betrunkenen Toast auf das »astronomische dritte Viertel« aus. Sean war anscheinend der Sohn von Ken, und mehrmals wurde beklagt, dass ein »erstklassiger Hurensohn« namens Bobby nicht hatte mitkommen können.

Dann auf einmal wurden die Stühle vom Tisch zurückgeschoben, und alle Männer verließen gemeinsam mit Ethan den Raum.

Devlin kroch zwischen den Stuhlbeinen unter dem Tisch hervor, auf dem die Männer ein wahres Schlachtfeld hinterlassen hatten – Teller und Besteck lagen überall herum, und die Platten waren noch voller Fleisch, Eier und Obst.

Ihr Magen schmerzte vor Hunger, und sie wollte gerade nach einem Streifen Speck greifen, als Stimmen aus der Küche drangen.

Sie rannte aus dem Speisezimmer durch den Gang, und als sie sich der Halle näherte, fiel ihr ein, dass sie ja ihren Parka und die Schneehosen in der Bibliothek gelassen hatte. Es wäre eine Katastrophe, wenn sie dort jemand finden würde.

Die Halle war leer.

Die Tür zur Bibliothek war geschlossen, und sie lauschte angestrengt, das Ohr an die Tür gepresst. Aber außer dem Prasseln des Feuers war kein Laut zu vernehmen.

Der Raum war leer, und ihre Sachen lagen noch genau da, wo sie sie hingelegt hatte, auf dem Boden neben der Kellertür.

Rasch näher kommende Schritte ließen sie zusammenzucken.

Sie fuhr herum, musterte die verfügbaren Ausgänge und die Stellen, an denen sie sich verstecken könnte, aber es gab nur Möbel und die Verandatüren, hinter denen sich der Schnee türmte.

Hastig drehte sie den Knauf der Kellertür, wobei sie inständig hoffte, dass sie nicht wieder quietschte. Sie hatte sie beinahe hinter sich zugezogen, als zwei Männer die Bibliothek betraten. Sie blieben vor dem Kamin stehen, und Devlin beobachtete sie durch den Spalt zwischen der Tür und dem Rahmen.

»Verdammt noch mal, Sean«, sagte der ältere der beiden, ein silberhaariger, großer, breitschultriger Mann in teurer dunkelblauer Hose und einem karierten Flanellhemd mit aufgerollten Ärmeln.

»Dad, ich fühle mich nicht wohl ...«

»Reiß dich zusammen.«

»Das ist nicht richtig. Und du weißt das auch.« Seans Gesichtszüge waren denen seines Vaters sehr ähnlich, wenn man die Falten und die grauen Haare abzog und noch ein bisschen Babyspeck hinzufügte, aber er war weder so groß noch so kräftig gebaut.

Der ältere Mann legte beide Hände auf die Schultern seines Sohnes.

»Bring mich nicht in Verlegenheit, Sean.«

»Dad, da sind Frauen ...«

»Sprich leiser, verdammt noch mal. Niemand zwingt dich zu etwas. Wenn du unbedingt willst, kannst du ja die ganze Zeit in deinem Zimmer bleiben ...«

»Was machst du denn?«

»Ich?« Devlin fiel der Name des älteren Mannes ein – er hieß Ken. »Ich weiß noch nicht.« Ken bewegte sich aus Devlins Sichtfeld, und Sean folgte ihm, sodass sie nur noch die leisen Stimmen hören konnte. »Pass auf. Du hast gehört, was Ethan beim Frühstück gesagt hat, oder?«

»Ja.«

»Richte dich danach.«

»Ich kann hier nicht fünf Tage bleiben, Dad.«

»Hey, ich habe mir ein Bein ausgerissen, damit du mich auf dieser Reise begleiten kannst. Weißt du eigentlich, wie viele Jungs töten würden, um …«

»Ja, vielen Dank.«

»Jetzt warte doch mal. Ich wusste nicht, dass es …«

»Was hast du denn gedacht, als sie uns in Flugzeuge mit geschwärzten Fenstern verfrachtet haben? Als sie uns nicht gesagt haben, wo es hinging?«

»Hör zu, Sean, du bist jetzt hier. Du kannst hier nicht früher weg. Also mach das Beste daraus.«

»Und wie?«

»Das ist mir egal … mach mir nur keine Schande.«

»Arschloch.«

Schritte hallten über den Boden der Bibliothek, und Devlin hörte, wie die Tür geöffnet wurde.

»Sean! Komm zurück, Sean!«

Sein Vater lief ihm nach, und in der Bibliothek wurde es wieder still. Nur das Feuer im Kamin knisterte.

Devlin wartete ein paar Minuten, aber die Männer waren weg.

Sie öffnete die Kellertür und huschte in die Halle hinaus, ihren Parka und ihre Schneehose an sich gedrückt. In der Ferne hörte sie Stimmen, und aus den oberen Korridoren drang das Schlagen von Türen.

Sie wanderte in den Südflügel. Hier war es leer und still, nur die Deckenlampen summten.

Auch hier waren Gucklöcher in den Türen, und sie blieb an jedem stehen, um hindurchzublicken. In drei Zimmern saßen Frauen in dünnen Nachthemden im Bett und warteten.

Am Ende des Flurs befand sich ein leeres Zimmer, 119. Die Tür war offen, und sie trat ein.

Sie verstaute ihren Parka und ihre Schneehose in einer Kommode, ergriff die Pistole und hockte sich fünf Minuten lang unter das Guckloch, um ihre Angst und ihre Tränen zurückzudrängen.

46

Sie huschte zurück in den Flur, dann in den Alkoven und die Treppe zum ersten Stock hinauf. Sie war noch keine fünf Schritt weit gekommen, als sie Stimmen von oben hörte. Rasch drückte sie sich in den Alkoven und spähte um die Ecke. Der Flur war leer.

Durch das Fenster im Alkoven sah sie, dass es immer noch schneite. Die Äste der Schwarzfichten bogen sich unter der Schneelast, und selbst von hier drinnen konnte sie hören, dass manche Zweige unter dem Gewicht knackten.

Schließlich wagte sie sich auf den Flur hinaus. Sie blickte durch jedes Guckloch – auch hier lagen halb nackte Frauen im Bett und starrten teilnahmslos vor sich hin.

Hinter der Tür von 215 stöhnte jemand.

Devlin spürte einen Knoten im Magen. Ihr wurde übel.

Sie trat an die Tür und drückte das Ohr ans Holz.

Zigs Stimme: »Das gefällt dir, was, du böses Mädchen?«

»Ja.«

»Überzeug mich.«

Durch die Tür hörte Devlin die Frau stöhnen.

»Ja, das ist … oh …«, sagte Zig. »Das ist besser, o Gott.«

Auf der Treppe von der Halle waren Schritte zu hören.

Devlin rannte zurück in den Alkoven und duckte sich in die Ecke. Ein Mann kam in den Flur.

Es war ein kleiner, untersetzter Mann mit dem Aussehen einer Bulldogge und kurzen blonden Haaren. Er hatte ein Gewehr umhängen.

Ab und zu blieb er stehen und schaute durch ein Guckloch. An Zimmer 215 blieb er ein wenig länger stehen.

Devlin drehte sich um und rannte die Treppe hinauf.

Die fünfte Stufe knackte unter ihrem Gewicht. Anscheinend kam der Mann ihr nach, denn sie hörte Schritte im Korridor unten.

Rasch lief sie an den Türen des zweiten Stockwerks vorbei. Sie versuchte, die Tür zu 308 zu öffnen, aber sie war verschlossen.

Offenbar war der Mann mit dem Gewehr ebenfalls auf die fünfte Stufe getreten, denn ein lautes Knacken hallte durch den Flur.

Die Tür von Zimmer 306 war offen. Mit klopfendem Herzen schlüpfte sie hinein. Automatisch blickte sie durch das Guckloch, stellte aber sofort fest, dass es umgekehrt eingebaut war und sie gar nicht so viel sehen konnte. Die Schritte des Mannes kamen den Flur entlang. Ob er sie wohl gesehen oder gehört hatte? Sie wandte sich von der Tür ab und hockte sich in eine Ecke neben das Bett. Mit zitternden Händen hielt sie die Pistole, als die Schritte an ihrer Tür vorbeigingen.

Sie blieb lange Zeit im Zimmer. Schließlich stand sie auf, trat an die Tür und lauschte. Stille. Anscheinend war der Flur leer.

Sie öffnete die Tür und steckte den Kopf nach draußen. Es dauerte einen Moment, bis ihr wieder einfiel, wo sie war. Im zweiten Stock des Südflügels. In der Lodge war es im Moment still, deshalb schlich sie auf den Flur hinaus.

An der Treppe warf sie einen Blick nach unten in die Halle. Ein mit einem Morgenmantel bekleideter Mann verschwand im Flur des Erdgeschosses.

Devlin ging die Treppe hinauf zu dem einzigen Stockwerk, das sie noch nicht erkundet hatte – die dritte Etage des Südflügels. Von der Treppe aus sah sie den langhaarigen Mann mit dem Cowboyhut. Er ging mit seinem Gewehr im zweiten Stock des Nordflügels entlang, mit dem Rücken zu ihr.

Der dritte Stock war leer.

Sie schlich an jede Tür, blickte durch jedes Guckloch und merkte sich, welche Zimmer belegt und welche frei waren.

Am Ende des Flurs war Zimmer 429, das letzte Zimmer auf der linken Seite vor dem Alkoven und der Treppe. Sie stellte sich auf die Zehenspitzen und blickte durch das Guckloch. Drinnen saß eine Frau auf dem Bett. Sie trug ein gelbes Nachthemd, ihre Haare waren lang und dunkel, aber in dem schwachen Licht konnte man die Farbe nicht genau erkennen. Sie hatte das Gesicht zum Fenster gewandt und schaute auf den Schnee draußen. Durch den dünnen Stoff ihres Nachthemdes konnte Devlin erkennen, dass die Frau schwanger war, vielleicht im fünften Monat. Ihr Gesicht war ein wenig aufgedunsen von der Schwangerschaft, und sie war blass, mit dunklen Schatten unter den Augen.

Devlin zog scharf die Luft ein. Ihr stockte der Atem, und ihre Augen füllten sich mit Tränen.

Sie blickte auf ihre Mutter.

47

Glühend

Zuerst glaubte sie es nicht, dachte: *Das ist bestimmt ein Albtraum oder eine Halluzination. Sie kann doch unmöglich noch am Leben sein. Jedenfalls hat Dad das doch gesagt.* Aber sie war es, es gab keinen Zweifel. Devlin erkannte die großen schwarzen Augen, die Form ihres Mundes. Ihre Mutter sah nicht wütend oder traurig aus, wie Devlin vielleicht erwartet hätte. Nur älter, müde, erschöpft.

Devlin wischte sich über die Augen und blickte sich um. Außer ihr war niemand im Flur. Sie klopfte an die Tür.

Ihre Mutter blickte auf, blieb aber reglos auf dem Bett sitzen, als ob sie wartete.

Devlin klopfte erneut, dann flüsterte sie: »Mom.«

Rachael ließ nicht erkennen, dass sie etwas gehört hatte.

Devlin klopfte noch einmal, und endlich erhob sich Rachael und kam zögernd auf die Tür zu.

Devlin klopfte auf das Guckloch und trat ein paar Schritte von der Tür zurück, in der Hoffnung, dass ihre Mutter durch das Guckloch sehen würde.

Zehn Sekunden vergingen, und dann hörte sie einen Laut hinter der Tür, der sich anhörte wie unterdrücktes Schluchzen.

Devlin rannte zum Guckloch, und als sie hindurchblickte, sah sie ihre Mutter weinend am Boden liegen.

Sie rannte den Gang entlang und rüttelte an Türen, bis sie schließlich einen unverschlossenen, unbesetzten Raum fand. Dort riss sie alle Schubladen auf, bis sie auf ein Notizbuch stieß. Sie riss eine Seite heraus und wartete einen Moment, bis sich ihr heftiges Zittern so weit gelegt hatte, dass sie schreiben konnte.

Mom, ich bin mit Dad und einer FBI-Agentin nach Alaska gekommen, um nach dir zu suchen. Ich kann sie nicht finden. Sind sie hier? Irgendwie bekommen wir dich hier heraus. Ich liebe dich. Wir haben dich nie vergessen.

Devlin rannte zurück zu Zimmer 429 und schob den Zettel unter der Tür durch.

Rachaels Schultern bebten immer noch, und sie musste sich ständig über die Augen wischen. Sie setzte sich aufs Bett und kritzelte eine Antwort auf den Zettel. Dann kam sie zurück zur Tür und schob den Zettel Devlin zu.

Devlin musste sich unter eine Lampe stellen, um die krakelige Handschrift ihrer Mutter zu entziffern. Es sah so aus, als ob sie seit Jahren nichts mehr geschrieben hätte.

Geh hier weg. Versuch auf keinen Fall etwas auf eigene Faust. Bring dich in Sicherheit und suche Hilfe. Ich liebe dich so sehr.

Devlin hockte sich auf den Boden und schrieb:

Draußen ist Schneesturm, und hier sind Wölfe. Unser Pilot kommt erst morgen zurück.

Rasch schob sie das Papier wieder zurück. Rachael ergriff es und drückte es flach gegen die Tür, während sie ihre Antwort schrieb.

Als Devlin es ergriff, hörte sie Schritte.

Schreckliche Leute hier. Sie dürfen dich nicht finden. Geh in ein leeres Zimmer und bleib dort, bis du gehen kannst. Du musst auf mich hören. Ich liebe dich. Und jetzt geh.

Die Schritte kamen die Treppe von der Halle herauf. Devlin schrieb rasch »Ich liebe dich« auf den Zettel und hielt ihn vor das Guckloch. Dann lief sie in den Alkoven und drei Stufen die Treppe herunter. Dort blieb sie erst einmal stehen.

Über diese Treppe kamen jetzt auch schnelle Schritte herauf. Sie klickten auf den Holzstufen wie die Krallen an Hundepfoten.

Voller Panik rannte sie wieder zurück und schlüpfte in das leere Zimmer, das sie sich vorhin gemerkt hatte. Es befand sich schräg gegenüber vom Zimmer ihrer Mutter.

Sie zog die Tür zu und blickte durch das Guckloch.

Ein langer schwarzer Schatten lief vorbei.

Fünf Sekunden später kehrte er zurück, winselte und schnüffelte an ihrer Tür.

Ein Mann kam in Sicht – die große Wache mit den langen Haaren und dem Cowboyhut. Er tätschelte dem Wolf den Kopf, kniete sich hin und ließ sich von dem Tier über den Hals lecken.

Dann kam ein weiterer Mann in Sicht – klein und rundlich, in einem grünen Kimono und Schlappen. Er trug ein rotes Band um den linken Arm, wie Ethan es allen empfohlen hatte.

Der große schwarze Wolf setzte sich hin und beäugte den Mann aufmerksam.

»Hey, Reynolds«, sagte der Wachmann. »Schön, Sie wiederzusehen.«

»Dito, Gerald, dito. Würden Sie mir bitte zeigen, wo die schwangere Frau ist, die Ethan heute Morgen erwähnt hat?«

»Aber sicher, hier entlang.«

Die Männer und der Wolf gingen in Richtung Alkoven, und Devlin hörte den Wachmann sagen: »Sie ist in 429. Ich wünsche Ihnen viel Vergnügen, mein Freund.«

48

Devlin stand vor Zimmer 429. In der rechten Hand hielt sie die Pistole.

Reynolds Stimme war so hoch, dass sie ihn mühelos durch die Tür verstehen konnte. »Zieh das sofort aus und setz dich. Weißt du, wie viel Geld ich dieses Jahr verdient habe?«

»Wie viel?«

Das Klatschen einer Hand war zu hören. »Wag es nicht, mir Fragen zu stellen. Vierundachtzig Millionen. In einem Jahr. Macht dich das nass?«

Devlin glaubte Schritte von der Treppe am anderen Ende des Flurs zu hören und huschte in den Alkoven, um sich zu verstecken, aber niemand kam.

Als sie wieder an die Tür trat, quietschten die Bettfedern, und Reynolds gab Laute von sich.

Mit gepresster Stimme sagte er: »Du kannst ruhig stöhnen oder so.«

Ihre Mutter stöhnte.

»Weißt du, dass ich dich töten könnte, wenn ich wollte?«, sagte er atemlos.

Devlin wischte sich die Tränen aus den Augen, damit sie etwas sehen konnte. In dem Moment, als sie durch das Guckloch blickte, wünschte sie sich, sie hätte es nicht getan. Sie würde den Anblick des kleinen, dicken Mannes, der auf ihrer Mutter lag, nie vergessen können. Tiefe Wut stieg in ihr auf, und erneut füllten sich ihre Augen mit Tränen.

Sie legte ihre Hand auf den Türknopf und drehte ihn. Der Raum war nicht verschlossen.

In der letzten Sekunde jedoch besann sie sich eines Besseren. Natürlich konnte sie den Mann jetzt erschießen, aber der

Schuss würde das gesamte dritte Stockwerk aufschrecken. Sie konnte sich nicht bis zum Abend verstecken und dann zum Zelt zurücklaufen, um auf ihren Buschpiloten zu warten. Kurzfristig würde sie ihrer Mutter zwar helfen, aber danach würden sie wahrscheinlich alle getötet werden.

Devlin nahm die Hand vom Türknopf und lehnte sich an die Wand neben die Tür.

Sie vergoss stumme Tränen und betete, dass es ihrer Mutter gelingen möge, sich an einen anderen Ort und in eine andere Zeit zu träumen – an ihre Hochzeit, einen Familienurlaub oder an das Weihnachtsfest, das sie vor acht Jahren auf Tahiti verbracht hatten.

49

Als Reynolds mit ihrer Mutter fertig war, schlich Devlin zurück ins Zimmer 420 und schloss sich ein.

Stundenlang hockte sie dort zusammengekauert in einer Ecke, wo man sie durch das Guckloch nicht sehen konnte, und beobachtete, wie der graue Himmel immer blasser wurde, bis schließlich die Dunkelheit hereinbrach. Sie hatte Hunger und Durst. Sie betete für Kalyn, für ihren Vater und ihre Mutter, und allein das Wissen, dass Rachael nur ein paar Türen weiter war, brachte ihr Trost.

Als es dämmerte, beschloss Devlin, dass sie die Lodge jetzt verlassen und zum Zelt zurückgehen würde.

Sie stand auf und trat ans Fenster. Es schneite immer noch, und draußen war es grau und trüb. Der Wind trieb Wellen über den See, die ans Ufer schlugen.

Devlin trat an die Tür und blickte durch das Guckloch. Der Flur schien leer zu sein. Sie schlüpfte hinaus, rannte zu Zimmer 429, blickte durch das Guckloch und sah, dass ihre Mutter im Bett lag und schlief.

Leise ging Devlin die Treppe hinunter ins Erdgeschoss. Auf dem Weg dorthin holte sie ihren Parka und ihre Schneehose aus Zimmer 119.

In der Halle roch es nach dem Feuer, das in dem großen, freistehenden Kamin brannte. Jemand hatte Kerzen auf die Treppenpfosten gestellt. An den Wänden flackerten Laternen und warfen seltsame Schatten auf den Steinboden. Vom Bogendurchgang am anderen Ende der Halle, neben der Bibliothek, hörte sie Lärm. Sie schlich näher heran. Der Durchgang war hell beleuchtet, und wundervolle Gerüche drangen aus dem Speisezimmer. Sie hörte, dass die Gäste sich angeregt unterhielten.

Abendessen. Ihr Magen schmerzte, aber der Gedanke, dass sie draußen mit dem Schnee wenigstens ihren Durst stillen konnte, trieb sie an.

Sie warf einen kurzen Blick zum Haupteingang, beschloss jedoch, dass es sicherer wäre, das Haus so zu verlassen, wie sie hineingekommen war, durch den Keller und die Tür unter der Veranda.

Sie betrat die Bibliothek, die warm und leer war.

Gerade wollte sie die Kellertür öffnen, als jemand hereingerannt kam, und eine Hand legte sich über ihren Mund, bevor sie auch nur die Chance hatte, sich umzudrehen.

»Nicht schreien, Baby. Ich bin es nur.«

Kalyn ließ sie los, und Devlin umarmte sie erleichtert.

Leise schloss Kalyn die Bibliothekstür, hockte sich mit Devlin an den Kamin und sagte: »Ich habe überall nach dir gesucht.«

»Ich habe mich versteckt. Hast du meinen Dad gesehen?«

»Nein, Süße.«

Das bedeutete noch lange nicht, dass er tot ist, beruhigte Devlin sich. »Meine Mom ist hier«, sagte sie. »Sie ist am Leben, deshalb ist deine Schwester vielleicht …«

»Ich weiß, ich habe sie schon gefunden.«

»Wo?«

»Sie ist in einem Zimmer im ersten Stock des Nordflügels, wo die meisten schwangeren Frauen untergebracht sind.«

»Wie ist es dir denn gestern Abend ergangen?«

»Die Wölfe sind auf mich losgegangen, als ich das Zelt verlassen hatte. Ich bin auf einen Baum geklettert. Dort bin ich bis zur Morgendämmerung geblieben, und vor ein paar Stunden habe ich den Weg hierher gefunden.«

»Weißt du, was das für ein Haus ist?«

»Ja, ich würde es am liebsten bis auf die Grundmauern niederbrennen.«

»Ich wollte wieder zurück zum Zelt, Kalyn. Ich dachte, ich verbringe am besten dort die Nacht, laufe morgen früh zum äußeren See und warte auf den Piloten, damit er Hilfe holen kann.«

»Ja, das ist wahrscheinlich das Beste.«

Devlin stand auf und öffnete die Kellertür. »Ich bin hier hereingekommen. Ich glaube, das ist der sicherste …«

Kalyn schüttelte den Kopf. »Dort unten halten sie die Wölfe. Komm, ich kenne einen besseren Weg.«

Kalyn führte sie aus der Bibliothek heraus in den angrenzenden Durchgang. Dort stiegen sie eine Treppe hinauf.

Devlin fiel auf, dass Kalyns pinke Daunenjacke mit Blut bespritzt war.

Am Ende der Treppe, im zweiten Stock, durchquerten sie einen kurzen Flur, an dem sich mehrere, nicht nummerierte Türen befanden. Kalyn warf Devlin einen Blick über die Schulter zu und legte den Finger an die Lippen. Devlin nickte.

Sie kamen zur letzten Tür am Gang und blieben kurz davor stehen.

Kalyn drehte sich um und flüsterte: »Warte eine Minute.«

»Was machst du denn?«

»Das wirst du schon sehen.«

Kalyn öffnete die Tür, betrat das Zimmer und schloss die Tür leise wieder hinter sich.

Devlin wartete. Über ihr summten die Deckenlampen. Dann rumpelte das Gebäude wieder, die Lampen an der Decke gingen aus, und nur noch das Zischen der Fackeln an den Wänden war zu hören.

Die Tür öffnete sich, und Kalyn steckte den Kopf heraus.

»In Ordnung, komm herein«, flüsterte sie.

Sie ergriff Devlins Hand, zog sie herein und schloss die Tür wieder.

Devlin stand in einem geräumigen Schlafzimmer. Im Kamin brannte ein Feuer.

Den Mann bemerkte sie erst, als er sprach.

»Wie alt bist du, Devlin?« Seine Stimme war weich, fast ein Falsett, mit einem leichten Akzent, den Devlin in ihrer Verwirrung nicht zuordnen konnte.

Er legte ein Buch beiseite und erhob sich aus dem Sessel neben dem Kamin. Er nahm seine Nickelbrille ab und musterte das Mädchen von oben bis unten.

»Hast du meine Frage nicht gehört?«, sagte er.

Devlin blickte Kalyn an. »Antworte ihm«, sagte sie.

»Was ist hier los?«

»*Antworte* ihm.«

»Sechzehn.«

Der Mann nickte. »Du kommst nach deiner Mutter.«

»Und, Paul? Sind wir quitt?«, fragte Kalyn.

Devlin riss sich von Kalyn los und wich zur Wand zurück. Sie starrte Paul an. Seine Strickjacke, seine Nickelbrille und seine ordentliche Frisur passten so gar nicht zu seiner offenkundigen Stellung in der Lodge.

»Was tust du, Kalyn?«, fragte sie.

»Sind wir jetzt quitt, Paul?«

»Da ist immer noch Gerald. Er war ein guter Mann. Er war seit …«

»Kannst du nicht einen anderen Wachmann einstellen?«

»Was tust du, Kalyn?«, fragte Devlin erneut.

Kalyn blickte sie an und schüttelte den Kopf. »Ich habe keine andere Wahl, okay?«

»Eine Wahl? Was für eine Wahl?«

»Okay, es ist in Ordnung, sobald du Rachaels Mann gefunden und ihn mir gebracht hast.«

»Und dann fliegst du Lucy und mich gleich morgen früh aus?«

»Wenn das Wetter es zulässt.«

»Wie soll ich wissen, ob du dein Versprechen hältst?«

Paul zuckte mit den Schultern. »Du musst mir eben vertrauen.«

Devlin griff in die Tasche ihres Parkas und berührte die Pistole. *Ich hätte sie schon früher herausnehmen und nachschauen sollen, ob sie geladen ist. Ich weiß ja nicht einmal, wie man das Ding benutzt,* dachte sie.

Sie fuhr mit dem Daumen über den Abzug. In Filmen hatte sie gesehen, wie Leute abdrückten. Sie versuchte es, und der Zylinder machte ein klickendes Geräusch, als der Hammer zurückging.

»Wirst du ihn töten?«, fragte Kalyn.

»Willst du das wirklich wissen?«

Devlin zog die .357 und zielte mitten auf Pauls Brust. Der Revolver fühlte sich schwer an und roch nach Öl.

Paul bemerkte ihn als erster. »Du blöde Fotze, du hast sie nicht durchsucht«, sagte er.

»Stell dich neben ihn, Kalyn«, sagte Devlin.

»Devlin …«

Devlin richtete die Waffe auf Kalyn.

»Schon gut.«

Als Kalyn neben ihn trat, sagte Paul: »Halten Sie zum ersten Mal eine Pistole in der Hand, Ms Innis?«

»Warum tust du uns das an, Kalyn?«

»So wie Ihre Hände zittern, würde ich sagen, ja.«

Devlin begann zu weinen. Ihr zog sich der Magen zusammen, und sie blickte von Paul zu Kalyn. »Ich verstehe es nicht«, stieß sie hervor.

»Gib ihm die Pistole, Baby.« Kalyn wirkte auf einmal ganz anders als sonst, viel härter. Devlin blinzelte.

»Devlin.« Paul blickte sie eindringlich an. »Komm her und gib mir die Pistole, wie Kalyn gerade gesagt hat. Du glaubst doch nicht, dass ich dir etwas tue, oder?«

»Bleiben Sie stehen.«

»Ich bewege mich doch gar nicht.«

»Sie glauben, ich schieße nicht, aber ich schwöre bei Gott, ich schieße.« Der erste Schock ließ nach, und Wut stieg in ihr auf. »Warum hast du das getan, Kalyn?«

Jetzt weinte Kalyn. »Sie haben mich geschnappt. Vor drei Stunden, nachdem ich einen ihrer Wachleute getötet habe. So hatte ich das Ganze nicht geplant. Ich habe ihnen von dir erzählt und habe gesagt, ich könne dich nicht finden. Und er wollte meine Schwester gehen lassen, wenn ich dich zu ihm brächte. Morgen wollte er mich mit Lucy zusammen ausfliegen. Wenn ich es nicht tun würde, sollte einer der Männer von der Ölgesellschaft Lucy heute Nacht töten. Verstehst du? Ich hatte keine andere …«

»Du wolltest mich gegen deine Schwester eintauschen.«

»Verzeih mir«, sagte Kalyn. »Würdest du mich nicht auch eintauschen, wenn du dafür deine Mutter zurückbekämest?«

»Ich würde niemanden verkaufen.«

»Na, herzlichen Glückwunsch. Dann bist du eben einfach ein besserer Mensch. Und jetzt komm her und leg die Pistole in meine Hand.«

»Den Teufel werde ich tun.«

Devlin bemerkte, das Paul fast unmerklich auf sie zukam. Er sagte: »Du wirst niemanden verletzen. Die Waffe ist ja gar nicht entsichert.«

Devlin wusste, dass sie den Blick nicht eine Sekunde von ihm abwenden durfte. »Das können wir herausfinden.«

»Dev, nein …«, sagte Kalyn.

Devlin zuckte zusammen, als der Rückstoß sie gegen die Wand drückte. Einen Moment lang konnte sie nichts hören und sehen. Paul runzelte die Stirn und blickte auf das schwarze Loch in seiner Strickjacke. Aus der Wunde direkt unter seinem Herzen drang dunkles Blut.

Im Zimmer roch es bittersüß, und der Geruch nach Schießpulver brannte in Devlins Nase. »Du hast mich nicht erschossen. Du hast mich nicht erschossen.« Er sank auf den Sessel und gurgelnde Laute drangen aus seinem Mund. Erneut zog Devlin den Abzug zurück und zielte auf Kalyn.

»Wenn du dich bewegst«, sagte sie zu ihr, »erschieße ich dich ebenfalls.«

50

Devlin rannte zurück in den Flur, die Treppe hinunter und in den Durchgang. Sie hörte Stimmen im Speisezimmer, aber sie lief immer weiter, in die Halle. Hier war es viel dunkler, weil nur noch Kerzen und Fackeln brannten. Als sie den Flur im Erdgeschoss erreichte, hörte sie rasche Schritte in der Halle. Ein Mann schrie etwas. Devlin blickte sich um und sah eine Gruppe von Schatten am anderen Ende des Flurs auftauchen. Sie rannte in den Alkoven, die Treppe hinauf, in den ersten Stock. Ein Wolf kam auf sie zu, mit gesenktem Kopf schnüffelte er am Boden. Devlin feuerte drei Schüsse ab, drehte sich um und rannte die Treppe weiter hinauf, bis sie im letzten Stockwerk ankam.

Ihre Verfolger waren ihr dicht auf den Fersen. *Du musst dich in einem leeren Zimmer verstecken.* Sie rannte durch den Flur und drehte an den Türknöpfen aller Türen – verschlossen, verschlossen.

Sie konnte den Wolf schon hören, der knurrend die Treppe heraufkam. Alles verschlossen. Die Halle hallte von Rufen wider. Verschlossen. Zimmer 403 war offen.

Außer Atem betrat sie den Raum. Es war völlig dunkel. Sie rannte zum Fenster und blickte nach draußen, Das Licht von der Veranda fiel auf Milliarden von Schneeflocken, die im Wind wirbelten und alles unter sich begruben.

Sie hörte das Öffnen und Schließen von Türen im Flur. Sie kamen immer näher. Links neben der Tür stand ein Schrank. Sie legte die Pistole aufs Bett, und stemmte sich mit aller Kraft gegen den Schrank. Zentimeterweise glitt er über den Boden. Jetzt waren sie nur noch zwei Türen von ihr entfernt.

Endlich hatte sie den Schrank vor die Tür geschoben. Sie

trat an den Schreibtisch und schob auch ihn noch vor den Schrank.

Draußen sagte jemand: »Ich kann nichts sehen durch dieses Guckloch.«

»Schließ die Tür auf.«

»Sie ist nicht verschlossen.«

Jemand rüttelte daran. »Irgendetwas steht davor.«

Die Stimme eines anderen Mannes drang äußerst ruhig und gleichmütig durch die Barrikade: »Kannst du mich hören?« Devlin antwortete nicht. Sie ergriff die Pistole. »Mach sofort die Tür auf.« Sie bewegte sich nicht. Nach einem Moment entfernten sich die Schritte von der Tür, und sie stand zitternd in der Dunkelheit des Zimmers. Eine weitere Minute verging. *Ob sie wohl gegangen waren? Oh, bitte, Gott, bitte.* Sie glaubte, erneut Schritte zu hören, war sich aber nicht sicher, weil das Geräusch so leise war.

Es klopfte, und die Stimme ertönte wieder.

»Lässt du mich freiwillig hinein?«

Devlin blickte auf den Schrank und wusste auf einmal mit erschreckender Gewissheit, dass dies das Ende war.

»Ich breche die Tür auf.«

Das Klopfen war dieses Mal so heftig, dass sie schon glaubte, er habe sich die Hand verletzt. Nach dem vierten Schlag begann das Holz zu splittern. Sie drückte auf den Abzug und schoss zwei Löcher in den Schrank und die Tür. Dabei rutschte ihr die Pistole beinahe aus der Hand. Danach war erst einmal alles still, und sie dachte schon, sie hätte ihn getroffen.

Aber kurz darauf begann er von Neuem. Der Schrank wackelte hin und her, von der Decke her regnete es Gipsstaub und Putz, und der Kronleuchter klirrte. Ihr wurden die Knie weich, und sie konnte sich kaum noch aufrecht halten. Tränen strömten ihr übers Gesicht.

Als er durch die Rückwand des Schranks brach, wich sie bis an die Wand zurück.

Sie hörte, wie er drinnen alles kurz und klein schlug. Die

Schranktüren flogen auf. Er stand zwischen alten Kleidern, und sie konnte sein Gesicht im Schein der Laterne, die er in der Hand hielt, kaum erkennen. Er zwängte sich hindurch. Die kaputte Tür hing nur noch teilweise in den Angeln.

Er ergriff eine Taschenlampe und die Axt und kaum auf sie zu. Sein kahler Schädel glänzte vor Schweiß im Feuerschein. Sie erkannte ihn an den Bluejeans und den Stiefeln – Ethan, der das Frühstück heute früh geleitet hatte.

Als er den Revolver in ihrer Hand sah, blieb er stehen. Devlin legte beide Zeigefinger um den Abzugshahn und zog ihn zurück. *Klick*.

Er sprang auf sie zu und schlug ihr die Waffe aus der Hand. Sie glitt über den Boden, und er drückte Devlin gegen das Fenster. Sie spürte die Kälte des Sturms durch die Scheiben. Die Axt presste sich gegen ihr Bein. Er blickte sie an. Im Laternenschein stieg ihr Atem weiß auf. Er roch nach Wein.

Draußen grollte der Donner, und die Porzellanfiguren auf dem Sekretär klirrten.

Er knirschte mit den Zähnen. »Er war mein Bruder, und jetzt ist er tot.«

»Er wollte mich …«

»Er war mein Bruder. Und jetzt ist er tot.«

Er ließ die Axt los und packte mit der Hand in ihre schwarzen Locken.

»Das tut weh«, schrie sie.

»Du hast keine Ahnung, wie weh es tun wird.« Er zog sie hinter sich her zur zertrümmerten Tür und hob sie hoch, um sie über den Flur und an den Räumen im dritten Stock vorbei zu schleppen. Der Wolf trottete neben ihnen her und schnappte nach ihrem Gesicht. Sie waren ganz alleine. Alle anderen waren verschwunden. Die Messingzahlen schimmerten im Feuerschein.

405.

407.

409.

Devlin schrie und schlug ihre Fingernägel in seinen Arm. Er kreischte auf, und sie riss sich los und rannte den Gang entlang. Beim fünften Schritt stolperte sie und fiel. Ethan und der Wolf kamen rasch näher, und sie hatte sich gerade wieder aufgerappelt, als er auch schon über ihr war.

51

Als sie wieder die Augen öffnete, sah sie als Erstes das verschwommene Bild ihrer Füße, die über den Steinfußboden der Halle glitten, vorbei am freistehenden Kamin, der bis auf die Glut heruntergebrannt war. Das einzige Licht kam von Ethans Laterne.

Devlin wurde an den Haaren gezogen. Ihr rechtes Auge pochte, und sie sah die Welt nur durch einen Schlitz. Die Texaner, die in ihren Kimonos an einem Ende der Halle standen, wirkten in der Dunkelheit wie Phantome.

Einer von ihnen schrie: »Was hast du denn da, Ethan?«

»Das geht euch nichts an!«

Ethan zog ein Messer aus der Tasche, packte ihre Jacke und schnitt sie mit dem Messer auf. Auch ihre Fleecejacke und ihr langes Unterhemd klafften auseinander. Er riss sie ihr weg, zog ihr die Hose, ihre lange Unterhose und ihr Höschen aus. Dann stellte er sie wieder auf die Füße.

Benommen und starr vor Schock stand sie da, während er die schweren Eisentüren aufriss und sie in den Sturm schob.

»Nein, bitte, ich …« Er stieß sie nach draußen, und sie taumelte gegen eine der Säulen. Ethan hob eine lange, dünne Pfeife an die Lippen und pfiff einen Ton, der zu hoch in der Frequenz war, um von ihren Ohren wahrgenommen zu werden. Dann schlug er die Türen zu und verriegelte sie von innen.

Ihre Füße taten weh. Sie blickte hinunter, aber sie waren tief im Schnee des Eingangs versunken. Sie rannte zur Tür, schlug mit den Fäusten dagegen und schrie. An einem Sommerabend hätte man ihre Stimme bestimmt weit über den See gehört, aber an diesem Abend drang sie kaum durch das Heulen des Sturms.

Erneut trat sie an die Tür und legte ihre Lippen an das schneebedeckte Eisen. »Bitte. Es tut weh.« Die Verzweiflung in ihrer Stimme erschreckte sie mehr als alles andere.

Devlin schloss die Augen. *Ich werde hier draußen sterben.* Nackt rannte sie in den Schnee hinaus. Er reichte ihr bis zur Taille. Sie brach zusammen, versank in einer Schneewehe. Um sie herum brauste der Sturm, aber vom See her kam ein anderes Heulen.

Sie hob den Kopf. Erneut hörte sie das Heulen, näher dieses Mal. Sie kämpfte sich hoch. Aus dem Wald drang ein Antwortgeheul. *Nicht die Wölfe. Du lieber Gott, nicht die Wölfe.*

Durch einen Tränenschleier sah sie, wie sich durch den Schnee etwas auf sie zu bewegte. Ein Wolf. Sie blickte sich um. Hinter ihr ragte das hohe Gebäude der Lodge auf.

Eine Reihe von Explosionen erschütterte die Stille. Sie spürte die Vibration in ihrem Brustkorb. Irgendwo in der Ferne donnerte eine Lawine den Berg hinunter.

Fieberhaft überlegte sie, ob sie zur Veranda hinaufklettern sollte. Vielleicht konnte sie ein Fenster einschlagen und in die Bibliothek klettern.

Der Wolf kam immer näher.

Als sie den Südflügel erreichte, stöhnte sie vor Schmerzen. Die Haare hingen ihr in die Augen, und als sie versuchte, sie wegzuwischen, brachen sie ab, Sie hielt sich an den kalten Steinen fest, um nicht im Schnee zu versinken und kämpfte sich am Kamin vorbei zur hinteren Seite des Südflügels. Immer wieder musste sie stehen bleiben, weil schmerzhafte Hustenanfälle sie überwältigten.

Dreißig Meter von der Veranda entfernt, blieb ihr linker Fuß an etwas hängen. Sie beugte sich herunter und wischte den Schnee ab. Und schrie. Eine Frau saß gegen die Steinmauer gelehnt, nackt, halb zerfressen. Während frischer Schnee das Gesicht der toten Frau bedeckte, kämpfte Devlin sich weiter zur Veranda vor.

Ihre Füße und Hände waren mittlerweile völlig erstarrt und

gehorchten ihr nicht mehr. Sie blickte auf die toten Gewichte an ihren Armen und fragte sich, ob das Blut in ihren Fingern vielleicht schon gefroren war.

Die Treppe zur Veranda war tief verschneit und auch die Balustrade war unter dem Schnee versunken. Von hier unten konnten sie die französischen Fenster erkennen, die in die Bibliothek führten. Dahinter flackerte Feuerschein.

Devlin hörte etwas hinter sich, und als sie sich umdrehte, kamen drei Wölfe um die Ecke des Südflügels. Im hohen Schnee sah sie nur ihre Köpfe.

Sie wich an den Fuß der Treppe zurück. Ihr blieb nichts anderes übrig, als zu beobachten, wie sie näher kamen. Gleich würde sie sterben. Sie schloss die Augen, spürte, wie sich der Schnee auf ihrem Gesicht, ihren Augenlidern, ihrer Nasenspitze sammelte. Plötzlich überfiel sie eine seltsame Wärme, und sie hieß die Sinnestäuschung willkommen. Ihre Lippen bewegten sich im Rhythmus ihrer Gedanken. Sie würde sich ein wenig hinlegen, um Kraft zu sammeln, und wenn sie aufwachte, würde sie in die Bibliothek hinaufgehen und sich ans Feuer setzen.

Aber es hatte keine Eile. Wenn es sein musste, hielt sie eine Nacht lang durch. Ja, sie würde sogar bis zum Frühjahr, bis es taute, durchhalten. Mit jeder Minute, die verging, wurde ihr wärmer.

Devlin hörte die Wölfe jetzt kommen. Knurrend schlichen sie durch den Schnee auf sie zu, und das Schnappen ihrer Kiefer klang in der Nacht wie Schüsse.

52

Was sie verloren

Zwanzig Minuten waren vergangen, seit er den Teenager hinaus in den Sturm geworfen hatte. Die Texaner im Speisezimmer spielten immer noch lärmend Karten um lächerlich hohe Summen.

Ethan führte seit zehn Jahren seine Geschäfte hier in der Lodge, aber so katastrophal war die Lage noch nie gewesen – Gerald war tot, Paul ebenfalls, und diese Frau, Kalyn, hatten sie immer noch nicht gefunden. Allerdings würde Donald sie bestimmt noch vor dem Morgengrauen finden. Das war ihm bei den meisten anderen auch gelungen.

Ethan streckte sich auf einem der braunen Ledersessel vor dem Kamin in der Bibliothek aus. Sein Bruder saß immer noch im Sessel in seinem Schlafzimmer, und Gerald lag im Alkoven des Südflügels, wo Kalyn ihm die Kehle durchgeschnitten hatte.

Morgen früh würde er sich um alles kümmern – er würde sauber machen, mit den Texanern reden, wenn sie sich überhaupt noch daran erinnerten. Heute Abend wollte er sich damit nicht mehr befassen.

Er füllte seine Lungen mit einem tiefen Zug.

Die lange Bambuspfeife glitt ihm aus den Fingern, als die Wirkung eintrat. Ethan lehnte sich im Sessel zurück, grinste blöde und blies Rauchringe an die Decke.

Durch den Opiumnebel hörte er jemanden an die Tür hämmern. Einen Moment lang dachte er, es sei sein Herz, weil es in der letzten Zeit im Rausch häufig hämmerte, als ob ein Schmied auf den Amboss schlagen würde. Aber das hier war ein anderes Geräusch. Sein Herz schlug leise und langsam; etwas Tröstliches lag in diesem stetigen Rhythmus.

Wenn er Opium rauchte, bewegte er sich eigentlich nur selten aus seinem Sessel. Er zog es vor, in der Wärme des Feuers hinüberzudämmern.

Jetzt kostete es ihn gewaltige Anstrengung, sich aus dem Sessel zu erheben. Seine Füße kamen ihm vor wie seltsame Anhängsel, die nicht zu ihm gehörten, als er endlich stand. Er spürte sie nicht, als er auf den kalten Steinboden in der Halle trat, wo Donald bereits mit dem Gewehr im Anschlag vor der Tür wartete.

»Hartnäckiges kleines Ding, was?«, sagte Ethan. »Das muss man ihr lassen.« Er nahm Donald das Gewehr aus der Hand. »Willst du sehen, wie sie in die Luft fliegt?«, fragte er.

Der Wachmann kicherte, als Ethan die Eisenriegel beiseiteschob und die Tür öffnete.

Aus Dons Perspektive sah es so aus, als ob Ethans Hinterkopf explodierte. Wie ein Sack Knochen sank sein Körper zu Boden. Ein Splitter aus Ethans Schädel drang Don ins Auge.

Auf der Schwelle stand eine schattenhafte Gestalt. Don wich zurück und griff nach der Glock in seiner Tasche, als ihn ein zweiter Blitz blendete, und der glühend heiße Schmerz, den er verspürte, war das Ende.

53

Will Innis, halb erfroren, übel zugerichtet und vor Kälte und Erschöpfung nicht mehr ganz bei sich, humpelte durch die offene Tür in die Lodge. Er blickte auf die beiden Männer, die er gerade erschossen hatte. Das Blut, in dem sie lagen, wirkte im Schein der Laternen wie schwarzer Lack.

In einem Durchgang am anderen Ende der Halle hörte er Schritte, und da ihm die .45 jedes Mal beinahe aus der Hand zu springen schien, wenn er auf den Abzug drückte, tauschte er sie gegen das Gewehr des ersten Mannes, den er getötet hatte, ein.

Er entsicherte es und zielte auf den Durchgang, aus dem drei Männer auf ihn zugerannt kamen.

Einer von ihnen schrie: »Ethan, willst du ein kleines Schießtraining mit uns machen?«

Der erste Schuss hallte von den Wänden wider.

Will lud durch und nach zwei weiteren Schüssen war alles wieder still.

Will rannte durch die Halle zum Durchgang. Drei Männer in Kimonos lagen auf dem Boden. Einer bewegte sich nicht mehr, die anderen beiden schleppten sich wimmernd über den Steinboden, auf dem sie dunkle Spuren wie Schneckenschleim hinterließen.

Devlin lag auf der Veranda, nackt, mit Schnee bedeckt und heftig zitternd. Will traten Tränen in die Augen, als er seine Tochter so sah.

Er hob sie hoch, trug sie in die Lodge. Als er die Türen schloss und verriegelte, heulte irgendwo draußen in der Dunkelheit ein Wolf. Es war ihm nicht gelungen, einen zu töten.

Will trug Devlin an dem freistehenden Kamin in der Halle vorbei in die Bibliothek, wo im Kamin ein Feuer prasselte.

Er legte seine Tochter auf einen Sessel, streckte ihre Beine auf dem Hocker aus und schob sie ganz dicht ans Feuer. Angesichts ihrer Krankheit wagte er nicht daran zu denken, wie sie die Zeit im Schnee überstanden hatte. Sobald sie hier heraus waren, würde er sie sofort ins Krankenhaus bringen.

Auf einem Regal über dem Kamin lagen Decken, in die er Devlin einwickelte.

Dann kniete er sich vor seine Tochter und strich ihr über die Haare.

»Dad ist hier«, sagte er. »Du bist in Sicherheit, Baby.«

Aus der Halle drangen Schritte.

Er drehte sich um und blickte durch die offene Tür in die von Kerzen nur schwach erhellte Dunkelheit. Rasch schnürte er seine Stiefel auf und schlüpfte hinaus, damit ihr Knarren ihn nicht verriet. Leise huschte er aus der Bibliothek und zog die Tür hinter sich zu.

An der Eingangstür blieb er stehen und lauschte. Der Wind pfiff heulend ums Haus. Sein Gesicht brannte vor Frost, und seine Beine schmerzten von den Wolfsbissen, die er abbekommen hatte.

Jemand tauchte im Durchgang neben der Bibliothek auf – er konnte nur eine dunkle Silhouette erkennen. Da er selber nicht im Schein einer Laterne stand, fragte er sich unwillkürlich, ob die Person ihn sehen konnte.

Er lud das Gewehr durch und zielte auf den Durchgang. Als er sprach, versuchte er, seine Stimme so tief und kraftvoll wie möglich klingen zu lassen.

»Treten Sie in das Licht der Laterne an der Treppe, damit ich Sie sehen kann. Ich habe ein Gewehr. Ich habe gerade fünf Männer getötet und werde nicht zögern, mit Ihnen dasselbe zu machen.«

Der dunkle Fleck im Durchgang trat vor, und im Schein der Laterne erkannte er Kalnys Gesicht. »Will?«, sagte sie.

54

Will senkte das Gewehr und trat rasch durch die Halle auf sie zu. Er spürte die Kälte des Steinfußbodens durch seine Socken. Als er vor ihr stand, legte er das Gewehr zu Boden.

Sie umarmten sich, und Will vergrub sein Gesicht an ihrem Hals. »Dir ist nichts passiert?«, flüsterte er.

»Nein. Wo ist Devi?«

»In der Bibliothek. Sie haben sie einfach nach draußen in den Schneesturm geworfen.«

»O Gott. Ist sie okay? Hat sie etwas gesagt?«

»Noch nicht. Sie ist noch bewusstlos.«

Sie lösten sich voneinander, und Kalyn sagte: »Was ist mit deinem Gesicht passiert?«

Will berührte den Schnitt über seine Wange, die geschwärzte Haut. »Ich hatte eine Begegnung mit ein paar äußerst gefährlichen Wölfen. Die letzte Nacht habe ich draußen verbracht, und den ganzen Tag heute habe ich versucht, dich und Devlin zu finden. Meine Verfassung ist nicht so toll.«

Sie blickte über ihre Schulter zum Durchgang. »Du hast ein paar Gäste erledigt.«

»Gäste?«

»Keine Sorge, sie haben es verdient. Aber es sind noch drei weitere da, wahrscheinlich unbewaffnet. Bevor du kamst, haben sie im Speisezimmer Karten gespielt.«

»Bist du okay? Du wirkst so …«

»Nein, ich bin nicht okay. Will, ich muss …«

Die Tür zur Bibliothek öffnete sich. Devlin stand auf der Schwelle, eine Decke um die Schultern geschlungen. Die Haare hingen ihr ins Gesicht.

»Dad?«

Will lächelte. »Hey, Baby. Wie geht es …«

»Wer ist das da bei dir?«

»Alles in Ordnung. Nur Kalyn.«

»Nein, es ist nicht in Ordnung.«

»Süße …«

»Sie wollte uns beide hier zurücklassen.«

Will blickte Kalyn an. Sie wich vor ihm zurück. »Was redest du da, Devi?«

»Hast du eine Waffe?«

»Auf dem Boden, hinter mir.«

»Nimm sie.«

»Sie ist bestimmt von der Kälte völlig verwirrt«, flüsterte Kalyn. »Komm, wir beruhigen sie.« Kalyn wollte an ihm vorbei zum Gewehr, aber Will packte sie am Arm.

»Dad!«

»Wohin willst du?«, fragte er. »Devlin steht dort drüben.«

»Vertraust du mir, Will, oder nicht?«

Er lächelte kläglich. »Natürlich. Nimm das Gewehr. Du kannst besser damit umgehen als ich.«

»Lässt du meinen Arm los?« Kalyn erwiderte sein Lächeln.

»Oh ja. Entschuldigung.«

»Nein, Dad«, schrie Devlin.«

»Es ist schon in Ordnung, Liebes. Ich glaube, du bist nur ein bisschen durcheinander.«

»Ich bin *nicht* durcheinander.« Als Will auf seine Tochter zuging, trat Kalyn zum Gewehr.

Er fuhr herum und sah, wie sich Kalyn nach der Waffe bückte. Er versetzte ihr einen solchen Stoß, dass sie zu Boden stürzte. Will ergriff das Gewehr.

»Was zum Teufel ist los mit dir?«

»Wenn ich mich irre, entschuldige ich mich«, sagte Will. »Steh langsam auf, mit erhobenen Händen.«

»Will, ich kann erklären …«

»Vielleicht. Vielleicht lachen wir uns später ja alle kaputt. Geh zur Bibliothek. Devlin, wir kommen in deine Richtung.«

Devlin trat zurück in die Bibliothek.

»Warum vertraust du mir nicht?«, fragte Kalyn.

»Ich sage nicht, dass ich dir nicht vertraue. Wir werden das klären.«

In der Bibliothek zog Will die Tür hinter sich zu.

»Sie hat möglicherweise eine Pistole oder so, Dad.«

»Kalyn, setz dich in die Ecke und leg deine Hände auf die Knie.

Devlin saß in Decken eingehüllt am Kamin und warf Kalyn finstere Blicke zu.

Will richtete das Gewehr auf Kalyn, die sich ans Bücherregal gesetzt hatte.

»Devlin«, sagte er, »was ist hier los?«

»Ich war seit heute Morgen hier in der Lodge, um nach dir zu suchen. Den ganzen Tag über habe ich aufgepasst, dass niemand mich erwischte. Und dann hat Kalyn mich gefunden. Sie hat mich nach oben gebracht. Ich dachte, wir wollten uns hinausschleichen, aber stattdessen ist sie mit mir zu einem Mann namens Paul gegangen. Sie wollte mich eintauschen.«

Kalyn sagte: »Will, bitte …«

»Halt den Mund. Gegen was eintauschen, Devlin?«

»Gegen ihre Schwester, Lucy. Sie halten die Frauen hier gefangen.«

»Warum?«

»Für die Gäste. Damit sie Sex mit ihnen haben können. Sie dürfen sie sogar töten, wenn sie wollen.«

»Wo ist Paul jetzt? War er einer der Männer, die ich …«

»Ich habe ihn erschossen.«

»Oh, Süße …«

»Er wollte mir wehtun. Ich hatte keine andere Wahl.«

Will starrte Kalyn an.

»Du kennst mich doch, Will.«

»Nein, ich kenne meine Tochter. Du bist im Moment ein riesiges Fragezeichen für mich.« Will trat auf sie zu. Er musste gegen die Mordlust, die in ihm aufstieg, ankämpfen.

Kalyns Augen füllten sich mit Tränen, und sie wischte sich übers Gesicht.

»Hast du das von Anfang an so geplant?«, fragte Will.

»Nein.«

»Wolltest du uns benutzen, um hierher zu gelangen, und dann meine Tochter gegen deine Schwester austauschen? Hattest du das vor?«

»Nein. Sie haben mich erwischt. Ich hätte nie zugelassen, dass sie dich oder Devlin festhalten. Ich hätte …«

»Ich sollte dich auf der Stelle töten«, sagte Will.

»Wir sperren sie ein, Dad. In eines der Zimmer.«

»Haben wir einen Schlüssel?«

»Ich weiß, wo du einen herbekommst.«

»In Ordnung, aber in der Zwischenzeit …«

Er schlug Kalyn mit dem Gewehrlauf gegen den Kopf.

55

Will und Devlin verließen die Bibliothek, in der Kalyn bewusstlos auf dem Boden lag. Sie wandten sich in den von Kerzen nur spärlich beleuchteten Durchgang. Die Leichen lagen zum Glück so, dass man sie in der Dunkelheit kaum sehen konnte.

»Bleib ein Stückchen zurück, Dev«, sagte Will. »Du musst ja nicht unbedingt zuschauen.«

»Okay, Dad. Ich glaube, jeder der Gäste hat einen Generalschlüssel, mit dem man alle Zimmer aufschließen kann.«

»Und das Speisezimmer ist da vorne links?«

»Ja.«

»Schrei, wenn du mich brauchst.«

Will bewegte sich vorsichtig an den Männern vorbei, die er erschossen hatte.

Das Speisezimmer wurde von drei großen Fackeln erhellt. Der Tisch war übersät von Karten, Pokerchips, Bargeld, Weingläsern, Schnapsgläsern, Wein- und Likörflaschen und zwei großen Eiskübeln, die im Feuerschein schimmerten.

»Ist hier jemand? Ich tue Ihnen nichts, wenn Sie herauskommen.«

Er trat ans Tischende. Es roch nach Zigarren und Marihuana, nach verschüttetem Alkohol und dem Lakritzgeruch von Absinth.

Ein paar Meter entfernt lag eine dunkle Gestalt neben einer großen Kübelpflanze. Wills Finger legte sich um den Abzug.

Er hörte ein betrunkenes Schnarchen: der ältere, silberhaarige Mann war anscheinend nach reichlichem Alkoholgenuss eingeschlafen.

In der Küche klirrte etwas.

»Kommen Sie heraus!«, knurrte Will. »Ihre Chance, nicht verletzt zu werden, wird immer kleiner.«

Die Küchentür ging auf, und zwei Männer taumelten heraus – ein Mann Ende zwanzig, nackt bis auf die Boxershorts, der verwirrt und verlegen wirkte, und ein kleinerer, rundlicher Mann in einem Kimono mit kahlem Schädel. Er war offenbar nüchterner.

»Sag ihm, es ist cool, Reynolds.«

»Halt den Mund, Sean.« An Will gewandt fuhr er fort: »Was geht hier vor sich?«

»Kommen Sie näher.«

Die beiden Männer traten in den vollen Lichtschein einer Fackel.

»Wer sind Sie?«, fragte Will.

»Gäste der Lodge. Wer zum Teufel sind Sie?«

Draußen ertönten Schritte. Will blickte über die Schulter.

»Ich bin es nur, Dad.«

»Ich habe dir doch gesagt, du sollst draußen warten.«

»Wo sind die anderen?«, fragte Reynolds.

»Sie sind tot.«

»Ach du Scheiße«, sagte Sean.

»Sind Sie von der Polizei?«, fragte Reynolds.

»Nein.«

Devlin trat neben ihren Vater.

»Was gibt Ihnen dann das Recht …« Er brach abrupt ab, und als Will zu seiner Tochter blickte, sah er, dass sie ein Repetiergewehr auf die beiden Männer gerichtet hatte.

Sie sagte: »Du da, ohne Hemd, geh bitte aus dem Weg.«

Sean taumelte um den Tisch herum und setzte sich auf den Boden neben seinen Vater. Verwirrt und aufgebracht blickte Reynolds sie an.

»Liebes, was tust du?«

Sie legte das Gewehr an.

»Ich werde diesen fetten Mann töten.«

»Nein, Devlin …«

»Vertrau mir, Dad, er hat es verdient.«
»Kaltblütig?«
»Ja.«
»Warte.«
»Warum bist du so wütend auf mich?«, fragte Reynolds.
»Erinnerst du dich noch an die schwangere Frau, die du heute Morgen vergewaltigt hast?«
»Ich weiß nicht, was du …«
»Der du gesagt hast, du hättest dieses Jahr vierundachtzig Millionen Dollar verdient? Dass du sie töten könntest, wenn du wolltest?«
»Ich glaube, du verwechselst mich …«
»Ich verwechsele dich mit niemandem.«
»Devlin, tu das nicht!«, sagte Will. »Bei Paul hattest du keine andere Möglichkeit, aber jetzt ist es etwas anderes.« Er griff nach dem Gewehr. »Gib es mir«, forderte er sie auf, aber seine Stimme ging in dem Schuss unter, den Devlin auf Reynolds abgefeuert hatte. Reynolds saß auf dem Boden und starrte fassungslos auf das Blut, das aus ihm heraus sickerte.
Devlin trat auf ihn zu. »Ich hoffe, du fährst zur Hölle«, sagte sie und schoss ihm ins Gesicht.
Als es in ihren Ohren nicht mehr rauschte, hörte man nur noch Seans Wimmern.
Devlin blickte ihren Vater an. Er sah so aus, als wolle er weinen.
»Sieh mich nicht so an, Dad. Soll ich dir zeigen, warum ich das getan habe?«
Sie griff in ihre Tasche und holte einen Schlüssel heraus.
»Komm mit mir. Ich zeige dir, wen er vergewaltigt hat.«

56

Sie sperrten Kalyn, Sean und seinen Vater in getrennte Zimmer im Erdgeschoss des Südflügels, und Will folgte Devlin über die Treppe in den dritten Stock, wo sie vor Zimmer 439 stehen blieben.

»Hier.« Sie reichte ihrem Vater den Schlüssel.

»Was soll ich damit?«

»Schließ einfach die Tür auf.«

Will steckte den Schlüssel ins Schloss.

»Ich warte hier draußen«, sagte Devlin. »Die brauchst du.« Sie reichte ihm die Laterne, und Will öffnete die Tür.

Im Zimmer war es dunkel. Jemand lag weinend im Bett. Er stellte die Laterne auf den Tisch. Vermutlich lag eine der Gefangenen unter der Decke.

»Alles ist jetzt gut«, sagte er. »Die Leute, die Sie hier gefangen gehalten haben und der Mann, der sie heute verletzt hat, sind tot.«

Die Decke wurde zurückgeschlagen.

Ihm stockte der Atem, als er seine Frau erkannte.

»Rachael?«

Tränen liefen ihr über die Wangen.

Tausend Mal hatte er von diesem Augenblick geträumt, sich ausgemalt, wie es sein würde, wenn er seine Frau wieder in den Armen hielt. Aber kein Traum wurde der Realität gerecht. Er weinte, weil er ihren Geruch erkannte. »Du riechst wie du«, flüsterte er.

»Ist das real?«, fragte Rachael.

»Ja, das ist es.«

»Wo ist Devlin?«

»Draußen auf dem Flur.«

»Sag ihr, sie soll hereinkommen.«

Will rief ihre Tochter, und Devlin kam herein, setzte sich zwischen ihre Eltern ins Bett. Eng aneinandergeschmiegt saßen sie unter der Decke. Devlin rieb den runden Bauch ihrer Mutter und beantwortete die endlosen Fragen über Schule, Freunde, ihre Krankheit, ihr neues Leben in Colorado. Sie weinten gemeinsam und lachten gemeinsam.

Vor fünf Jahren waren sie das letzte Mal zusammen gewesen. Sie redeten, umarmten einander und weinten und wussten, dass sie die verlorene Zeit niemals mehr wieder zurückholen könnten, auch wenn sie sich alles erzählten, was seit ihrer Trennung passiert war. Sie hatten sich verändert – waren voller Narben, gequält von Alpträumen. Es gab kein Zurück mehr zu der stürmischen Julinacht in Ajo, Arizona. Die Familie Innis gab es nicht mehr, und sie würden sich neu finden müssen. Sie mussten einen Neuanfang wagen und beten, dass sich die Scherben wieder zu einem Ganzen fügten.

Trotz aller Freude und Hoffnung begriffen sie erst in diesem Moment, wie viel ihnen genommen worden war und was sie unwiederbringlich verloren hatten.

Sie schliefen nicht in dieser Nacht. Gemeinsam streiften sie durch die Flure und befreiten die anderen Gefangenen.

Es waren die emotionalsten Stunden in Wills Leben, als er die Frauen aus ihren Zimmern holte und ihnen sagte, dass die Leute, die sie hier festgehalten und ihr Leben zerstört hatten, ihnen nie wieder etwas tun konnten. Die meisten Frauen brachen hysterisch schluchzend zusammen. Ein paar waren wahnsinnig geworden. Eine lachte, als sie die Neuigkeiten erfuhr. Eine andere saß auf ihrem Bett und starrte stumm aus dem Fenster. Kalyns Schwester, Lucy Dahl, sagte kein Wort. Sie verließ ihr Zimmer, und Will brachte es nicht über sich, ihr zu sagen, was mit ihrer Schwester war. Im Nordflügel fanden sie zwei fast verhungerte Frauen, die so schwach waren, dass Will sie in die Bibliothek tragen musste. Keine von ihnen wog mehr als achtzig Pfund. Ihre Haare waren dünn geworden, und ihre Zähne fielen aus. Eine Frau im zweiten Stock war vor mindestens einem Monat gestorben, und nachdem er sie gesehen hatte, kniete Will sich in eine Ecke des Alkovens und weinte. So viel Schmerz war hier, so viel Verfall.

57

Sie schoben alle Möbel in die Halle und brachten Matratzen und Decken aus den Nebenräumen in die Bibliothek. Zweiundzwanzig Frauen, die Hälfte von ihnen schwanger, hielten sich in der Bibliothek auf. Will schürte das Feuer, damit es im Raum warm wurde. Die Flammen züngelten hoch und warfen Schattenmuster an die Wände, während draußen der Schneesturm tobte und der Schnee sich hoch vor den Verandatüren auftürmte. Eine Frau, die erst am Morgen ihr Kind zur Welt gebracht hatte, saß in Decken gehüllt in einer Ecke und stillte es.

Will stand in der offenen Tür und betrachtete die Szene. Manche der Frauen schliefen bereits, andere weinten leise und schaukelten vor und zurück, als fürchteten sie, die neue Realität könne ebenso plötzlich wieder verschwinden, wie sie gekommen war.

»Schenken Sie mir bitte einen Moment lang Ihre Aufmerksamkeit?«, sagte Will. »Meine Tochter und ich holen etwas zu essen aus der Küche, da wir den ganzen Tag noch nichts gegessen haben. Hat jemand Hunger?« Niemand sagte etwas oder hob auch nur die Hand. »Wenn morgen der Sturm nachgelassen hat, landet um drei Uhr nachmittags ein Buschpilot auf einem nahe gelegenen See. Ich werde in der Frühe losgehen und mit ihm nach Fairbanks fliegen, um Hilfe zu holen. Bis morgen Abend sind Sie hoffentlich alle wieder zurück in der Zivilisation und können zu Ihren Familien gebracht werden.«

Eine halbe Stunde später saß Devlin auf der Kaminbank und aß Rindfleischeintopf und Butterbrot.

Als sie fertig war, kroch sie neben ihrer Mutter unter die

Decke. Sie spürte die Wärme des Feuers durch die Decke. Im Raum war es dunkel und still, man hörte nur die Atemzüge der schlafenden Frauen und das Knistern des Feuers. Innerhalb einer Minute war auch Devlin eingeschlafen.

Rachael lag auf der Seite, das Gesicht ihrem Mann zugewandt. Er war mehr als fünf Jahre gealtert, dachte sie. Seine Züge waren härter und schmaler, und sein Kinn, das früher einmal weich gewesen war und ihm das jungenhafte Aussehen verliehen hatte, in das sie sich auf dem College verliebt hatte, war kantiger geworden. Sie meinte sogar, silberne Strähnen in seinen dunklen Haaren zu sehen.

Als Will die Augen aufschlug, lächelte Rachael.

»Ist es dir warm genug?«, flüsterte er. Sie nickte. Das Kind in ihrem Bauch bewegte sich. Sie hätte gerne Wills Hand genommen, damit er spüren konnte, wie es sich drehte und trat.

»Du hast so einen nachdenklichen Ausdruck im Gesicht«, sagte er.

»Ja, es wird schwierig werden.«

»Was?«

»Wieder zusammenzufinden, zusammenzuleben. Ich bin nicht sicher, ob es mir gelingt. Ich komme mir so vor, als sei ich nach zwanzig Jahren Haft aus dem Gefängnis entlassen worden. Ich weiß gar nicht, was ich mit mir anfangen soll. Wie ich wieder Mutter, wieder Ehefrau sein soll.«

»Wir schaffen das schon, Rachael.«

»Das sagst du, aber … dir ist ja gar nicht klar …«

»Mir ist egal, wie schwer es ist.«

»Das sagst du jetzt.«

»Das meine ich auch so. Jetzt und später.«

»Ich möchte, dass du es spürst.« Sie drückte seine Handfläche an die Seite ihres Bauches.

»Es tritt«, sagte Will.

»Ja. Um diese Zeit ist er immer wach. Für gewöhnlich weckt er mich mitten in der Nacht.«

»Weißt du schon, dass es ein Junge ist?«

»Nicht mit Gewissheit, aber ich habe mit meinen Vermutungen bisher immer richtig gelegen. Es fühlt sich einfach so an wie die Energie eines Jungen.«

»Wie viele Kinder hast du gehabt, seit du hier bist?«

»Das ist mein viertes.«

»Was ist mit den anderen passiert?«

»Sie haben sie verkauft.«

»Jesus. Wie weit bist du?«

»Mitte des sechsten Monats. Ich werde ihn behalten.«

»Warum solltest du …«

»Man hat mir drei meiner Babys weggenommen – eine Woche nach der Geburt. Sie haben sie bestimmt verkauft. Ich habe versucht, keine Bindung zu den Kindern zu entwickeln, aber es ist mir nicht gelungen. Sie wussten ja nicht, wo sie herkamen. Sie wussten nur, dass ich ihre Mutter war, und ich liebte jedes einzelne von ihnen. Das tue ich immer noch. Dieses hier möchte ich behalten und großziehen. Das ist möglicherweise das einzig Gute, was hieraus entstanden ist. Ich weiß, dass es schwierig für dich ist. In deinen Augen bin ich hoffnungslos beschädigt.«

»So empfinde ich nicht, Rach.«

»Nun, wenn aber doch …«

»Nein, das tue ich nicht.«

»*Wenn* aber doch … versteh doch, ich erwarte nichts von dir, was du nicht leisten kannst. Weißt du, das Ganze wäre fast leichter, wenn du jemanden kennengelernt und wieder geheiratet hättest. Dann hättest du wenigstens keine andere Wahl.«

Will umfasste Rachaels Gesicht mit beiden Händen. »Du bist immer noch meine Frau. Devlins Mutter. Ich mache mir keine Illusionen darüber, wie schwierig es werden wird. Aber wir werden es versuchen. Ich will es.«

»Und wie siehst du es, dass ich das Baby behalten will?«

»Bei dem Gedanken daran zieht sich mir der Magen zusammen, aber vielleicht ändert sich das ja. Du kannst mir dabei helfen. Du bist doch Psychologin. Nach allem, was du durchgemacht hast, kannst du nicht jetzt schon darüber nachdenken, wie dein Leben aussehen soll, wenn du hier heraus bist. Versuch einfach, von einem Augenblick zum anderen zu leben. Ich tue das.«

»Warum hast du nicht wieder geheiratet?«

»Weil ich dich liebe.«

»Du bist niemandem begegnet, der ...«

»Ich war niemals offen dafür.«

»Warum?«

»Weil ich meine Frau immer noch liebte. Obwohl ich dich für tot hielt.« Er streichelte ihr Gesicht und berührte die winzige weiße Narbe unter ihrer Unterlippe, die er früher immer geküsst hatte. »Und jetzt schließ die Augen und denk lieber darüber nach, dass du zwischen deiner Tochter und deinem Mann liegst. Wir beide lieben dich, und du bist in Sicherheit. Das ist alles, was zählt. Und jetzt schlaf.«

58

Die Sonne schien hell und klar durch die Scheiben der Verandatüren.

Es war vollkommen still. Kein Wind. Kein Schnee, der gegen die Türen trieb.

Blinzelnd setzte Devlin sich auf und schob die Decke zurück. Ihr Vater und ihre Mutter waren bereits aufgestanden. Gähnend rieb sie sich die Augen und machte sich auf die Suche nach ihnen.

Sie standen mit dampfenden Kaffeebechern am Eingang der Lodge. Die Türen waren weit geöffnet, und der Schnee, der in der Sonne glitzerte, türmte sich meterhoch auf der Veranda. Der See lag still da, das tiefgrüne Wasser hatte einen dünnen Eisrand. Die Leichen von Ethan und den Wachen waren bereits weggeschafft worden. Ihr Blut war auf den Steinen gefroren. Rachael und Will drehten sich um, als Devlin auf sie zu trat.

»Guten Morgen, Liebes«, sagte ihre Mutter. Als Devlin zwischen den beiden stand, fiel ihr zum ersten Mal auf, dass sie ein paar Zentimeter größer als ihre Mutter war. »Und wie lange bleibst du weg?«, fragte Rachael ihren Mann.

»Ich hoffe, dass ich heute Abend wieder zurück bin«, sagte Will. »Wenn wir allerdings Fairbanks erst nach Einbruch der Dunkelheit erreichen, weiß ich nicht. Kannst du hier alles unter Kontrolle halten, wenn wir erst morgen zurückkommen?«

»Ja. Aber ich mache mir Sorgen um dich, weil die Wölfe los sind.«

»Ich habe ja das Gewehr und reichlich Munition.«

»Musst du Devlin mitnehmen?«

»Ja. Buck und ich holen sie hier am inneren See ab. Ich

möchte sie heute Abend gleich ins Krankenhaus bringen. Ich habe zu viel Angst, dass sie eine Lungenentzündung bekommt.«

In einem Lagerraum, vier Türen von dem Zimmer entfernt, wo Paul tot in einem Sessel neben einem erkalteten Kamin saß, fand Will Schneeschuhe, einen Parka und noch weitere Munition.

Er aß früh zu Mittag und verabschiedete sich dann von den Frauen in der Bibliothek. Er erklärte ihnen, er wolle auf jeden Fall versuchen, heute Abend zurückzukehren, aber wenn ihm das nicht gelänge, wäre er spätestens morgen wieder zurück.

Rachael und Devlin brachten Will zur Eingangstür, wo er sich die Schneeschuhe anschnallte.

Rachael umarmte ihren Mann.

»Bis bald«, sagte sie und blickte ihm nach, als er hinausging.

Sie stand in der warmen Sonne, und ihre Augen brannten von dem grellen Licht.

Devlin und sie wollten sich gerade in die Lodge zurückziehen, als sie ein Dröhnen in der Ferne vernahmen, das mit jeder Sekunde lauter wurde. Ein Wasserflugzeug flog über das Dach der Lodge und setzte zur Landung auf dem See an.

Aufgeregt sahen sie zu, wie das Flugzeug mitten auf dem See herunterging. Will, der noch keine fünfzig Meter weit gekommen war, blieb stehen – er würde nicht den langen Weg zum äußeren See zurücklegen müssen.

Der Motor ging aus. Devlin kniff die Augen zusammen und versuchte, das Flugzeug zu erkennen, aber es befand sich am anderen Ende des Sees, fast zwei Kilometer weit entfernt.

Ihr Lächeln erlosch.

Will hatte sich umgedreht und kam so schnell, wie seine Schneeschuhe es erlaubten, auf die Lodge zu.

Irgendetwas stimmte nicht. Er machte ein besorgtes Gesicht.

Atemlos und schwitzend kam er bei ihnen an.

»Was ist los?«, fragte Rachael.

Will stemmte sich mit den Händen auf den Knien ab, um wieder zu Atem zu kommen.

»Das ist nicht unser Flugzeug«, keuchte er.

59

Das kleinere Übel

Von der Veranda aus hatten Will und Rachael einen ungehinderten Blick auf den gesamten See. Das Wasserflugzeug am anderen Ende war deutlich zu sehen – ein leuchtend roter Fleck in all dem blendenden Weiß.

Will hob das Fernglas an seine Augen und stellte es ein.

»Okay. Ich kann einen … zwei, drei … Männer erkennen. Sie stehen im flachen Wasser, laden das Gepäck aus und werfen Rucksäcke ans Ufer. Sie tragen dicke, weiße Parkas.«

»Jäger?«, fragte Rachael.

»So sehen sie nicht aus.« Er atmete tief ein.

»Wie denn?«

Will verspürte plötzlich einen Druck auf seiner Brust, und seine Knie wurden weich. In der Halle waren Schritte zu hören. *»Was ist?«*

»Ich erkenne einen von ihnen«, sagte er.

»Wen?«

»O Gott.«

»Wen, Will?«

Er ließ das Fernglas sinken und starrte seine Frau an. »Gerade ist Javier Estrada vom Pilotensitz geklettert.«

»Der Mann, den du und Kalyn …«

»Ja.«

»Was macht er hier?«

»Was glaubst du? Wir haben seine Familie entführt und sie tagelang in einer ausgebrannten Mall gelassen.«

Devlin trat zwischen ihre Eltern und fragte: »Habt ihr herausgefunden, wer sie sind?«

»Böse Männer«, sagte Rachael. »Sehr böse Männer.«

Will legte Devlin den Arm um die Schulter und küsste sie auf den Scheitel.

»Wer ist es, Dad?«

»Javier. Aber uns wird schon nichts passieren«, sagte er. Er fragte sich, ob Devlin wohl auch auffiel, wie hohl seine Worte klangen. »Ich muss mit Mom reden. Bleib eine Minute hier, ja?« Er reichte ihr das Fernglas. »Halte das Flugzeug und die vier Männer, die gerade ausgestiegen sind, im Auge, ja?«

»Nein, Will. Das kommt überhaupt nicht in Frage. Absolut nicht.«

Will und Rachael standen im Flur, ein paar Meter von Kalyns Zimmer entfernt.

»Rachael, alleine schaffen wir es nicht.«

»Sie hat dich betrogen. Sie hat versucht, unsere Tochter auszutauschen.«

»Ich weiß, aber wir brauchen sie, und wenn wir hier stehen bleiben und darüber streiten, verlieren wir kostbare Zeit.«

Rachael verdrehte die Augen und blickte zur Decke.

»Wow, das habe ich ja seit fünf Jahren nicht mehr gesehen«, sagte Will.

Sie lächelte. »Das hat dir gefehlt, was?«

»Du musst mir vertrauen. So schlimm es auch ist, was Kalyn getan hat, der Mann, der eben angekommen ist, ist zehnmal schlimmer. Wir brauchen sie.«

»Sie ist also das kleinere Übel. Ist das so?«

»Leider ja.«

Will blickte durch das Guckloch. Kalyn lag schlafend im Bett.

»In Ordnung.«

Rachael schloss die Tür auf und Will schob sich mit dem Gewehr im Anschlag ins Zimmer.

Kalyn setzte sich auf. Ihr Gesicht war vom Weinen verquollen.

»Wir haben Probleme«, sagte Will.

Kalyn starrte ihn an. Ihre Augen waren dunkel vor Scham. »Ich will meine Schwester sehen. Geht es ihr gut?«

»Ja, es geht ihr gut. Auf dem inneren See ist ein Flugzeug gelandet. Er zögerte den Namen auszusprechen, als ob dadurch die Anwesenheit des Mannes weniger real würde. »Javier und drei weitere Männer.«

Kalyn wurde blass. Ein wachsamer Ausdruck trat in ihre Augen.

»Wo sind sie jetzt? Vor dem Haus?«

»Nein, am anderen Ende des Sees.«

»Und du bist sicher, dass er es ist?«

»Ich habe ihn durchs Fernglas erkannt. Er ist es ohne jeden Zweifel.«

»Wer sind die anderen Männer?«

»Die kenne ich nicht. Einer ist Hispanier, vielleicht auch ein Alpha. Die beiden anderen sind Weiße.«

»Nun, wir wissen ja, warum sie hier sind – wegen der Sache mit Javiers Familie, vielleicht auch wegen der anderen Männer, die ich vor drei Tagen in Fairbanks getötet habe.« Sie schob die Decke zurück.

»Die Alaska-Mafia?«

»Die Alphas arbeiten wahrscheinlich mit ihnen zusammen.«

»Bist du nicht eigentlich diejenige, die …«

»Ja, klar. Geh hinaus und erklär ihnen die Situation, Will. Ich habe dich in all das hineingezerrt. Ich wette, sie lassen dich laufen. Wahrscheinlich fliegen sie deine Familie und dich sogar aus, bevor es hier zur Sache geht.«

60

Rachael, Will und Devlin folgten Kalyn in den Flur im Erdgeschoss.

»Ich sehe das folgendermaßen«, sagte sie. »Was wollen sie?«

»Uns töten.«

»Nein, du greifst vor. Denk an eine konkretere Motivation.«

»Keine Ahnung.«

»Zunächst einmal wollen sie in die Lodge hinein. Wir wollen, dass sie draußen bleiben, oder zumindest vorbereitet sein, um mit ihnen fertig zu werden, wenn sie hereinkommen.«

»Okay.«

»Also überlegen wir zuerst einmal, wo sie überall hereinkommen könnten.«

»Wie viele Stellen gibt es?«

»Im Moment? Mehr als vierzig.«

»Wieso das denn?«

Kalyn blieb stehen, öffnete die Tür zu Raum 111 und zeigte auf das Fenster. »Zunächst einmal müssen alle Zimmer auf allen Fluren versperrt werden.« Sie klopfte an das Holz. »Diese Türen sind dick, und die Schlösser sehen sehr stabil aus. Das heißt natürlich nicht, dass sie nicht hereinkönnten, aber sie müssten dabei ziemlich viel Lärm machen. Hast du einen Generalschlüssel, Will?«

»Ja.«

»Gib ihn Devlin und lass sie sofort damit beginnen.«

»Mir ist nicht wohl bei dem Gedanken, dass sie hier alleine …«

»Ich glaube, wir haben noch genügend Zeit.«

Will zog einen der Generalschlüssel aus seiner Tasche und reichte ihn seiner Tochter. »Geh«, sagte er. »Sei vorsichtig und denk daran, jede Tür noch einmal zu überprüfen, nachdem du sie verschlossen hast.

Als Devlin sich zurück zur Halle wandte, waren sie am Alkoven angelangt.

»Das ist unser erster schwacher Punkt«, erklärte Kalyn. »Ich wette, sie versuchen, hier oder durch das Fenster am Alkoven im Nordflügel einzusteigen. Oder beides. Wir sollten jeweils eine oder zwei Personen mit Gewehren hier und im Nordflügel postieren.«

»Wen denn? Es gibt nur mich, Rachael und …«

»Wir brauchen die Hilfe von Sean und Ken, vielleicht auch noch ein paar von den Frauen.«

Sie liefen durch den Flur zurück zur Halle.

Kalyn zeigte auf den Eingang.

»Diese Türen bereiten mir keine Sorgen. Wir verriegeln sie, aber niemand erstürmt das Schloss von vorne. Und diese Eisenbolzen müssten sie wirklich erst in die Luft jagen. Ich kann mir nicht vorstellen, dass sie sich mit einem solchen Paukenschlag einführen, schließlich wissen sie nicht, auf wen sie treffen.«

Sie führte sie durch den Durchgang, am Speisezimmer vorbei, zu einer Tür, die auf die Veranda ging. »Hier brauchen wir jemanden.«

Dann gingen sie wieder zurück in die Halle, in Richtung Bibliothek.

Devlin war bereits am Ende des Erdgeschosses im Südflügel angelangt. Will hörte, wie sie Türen zuschlug und abschloss.

Sie betraten die Bibliothek.

»Hier darf sich niemand aufhalten, weil sie uns durch die Fenster erschießen könnten. Wir postieren jemanden in der Halle, der diese Tür, die Eingangstür und die Zugänge zu den Fluren bewacht.« Sie öffnete die kleine Tür rechts vom Kamin. »Das wäre ebenfalls eine gute Stelle zum Eindringen.«

Sie gingen die Wendeltreppe hinunter. Ihre Schritte hallten auf den Metallstufen und brachten sie zum Vibrieren. Will hielt sich am Geländer fest.

»Beweg dich langsamer«, sagte er.

»Ich laufe nicht weg, Will. Du hast es vielleicht noch nicht realisiert, aber wir brauchen einander.«

Sie erreichten das Kellergeschoss. Vor ihnen befand sich eine Tür, durch die Sonnenlicht hineindrang.

Als Kalyn sie öffnete, sah Will die leeren Käfige.

»Sie werden sicher nicht alle auf die gleiche Weise hereinkommen, aber hier bin ich ins Haus gekommen.«

Kalyn trat an eine Wand, an der uralte Geräte hingen – Sättel, Sicheln und Macheten. Sie tippte auf zwei riesige Bärenfallen.

»Damit kann man Grizzlys fangen«, sagte sie. »Sie brechen einem Mann das Bein, als wäre es ein Streichholz.«

»Glaubst du, sie funktionieren noch? Sie sehen ziemlich verrostet aus.«

»Wir werden sehen. Komm, lass uns wieder nach oben gehen. Ich möchte einmal durchs Fernglas schauen.«

61

Ich sehe niemanden«, sagte sie. »Da ist nur das Flugzeug.«

Kalyn trat wieder zurück ins Haus, und Rachael schloss die Türen und verriegelte sie.

»Was glaubst du, wie viel Zeit wir noch haben?«, fragte Will. »Der Schnee ist tief. Wie lange mögen sie brauchen? Eine Stunde? Anderthalb? Dreißig Minuten sind schon vorbei.«

Kalyn schüttelte den Kopf. »Ich glaube, die Zeit ist auf unserer Seite. Sie sind direkt über die Lodge geflogen und in unserem Blickfeld gelandet, deshalb wissen sie, dass wir sie gesehen haben. Rein theoretisch könnte hier in der Lodge eine kleine Armee sein.«

»Worauf willst du hinaus?«

»Ich bin ziemlich sicher, dass sie es nicht vor Einbruch der Dunkelheit versuchen werden.«

»Mir ginge es besser, wenn ich wüsste, es würde bei Tageslicht passieren«, sagte Rachael.

»Nein, das ist gut. So haben wir genügend Zeit für Vorbereitungen. Wir sollten Sean, Ken und die Frauen zusammentrommeln, sie informieren und ein paar Freiwillige rekrutieren. Aber zuerst möchte ich einen Moment lang mit meiner Schwester alleine sein. Ich habe sie gestern nur durch ein Guckloch gesehen. Ich glaube, sie weiß noch nicht einmal, dass ich hier bin.«

»Nein, das weiß sie nicht«, gab Will zu.

»Und?«

»Glaubst du, wir haben wirklich Zeit für Familienzusammenführung?«

»Bitte, Will.«

»Fünf Minuten.«

Will schloss die Tür auf und betrat das Zimmer. Sean erhob sich von seinem Bett. Er hatte Schatten unter den Augen und sah ihn verängstigt an. »Setz dich, Sean.«

Sean gehorchte. Will schloss die Tür und zog sich einen Stuhl vom Schreibtisch heran. Er setzte sich dem jungen Mann gegenüber, das Gewehr quer über dem Schoß.

»Werden Sie mich töten?«, fragte Sean.

Will schüttelte den Kopf. »Meine Tochter hat gestern früh ein Gespräch zwischen dir und deinem Vater belauscht. Kannst du dich erinnern?«

Sean blickte einen Moment lang auf seine Füße. »Sie meinen, in der Bibliothek? Nach dem Frühstück?«

Will nickte. »Du wolltest nicht hier sein, nicht wahr, Sean?«

»Ich wusste nicht, was hier los war, das schwöre ich Ihnen.«

»Hat dein Vater es denn gewusst?«

»Nein. Ich meine, er hatte gehört, dass es hier wild zugehen würde, aber wir hatten keine Ahnung. Hätten Sie so etwas denn geglaubt, ohne es gesehen zu haben?«

»Meine Frau war fünf Jahre lang hier.«

»Das tut mir leid, Mann. Ehrlich.«

»Ich muss etwas wissen.«

»Was?«

Will blickte dem jungen Mann in die Augen.

»Hast du dir eine der Frauen hier genommen?«

»Nein.«

»Du kannst mir die Wahrheit sagen.«

»Nein, ich schwöre es Ihnen. Dieser Ort bereitet mir Übelkeit.«

»Was hast du denn dann gestern gemacht?«

»Ich bin in meinem Zimmer geblieben.«

»Den ganzen Tag?«

»Bis zum Abendessen.«

»Und dein Vater?«

»Ich weiß nicht. Aber ich glaube nicht, dass er einer Frau wehgetan hat. Das ist nicht seine Art.«

Will erhob sich. »Kennst du dich mit Gewehren aus?«

»Mein Dad und ich gehen jeden Herbst nach Montana zur Elchjagd.«

»Gut.«

»Warum ist das gut?«

Will trat an die Tür und zog sie auf, sodass die kalte Luft vom Flur hereindrang.

»Lass uns mit deinem Vater reden. Ich habe schlechte Nachrichten.«

Lucy Dahl saß in einem Sessel am Kamin in einem der Gästezimmer, ein Buch im Schoß, die Beine auf einen Hocker hochgelegt, und genoss die Wärme.

Kalyn schloss die Tür und trat leise auf ihre Schwester zu. Nichts war zu hören außer dem Rascheln der Seite, die Lucy umblätterte, und dem Knistern der brennenden Holzscheite.

Kalyn hatte ihre Schwester seit drei Jahren nicht mehr gesehen, und sie hatten sich nach einem dummen Streit getrennt, den Kalyn begonnen hatte – die große Schwester, die der kleinen Schwester vorschreiben will, was das Beste für sie ist.

Kalyn traten Tränen in die Augen, und sie sah kaum, dass Lucy von ihrem Buch aufblickte.

»Kalyn? Oh, mein Gott.«

Sie setzten sich auf den Boden am Kamin. Lucy weinte, und Kalyn flüsterte: »Ich bin hier, Süße, ich bin hier.« Am liebsten hätte sie ihr gesagt, dass sie jetzt in Sicherheit war, dass auf dem See ein Flugzeug auf sie wartete, um sie nach Hause zurück zu ihrem Mann, weg von diesem Albtraum zu bringen.

Lucy hatte wohl gespürt, dass Kalyn etwas zurückhielt, denn sie sagte: »Was ist los, K? Was ist los?«

Kalyn schüttelte den Kopf. Schritte näherten sich, Will kam schon wieder zurück. Die fünf Minuten waren schneller um, als es möglich schien.

»Wir sind zusammen«, sagte sie. »Wir sind nur noch nicht zu Hause.«

Will stand vor dem Kamin in Ethans früherem Zimmer und blickte auf die zweiundzwanzig Frauen (von denen die meisten ihn mit der verzweifelten Miene von Flüchtlingen anschauten). Sean und Ken, die ebenfalls anwesend waren, wirkten immer noch ziemlich verkatert.

»Wie Rachael euch schon gesagt hat, ist ein Flugzeug mit vier Männern auf dem See gelandet. Es geht ihnen zwar vor allem um Kalyn und mich, aber ihr seid alle in Gefahr, und wir müssen uns vorbereiten. Kalyn und ich können euch nicht alle alleine verteidigen, und wir brauchen eure Hilfe. Ich weiß, dass ihr durch die Hölle gegangen seid, und es tut mir sehr leid, dass wir in dieser Lage sind. Sean und Ken beteiligen sich auch, ebenso Kalyns Schwester, aber wir brauchen noch einen Freiwilligen.«

Die Frauen blickten einander an. Einige begannen zu weinen.

Erst nach dreißig Sekunden ging zögernd eine Hand hoch – eine dunkelhaarige Frau, die in den ersten Monaten schwanger zu sein schien.

»Ja? Wie heißen Sie?«, fragte Will.

»Suzanne Tyrpak. Ich kämpfe mit. Ich habe zwar noch nie ein Gewehr in der Hand gehalten, aber wenn Sie es mir zeigen, werde ich es benutzen. Ich meine, wenn das nötig ist, damit wir zurück zu unseren Familien kommen.«

Es gab keine weiteren Freiwilligen, die meisten Frauen waren zu schwach oder hochschwanger, und manche flüsterten nur verwirrt vor sich hin.

Will blickte Kalyn an. »Damit wären wir zu acht. Reicht das?«

»Das Schöne an einer Flinte Kaliber zwölf«, sagte Kalyn, »ist, dass es keine Rolle spielt, ob man ein guter Schütze ist.« Alle standen vor dem Lagerraum – die Innis, Kalyn, ihre Schwester, Suzanne Tyrpak und die Männer von der Ölgesellschaft –, und jeder hielt eine Mossberg in der Hand.

»Wahrscheinlich werden die Typen kugelsichere Westen tragen, deshalb solltet ihr entweder unter die Taille oder auf den Kopf zielen. Nach jedem Schuss müsst ihr durchladen.« Sie machte es ihnen vor. »Der Rückstoß ist ziemlich stark, also denkt daran, euch dagegen zu stemmen.«

»Ist es laut, wenn man abdrückt?«, fragte Suzanne.

»Wie die Hölle. Okay, ich zeige euch jetzt einmal, wie man die Waffe lädt.«

Mit vereinten Kräften hoben Kalyn und Will die Bärenfallen von der Wand. Die verrosteten Fallen wogen mindestens achtundvierzig Pfund, und sie mussten sich gewaltig anstrengen, um sie auseinander zu drücken.

Kaum noch zu entziffern, stand *American Fur and Trade Company, HBC No. 6* auf den Eisen. Als Kalyn den Stiel einer Harke hineinschob, schnappten die mächtigen Zähne zusammen, und der Holzstiel wurde in zwei Stücke zerteilt.

Die Sonne stand tief über dem Horizont am Ende des Sees. Die Wolken färbten sich rosig und das Wasser wurde blutrot. Von einem Fenster im zweiten Stock aus beobachtete Devlin den Sonnenuntergang, der schönste, den sie je gesehen hatte, dachte sie. Der Himmel sah aus, als führe er Krieg mit sich selber.

Kalyn stand am Fenster in Rachaels altem Zimmer im dritten Stock und suchte die Umgebung durch das Fernglas ab.

Das Licht wird schwächer«, sagte sie. »Ich hatte gedacht, ich könnte wenigstens ein paar Spuren erkennen.«

»Glaubst du, sie sind irgendwo im Wald?«, fragte Will.

»Das könnte ich mir vorstellen, aber es ist alles so tief verschneit, dass man nichts sehen kann.«

»Sollen wir ihnen nicht zuvorkommen und den Strom abstellen? Das könnte uns einen Vorteil verschaffen, da wir die Lodge besser kennen als sie.«

»Nicht, wenn sie Nachtsichtbrillen tragen. Die Alphas sind dafür bekannt, dass ihre Ausrüstung hochmodern ist.« Sie senkte das Fernglas. »Was ist eigentlich meine Rolle von hier an? Ich habe euch bei den Vorbereitungen geholfen. Vertraust du mir und lässt mich mitkämpfen?«

»Du meinst, ob ich dir eine Waffe gebe?«

»Will, niemand hier kann so gut damit umgehen wie …«

»Ich weiß, aber ein Teil von mir hat mehr Angst vor dir als vor dem, was kommt.«

»Will, du …«

»Ich verstehe vieles. Komm, wir überprüfen die andere Seite.«

Will traf Rachael und Devlin in der Küche an, wo sie mit den anderen die Reste der letzten Mahlzeit aßen.

Er bat sie mitzukommen, und sie folgten ihm in die Bibliothek. Sie setzten sich in eine Ecke neben den Verandatüren, wo sie vor Blicken von draußen geschützt waren.

Am Horizont wurde der Himmel tief violett.

»Bald ist es dunkel«, sagte Will. Traurigkeit schnürte ihm die Kehle zu. Er blickte seine Frau und seine Tochter an. »Es wird eine lange, lange Nacht, und wir wissen nicht, was passieren wird. Ob wir morgen früh noch zusammen sein werden, oder ob das hier das letzte …« Er kämpfte gegen seine Emotionen an. *Du musst stark sein für sie.* Er streichelte das Gesicht seiner Tochter. »Ich bin so stolz auf dich, Devlin. Du hast solchen Mut gezeigt.«

»Aber ich habe Angst, Dad.«

»Ich weiß. Wir haben alle Angst, und das ist okay. Es kommt nur darauf an, wie du damit umgehst. Lass dich nicht von ihr überwältigen.« Sie umarmten einander fest.

Als sie sich voneinander lösten, ergriff Will Rachaels Hand. »Ich möchte dir das kleine Farmhaus zeigen, was wir in Colorado haben. Es ist umgeben von Bergen. In der Nähe ist ein Fluss, und manchmal kannst du ihn bis in unser Schlafzimmer hören. Ich möchte dort mit dir leben, und mit Devlin und diesem kleinen Jungen.« Er berührte Rachaels runden Bauch. »Heute Nacht werde ich alles dafür tun, um das möglich zu machen. Wisst ihr, was ihr zu tun habt?« Seine Frau und seine Tochter nickten. »Ganz gleich, was passiert, ich liebe dich, Rachael. Ich liebe dich, Devlin.« Devlins Kinn bebte. »In Ordnung«, sagte Will. »Ich glaube, es ist Zeit.«

62

In Ethans ehemaliges Zimmer hatten sie Nahrungsmittel und Wasser gebracht, außerdem genügend Decken, weil sie das Licht oder den Geruch eines Feuers nicht riskieren konnten. Will und Kalyn hatten die schwächsten Frauen in Decken eingehüllt auf Matratzen gelegt. Devlin hatte die Aufgabe, die Frauen, die nicht kämpfen konnten, zu beschützen.

»Das ist jetzt dein Zimmer, Devi«, sagte ihr Vater. »Du bist für diese Frauen verantwortlich. Du tötest jeden, der durch diese Tür kommt und euch bedroht.«

»Das mache ich.«

»Da sind noch zwei weitere geladene Gewehre und drei Schachteln mit Munition. Ganz gleich, was du draußen hörst, bleib hier drin.«

»Ja, Sir.«

Draußen wurde es dunkel.

»Halte die Frauen still. Ihr dürft nicht in die Nähe des Fensters gehen und kein Licht anmachen.« Will tippte auf das Walkie-Talkie, das in der Tasche ihres Parkas steckte. »Nur im Notfall. Weißt du noch, welcher Kanal?«

Draußen im Flur schloss Will die Tür ab. Er blickte Kalyn an. »Komm mit mir.« Er ging mit ihr in den Lagerraum und schloss ihn auf. »Nimm dir, was du brauchst.«

Kalyn nahm ein Gewehr aus einer der Glasvitrinen und öffnete eine Schachtel Munition. Sie lud es und steckte den Rest der Patronen in die Taschen ihrer Fleecejacke. Dann öffnete sie eine Schublade und holte eine Browning 9-mm heraus.

»Will?«, sagte sie, als sie die Pistole lud.

»Was?«

»Danke, dass du meiner Schwester nicht gesagt …«

»Dazu haben wir jetzt keine Zeit.«

Kalyn hängte sich das Gewehr über die Schulter, und sie wandten sich zum Gehen.

Suzanne und Lucy saßen, mit den Gewehren auf dem Schoß, nebeneinander am Ende des Flurs im Südflügel, ein paar Meter vom Alkoven entfernt.

Es war vollkommen still – man hörte nur das Summen einer Deckenlampe über ihren Köpfen.

Sean und Ken warteten im Durchgang, ihre Gewehre auf die schwere Holztür gerichtet, die auf die Veranda führte.

Der Durchgang wurde nur von einer Laterne beleuchtet, die an der Wand hing.

»Dad?«, sagte Sean.

»Ja.«

»Wir stecken in Schwierigkeiten.«

Ken warf seinem Sohn einen Blick zu. »Dein Vater arbeitet bereits daran, uns hier heil herauszuholen.«

Kalyn saß auf dem Stein am freistehenden Kamin. Von hier aus überblickte sie sowohl die Eingangstür als auch die Tür zur Bibliothek. Und sie konnte in die Flure beider Flügel sehen, die von Suzanne und Lucy im Süden und Will im Norden bewacht wurden. In Gedanken ließ sie noch einmal die Vorbereitungen des Tages ablaufen und fragte sich besorgt, ob sie nichts übersehen hatte.

Will ging ans Ende des Korridors. Rachael stand ein Stück vom nördlichen Alkoven entfernt, sodass man sie durch die Fenster nicht sehen konnte. Er trat neben sie und legte das Gewehr auf den Boden.

Sie versuchte ein Lächeln.

»Es ist einfach nicht fair«, flüsterte sie, »dich und Devi zurückzuhaben und jetzt auch das noch durchmachen zu müssen.«

»Ich weiß, aber in den letzten fünf Jahren haben wir sowieso nicht viel Fairness erfahren, oder?«

Sie schüttelte den Kopf. »Wie mag es Devlin gehen?«

»Sie hat Angst, aber sie schafft es schon. Unsere Tochter ist wirklich wundervoll, Rachael.«

»Ja, nicht wahr? Es fühlte sich so gut an, dass ich heute früh wieder die Therapie bei ihr durchführen durfte.«

Sie schwiegen eine Weile und lauschten in die Stille.

Auf dem Weg zu Rachael und ihrem Posten war Will an einem der Fenster stehen geblieben, um hinauszuschauen. Es war eine windstille, sternenklare Nacht, und der See lag ruhig im Mondschein.

In der Nähe knackte Holz. Rachael blickte Will an, aber er schüttelte den Kopf. »Ein altes Haus macht immer irgendwelche Geräusche«, flüsterte er.

»Ich bin froh, dass wir Handschuhe haben. Es ist eiskalt hier drin.«

Eine Stunde verging, dann zwei. Der Abend ging in die Nacht über. Sie warteten.

»Ich habe einen Krampf im Bein«, flüsterte Rachael. »Ich gehe mal zur Halle und wieder zurück, um es zu strecken.

Als seine Frau gegangen war, zog Will sein Walkie-Talkie aus der Tasche und forderte alle auf, sich zu melden.

Kalyns Stimme drang aus dem Gerät. »Du hast wahrscheinlich die Eingangstür gehört.«

»Nein. Was ist los?«

»Ich bin mit Ethans Pfeife nach draußen gegangen und habe die Wölfe gerufen. Ich dachte, wenn sie auf die Typen stoßen, dann hören wir vielleicht, wo sie sich befinden.«

»Gute Idee.«

Das Funkgerät wurde wieder still.

Rachael kehrte zurück. Sie schmiegte sich an Will und schloss eine Zeit lang die Augen.

Zwei Minuten vor Mitternacht drehte Will sich nach Kalyn um, die immer noch auf dem Stein am freistehenden Kamin hockte.

»Ich rede mit ihr«, sagte Will zu Rachael.

»Warum?«

»Irgendetwas stimmt nicht. Ich meine, warum sind sie noch nicht gekommen?«

»Ich weiß nicht.«

Will seufzte. »Kommst du eine Minute alleine klar?«

»Ja, sicher.«

Er erhob sich. Seine Gliedmaßen schmerzten, weil er zwei Stunden lang unbeweglich auf einem Fleck gesessen hatte. »Wenn du etwas Merkwürdiges siehst oder hörst, funk mich sofort an.«

Als Will den Flur entlangging, ging ihm durch den Kopf, dass Javier und seine Männer vielleicht heute Nacht gar nicht mehr kämen. Vielleicht hatten sie beschlossen, sie bis morgen früh warten zu lassen, bis alle übernervös und todmüde waren. In diesem Moment rumpelte die Lodge und alle Lichter gingen aus.

63

Blendgranate

Will erstarrte. Aus seinem Walkie-Talkie drang Suzannes Stimme. »Was ist passiert?«

Kalyn antwortete flüsternd: »Sie haben den Strom abgestellt. Das bedeutet, sie sind ganz nahe, haben Nachtsichtbrillen und bereiten sich auf ihr Eindringen vor. Ich weiß, dass es auf den Fluren stockdunkel ist, aber eure Augen werden sich daran gewöhnen, also bleibt ruhig. Ihr habt alle Taschenlampen, und wenn ihr ihnen in die Augen leuchtet, können sie einen Moment lang gar nichts sehen. Benutzt das Funkgerät nicht mehr, bis ihr jemanden seht.«

Will sah die Halle vor sich. Das Licht der Laterne flackerte über die Wand und den Boden. Er glaubte, Kalyns Flüstern zu hören und fragte sich, ob sie wohl betete.

Er drehte sich um und lief zum Alkoven zurück. Beinahe fiel er in der Dunkelheit über Rachael. »Ich bin es nur, Liebling.«

»Ich kann nichts sehen, Will.«

»Hol deine Taschenlampe heraus.«

»Ich halte sie schon in der Hand. Soll ich sie anmachen?«

»Nein, aber halte dich bereit. Ich schieße, wenn jemand kommt, und du bist meine Lichtquelle.« Will ergriff sein Funkgerät und sprach hinein. »Suzanne und Lucy? Hört ihr?«

Suzannes Stimme ertönte. »Ja?«

»Macht die Taschenlampe noch nicht an. Einer von euch sollte die Taschenlampe halten und der andere das Gewehr.«

Das Funkgerät schwieg wieder, und Rachel und Will starrten auf den Alkoven und warteten darauf, dass ihre Augen sich an die Dunkelheit gewöhnten. Aber es war niemand zu sehen.

64

Roddy hasste Fidel und Javier. Sie kontrollierten jeden seiner Schritte, sagten ihm, was er zu tun und zu lassen hatte. Dabei war er hier in seinem eigenen Bundesstaat, nicht in Mexiko oder dem Grenzland von Arizona. Das hier war sein Terrain, und er wollte von ihnen nicht wie ein gemeiner Soldat behandelt werden.

Natürlich hatte er seiner Unzufriedenheit nicht laut Ausdruck verliehen. Er hatte weder die Augen verdreht noch sich seine Frustration anmerken lassen. Er und Jonas waren sich einig gewesen: wenn sie unbedingt das Kommando haben wollten, dann sollten sie es haben. Er hatte ziemliche Angst vor Javier und Fidel. Mit den Alphas legte man sich besser nicht an. Die Geschäfte mit ihnen waren zwar lukrativ, aber sie waren auch riskant, weil sie schnell auf die Idee kamen, man wolle sie hereinlegen.

Er fand es seltsam – die Alphas waren aus Prinzip hier. Das Geld und die Frauen waren ihnen egal. Sie hatten Zehntausende von Dollars ausgegeben, nur um sich diese Ex-FBI-Agentin vorzuknöpfen. Stoke hatte sie gewarnt, sie nicht zu verärgern. »Es ist *euer* Problem, wenn sie wütend auf euch werden. Ich rette euch euren Arsch nicht. Ihr seid nur ihre Sklaven, also beißt die Zähne zusammen und betet, dass ihr heil zurückkommt.«

Wenigstens hatten die Alphas ein bisschen Killer-Spielzeug mitgebracht und waren so nett, es mit ihnen zu teilen. Und er musste zugeben, dass sie wohl wussten, was sie taten. Roddy kam sich jedenfalls vor wie ein SEAL bei einer Spezial-Operation.

Und jetzt stand er frierend im taillenhohen Schnee und

wartete auf das Signal. Er konnte nur hoffen, dass er nicht zufällig die Ex-FBI-Agentin oder Mr Innis erschoss. Vor diesem Fehler war er eindringlich gewarnt worden.

Ein Wolf heulte. Im Mondlicht war es in den Wolverines fast zu hell für die Nachtsichtbrille, aber Roddy setzte sie doch gehorsam auf. Das Signal musste jeden Moment kommen, und nach dem, was er gesehen hatte, war es in der Lodge stockdunkel.

Kalyn war aufgestanden und ging langsam um den Kamin herum. Sie überlegte sich, ob sie zuerst die Browning oder das Gewehr einsetzen sollte, entschied sich dann jedoch für die Pistole, da das Gewehr, das an ihrer Schulter hing, sie in ihrer Bewegungsfreiheit einschränkte. Sie nahm es ab und legte es auf den Stein vor dem Kamin.

Draußen heulten die Wölfe, die zur Lodge zurückkamen.

Fidel hatte eine spektakuläre Aussicht – der schwarze See und die Hügel, die im Mondschein lagen. Das war etwas anderes als Sonora oder die öde Industrielandschaft von Phoenix.

Sein Parka und seine Schneeausrüstung lagen neben ihm auf dem Boden. Er bekreuzigte sich und wartete auf das Signal.

Der Schnee auf der Veranda reichte einem Mann fast bis zur Taille. Die mächtige Holztür war etwa zehn Meter von der Stelle entfernt, wo er am Geländer hockte, vor dem Schnee vom Dachüberstand geschützt.

Javier griff in seine Tasche und sendete das Signal. Dann zog er sein Walkie-Talkie heraus, drückte auf »Sprechen« und sagte: »Mach dich bereit.«

Warme Vorfreude breitete sich in seinem Magen aus. Er hatte alles bis ins kleinste Detail geplant, und jetzt musste er nur noch die Choreografie ausführen. So gesehen kam er sich vor wie ein Balletttänzer, der hinter der Bühne darauf wartete, dass sich der Vorhang hob.

Devlin saß auf dem Boden in Ethans Zimmer. Ihr war kalt.

Das Neugeborene gab gurrende Laute von sich.

Der Kopf einer Frau namens Theresa lag in ihrem Schoß, und Devlin streichelte ihr über die Haare und flüsterte ihr ins Ohr, dass alles gut würde.

Ein Mondstrahl glitt über das nach Westen gehende Fenster des Alkovens im Südflügel. Ein Wolf heulte ganz in der Nähe, bekam aber keine Antwort.

Aus Lucys Walkie-Talkie drang quäkend Kalyns leise Stimme. »Lucy, komm bitte kurz zu mir.«

»Bin gleich da, K.«

Will griff in der Dunkelheit nach Rachaels Hand und drückte sie.

Lucy ging rasch den Flur entlang. Vor ihr lag die riesige, dunkle Halle. Das Gewehr, das sie in der linken Hand trug, war so schwer, dass sie sich sowieso nicht vorstellen konnte, damit jemanden zu erschießen.

Kurz vor der Halle sah sie aus den Augenwinkeln, dass die Tür von Zimmer 114 weit offen stand. Das durfte doch gar nicht sein, alle Türen waren doch am Nachmittag abgeschlossen worden.

Lucy eilte weiter.

Drei Schritte vor der Halle gaben ihre Beine nach.

Sie fiel mit dem Kopf auf den Steinboden und verlor das Bewusstsein. Jemand zog sie ins Zimmer 114.

65

Der Pager in Roddys Tasche vibrierte. Adrenalin schoss durch seinen Körper, als er sich auf das nach Osten gehende Fenster des Nordflügels zu bewegte. Als er am Fenster angekommen war, packte er seine Beretta 93R und legte den Finger um den Abzug.

Er spähte durch die Scheibe. Durch die Nachtsichtbrille sah die Welt grün und körnig aus. Ein Mann saß an die Wand gelehnt. So wie es aussah, hatte er ein Gewehr über dem Schoß. Roddy duckte sich und lauschte. Alles blieb still. Er war nicht gesehen worden.

Drei, zwei, eins. Dieses Mal stellte er sich aufrecht hin. Er legte das Gewehr an und drückte zweimal auf den Abzug. Ein halbes Dutzend Kugeln zerschmetterten das Glas.

Der Mann mit dem Gewehr bebte wie das Epicenter eines kleinen Erdbebens. Sein Körper war von Kugeln durchsiebt, und er fiel vornüber. Er hatte kein Geräusch von sich gegeben. Nur das Klirren der Scheibe hätte Roddys Anwesenheit verraten können, aber er glaubte nicht, dass es besonders laut gewesen war.

Das hast du wohl nicht kommen sehen, was? Ich wäre ein fantastischer Soldat bei einer Spezialeinheit geworden. Ich freue mich schon darauf, mit Jonas und den Jungs darüber zu reden, wenn die Alphas erst einmal weg sind. Er stellte sich vor, wie sie Bier tranken und in Stokes Billardzimmer im Lagerhaus in Fairbanks darüber lachen würden, dass sie diese Lodge erobert hatten, als seien sie in der Normandie gelandet.

Kalyns Walkie-Talkie piepte.

»Kalyn, bist du da?«, fragte Suzanne.

»Ja, was ist los?«

»Wo ist Lucy?«

»Ist sie nicht bei dir?«

»Nein.«

»Sie ist vor einer Minute aus der Halle zu dir zurückgegangen.«

»Nun, sie ist aber nicht hier.« Suzanne war in Tränen aufgelöst. »Und ich höre sie auch nicht kommen.«

»Bleib ruhig sitzen. Ich suche sie.«

Kalyn steckte ihr Funkgerät in die Tasche und blickte auf ihre Schwester, die bewusstlos auf der Erde lag. »Tut mir leid, Lucy«, flüsterte sie, »aber ich habe doch nicht all die Mühen auf mich genommen, damit du hier stirbst.«

In Ordnung, jetzt konzentrier dich mal. Roddy ging den nächsten Schritt im Geiste noch einmal durch. *Stell dich hin. Beide Hände auf die Fensterbank. Spring hinein. Roll zweimal über den Fußboden und sieh zu, dass du mit dem Gesicht zum Flur landest. Dreh nicht durch und vergiss das Atmen nicht. Drei, zwei, eins.*

Er schwang beide Beine gleichzeitig über das Fensterbrett, weil das Adrenalin ihm solche Kraft verlieh, dass er auf einen Berg hätte springen können.

Aber irgendetwas war schrecklich schiefgegangen. Vor Schmerz schrie er laut auf. Zuerst dachte er, er sei in einem Haifischmaul gelandet, aber dann sah er im graugrünen Licht, dass sich die rostigen Metallzähne einer Grizzly-Falle um seine Schienbeine gelegt hatten.

Er riss sich die Handschuhe von den Händen, und versuchte grunzend und mit zusammengebissenen Zähnen, die Falle zu öffnen. *O Gott, ich habe es vermasselt. Die Alphas bringen mich um.*

Aber die Zähne ließen sich nicht auseinanderziehen. Er hörte seine Knochen splittern, als sie immer tiefer in seine Beine drangen. Fassungslos starrte er auf den Mann, den er erschossen hatte. Irgendetwas stimmte mit ihm nicht, und ihm dämmerte, dass er schon Todesstarre hatte. Er war wahrscheinlich schon seit Stunden, vielleicht sogar seit Tagen tot.

Das körnige Graugrün verwandelte sich in blendendes Weiß, als ein Schuss knallte. Seine Weste hielt die meisten Kugeln ab, aber die Wucht warf ihn rücklings auf den Boden. Er riss sich die Nachtsichtbrille ab und griff nach seiner Beretta, wobei er dachte. *Durch die Weste habe ich Zeit zu schießen.* Er zielte auf das Licht, aber er hatte gar keine Zeit mehr zu schießen. Für den Kopf gibt es keine kugelsichere Weste.

66

Jonas sah sofort, dass der Mann schon tot war. Sein Gesicht war mit Schrotkugeln gesprenkelt. Außerdem saß er nicht richtig. Sein Kopf war unnatürlich zu einer Seite gesunken, und es sah so aus, als ob das Gewehr gegen ihn gelehnt worden sei. *Wahrscheinlich sitzt jemand ein paar Meter weiter und richtet seine Waffe genau auf diese Stelle.*

Wenn die Alphas ihnen nicht verboten hätten, Funkgeräte zu benutzen, hätte er Roddy jetzt gewarnt, da am Nordende der Lodge wahrscheinlich genau die gleiche Falle aufgebaut war.

Er setzte seine Brille ab. Eigentlich brauchte er sie gar nicht. Das Mondlicht war hell genug und beleuchtete den Alkoven wie an Weihnachten. Er hörte ein entferntes Geräusch hinter sich und blickte auf den langen, schmalen See. Zuerst dachte er, es seien Männer, die auf ihn zuliefen, aber dann merkte er, dass es Wölfe waren.

Warum zum Teufel kamen sie gerade auf ihn zu? Seit er aus L.A. hierher nach Alaska gekommen war, hatte er die ganze Zeit über nur gehört, wie scheu sie waren und wie selten man überhaupt einen zu Gesicht bekam. Gott, er vermisste das Valley. Er wandte sich wieder zur Lodge, hob seine Beretta und schlug die Scheibe ein.

Suzanne hielt immer noch Ausschau nach Lucy, als sie das Glas klirren hörte. Sie hatte keinen Schuss gehört, und von hier aus konnte sie keins der Fenster sehen. Langsam erhob sie sich, griff nach ihrem Funkgerät, und als sie auf »Sprechen« drückte, schrie jemand am anderen Ende der Lodge.

Sie wich zurück, hörte die Scheibe splittern – jetzt war jemand im Alkoven –, und ihr wurde klar, dass sie die Bärenfalle auf die falsche Seite gelegt hatten.

Im Nordflügel knallte ein Schuss.

Am Ende ihres Korridors blitzte lautlos helles Mündungsfeuer auf.

Will nahm sein Funkgerät. Er atmete so schwer, dass er kaum sprechen konnte. »Jemand ist gerade durch das Ostfenster eingestiegen. Er ist tot.«

Kalyn sagte: »Verstanden. Wir hatten gerade Sichtkontakt. Alle bitte melden.«

»Devi hier. Bei uns ist alles in Ordnung.«

»Ken und Sean. Wir sind okay.«

Nach einem Moment sagte Kalyn: »Suzanne? Lucy? Verstanden?«

Keine Antwort.

»Kalyn, hast du im Südflügel etwas gesehen oder gehört?«

»Nein, nur auf deiner Seite das Splittern von Glas und den Schrei. Bleibt alle auf euren Positionen. Ich schaue nach.«

Ken sprang so plötzlich auf, als sei er zu einem Entschluss gekommen.

»Dad«, flüsterte Sean. »Was machst du da?«

»Wir haben doch mit dem Ganzen gar nichts zu tun.« Er schüttelte sein Gewehr. »Wenn wir hier sitzen bleiben, werden wir bloß getötet.«

Er warf das Gewehr zu Boden.

»Wohin gehst du?«

»Nach draußen.«

Ken trat an die Eingangstür und schob die Eisenbolzen beiseite.

»Dad?«, flüsterte Sean. »Bist du sicher?«

»Ich liebe dich, Sean. Es tut mir leid, dass ich dich hierhergebracht habe.« Er zog die Tür auf und Sean sah, dass hinter dem Vordach der Schnee meterhoch die Veranda unter sich begraben hatte. Die Kälte, die ins Haus drang, trieb ihm Tränen in die Augen.

Ken trat hinaus und zog die Tür hinter sich zu.

Jonas setzte seine Brille auf und blickte vom Rand des Alkovens den Gang entlang. Ein paar Meter entfernt lag die Frau, die er erschossen hatte – bewegungslos lag sie auf dem Boden. Neben ihr lag ihr Gewehr. Er hob es auf.

Hinten in der Halle sah er grüne Lichtblitze – Laternen vielleicht. Am Kamin saß jemand.

Er zog seinen weißen Parka und seine Skihose aus, aber statt den Flur entlangzugehen, wandte er sich zur Treppe.

Ken stand unter dem Vordach und spürte, wie die Kälte in seine Daunenjacke kroch. Es dauerte eine Weile, bis seine Augen sich an die veränderten Lichtverhältnisse gewöhnt hatten und er Details seiner Umgebung wahrnahm – die Veranda, die unter Schneemassen begraben war, das Geländer, auf dem an manchen Stellen Schnee lag, an anderen jedoch gar nicht, der Wald, aus dem sich dunkel ein Bach schlängelte.

Als er die Spuren sah, die am Geländer entlangliefen, fragte er sich, warum er sie und die Gestalt, die dort stand und eine Waffe auf ihn gerichtet hielt, nicht schon vorher gesehen hatte.

Ken schlug das Herz bis zum Hals, aber es gelang ihm, die Arme zu heben.

Die Gestalt winkte ihn zu sich. Ken nickte und trat auf den Schnee. Sofort sank er bis zur Taille ein, und er konnte nur mit Mühe das Gleichgewicht halten. Der maskierte Mann streckte ihm eine behandschuhte Hand hin.

Er blieb stehen und versuchte, nicht auf die Pistole zu starren, die auf seine Brust gerichtet war.

Der Mann trug eine weiße Maske, die zu seinem weißen Schneeanzug passte. Blaue Augen blitzten daraus hervor, und man sah seinen gekrümmten Nasenrücken.

»Was tun Sie hier?«, fragte der Mann.

Ken lächelte nervös und neigte grüßend den Kopf. »Ich will Ihnen nur sagen, dass mein Sohn und ich …«

»Wo ist Ihr Sohn?«

»Drinnen, hinter der Tür. Wir sind Gäste der Lodge, beziehungsweise, wir waren es, und wir haben keinen Streit mit Ihnen.«

»Woher wollen Sie das wissen?«

»Ich kenne Sie doch gar nicht.«

»Deswegen kann ich doch Streit mit Ihnen haben.« Der Mann hob die Pistole und zielte auf Kens Kopf.

»O Gott, bitte. Ich bin reich. Um Ihnen das zu sagen, bin ich herausgekommen.«

»Sie sind hier herausgekommen, um mir zu sagen, dass Sie reich sind?«

»Ja.«

»Herzlichen Glückwunsch.«

»Nein, nicht nur das. Auch, um Ihnen zusagen, dass es mir jede Summe wert wäre, wenn Sie mich und meinen Sohn aus der ganzen Sache heraushalten.«

»Haben Sie das Geld bei sich?«

»Nein, aber ich könnte …«

Der Mann kniff die Augen zusammen. »Was? Ich soll Ihnen meine Adresse geben? Wollen Sie mir einen Scheck schicken?«

»Ihre Kontonummer. Es wäre eine siebenstellige Summe.«

Der Mann schien zu überlegen. »Und soll ich Ihrem Ehrenwort glauben?«

»Bitte.«

»Na gut, dann lassen Sie uns gehen.«

»Wieder an die Tür?«

»Ja.«

Ken drehte sich um und ging über die Veranda. Langsam wurden seine Füße kalt, da Schnee in seine Stiefel gedrungen war. Er hatte Sean und sich gerettet, dachte er stolz.

»Ich sage Ihnen auch, wo drinnen alle sind …«, sagte er.

Zuerst dachte er, der Mann hätte ihn geschubst, weil er sich nicht schnell genug bewegte, aber dann spürte er den Schmerz in seinem rechten Lungenflügel, wie ein glühend heißes Eisen. Er sank zu Boden und kniete bis zum Hals im Schnee und sah zu, wie der Mann mit behandschuhten Fingern sein Blut von einem Messer wischte.

»Ich weiß schon genau, wo alle sind, Ken«, sagte er und ging weiter auf die Tür zu. »Aber trotzdem vielen Dank.«

Ken erhob sich und taumelte ein paar Schritte auf ihn zu.

Der Mann war beinahe an der Tür angekommen, aber jetzt blieb er stehen und schaute sich nach Ken um.

Verärgert schüttelte er den Kopf. Ken hörte ihn seufzen.

Der Mann trat auf ihn zu und zog das Messer aus einer verborgenen Scheide in seiner Schneehose.

Ken legte dem Mann die Hand auf die Schulter, um sich festzuhalten, und der Mann stieß ihm achtmal das Messer in den Bauch.

Kalyn kam zu Suzanne und sah, dass sie in ihrem Blut lag. Schuldbewusstsein stieg in ihr auf, aber sie wusste, dass sie sich nicht ablenken lassen durfte. Sie zog ihr Funkgerät heraus.

»Suzanne ist tot«, sagte sie. »Zumindest einer von ihnen befindet sich also in der Lodge.« Als sie das Funkgerät wieder in die Tasche steckte, sah sie ein ganzes Rudel von Schatten durch das offene Fenster in den südlichen Alkoven verschwinden. Sie huschten die Treppe hinauf.

Aus der Halle drang ein Schrei.

Kalyn ergriff erneut ihr Funkgerät. »Sean? Ken?«

Wills Stimme ertönte. »Hast du das gehört?«

»Bleib, wo du bist. Rühr dich nicht vom Fleck.«

»Nein, ich werde nachsehen.«

»Du willst mich doch hier nicht alleine lassen«, sagte Rachael.

»Das habe ich nicht gesagt. Aber wir versuchen es lieber ohne Taschenlampe, damit man uns nicht sehen kann.« Er half seiner Frau hoch und gemeinsam tasteten sie sich an der Wand entlang auf die Halle zu.

Jonas kam auf dem dritten Stock an. Der Flur war leer, deshalb entlud er rasch das Gewehr und warf es zu Boden. Hinten am Flur drang Licht von der Halle hinauf. Dort wollte er sich einen sicheren Platz suchen und von oben schießen.

Er ging den Flur entlang. Die Beretta fühlte sich gut an in seiner Hand, aber es gefiel ihm gar nicht, an all den Türen vorbeigehen zu müssen. Er rechnete jeden Moment damit, dass eine aufging.

Was ihn anging, so war er nicht wild darauf, für die Alphas zu arbeiten. Er hatte nicht vor, sein Leben in Gefahr zu bringen, nur weil er die FBI-Agentin oder William Innis nicht umbringen durfte. Es war vollkommen dunkel, er konnte also nicht wissen, was ihn erwartete. In solchen Situationen ging schon mal was schief, und wenn jemand plötzlich aus einer Ecke hervorsprang, dann gute Nacht.

Irgendwo in der Lodge schrie jemand – definitiv ein Mann.

Plötzlich war der Korridor von Schritten erfüllt. Jonas fuhr herum und blickte zum Alkoven, der in grünes Licht getaucht war. Details konnte er wegen des hellen Mondscheins nicht erkennen. Er kniete sich hin und setzte die Nachtsichtbrille ab. Rote Lichter explodierten vor seinen Augen, die sich nur langsam an die veränderten Umstände gewöhnten. Gerade noch rechtzeitig setzte er die Brille wieder auf, um zu sehen, dass fünf Wölfe auf ihn zugerannt kamen.

Er gab einen Schuss ab. Der Wolf vorne jaulte und fiel in sich zusammen. Die anderen sprangen über ihn hinweg und stürmten weiter auf ihn zu.

Zwei weitere Schüsse, und schon wieder stürzte ein Wolf. *Scheiße*. Ladehemmung. Und drei kamen noch auf ihn zu.

Er kannte sich mit automatischen Waffen nicht aus – wenn man zu fest am Abzug zog, dann war das Magazin innerhalb weniger Sekunden leer. Die Alphas hatten sie darauf hingewiesen. Er nahm den Clip heraus und wollte gerade einen neuen einlegen, als die Wölfe ihn erreicht hatten.

Jonas war ein großer Mann, eins neunzig, 250 Pfund schwer. Er stand auf, weil er dachte: *Ich kann ihnen ja auch das Genick brechen. Ich mache so eine Scheiße doch nicht zum ersten Mal.*

Die beiden ersten Wölfe rammten ihn gleichzeitig, und es steckte eine solche Wucht dahinter, dass er mit dem Kopf hart auf den Boden aufschlug.

Er sah Sterne. Er lag auf dem Rücken, seine Beretta war weg, ein Wolf hing an seinem rechten Arm, und die anderen beiden stürzten sich auf sein Gesicht.

Einer der Wölfe riss ihm die Nachtsichtbrille herunter. Zähne bissen durch den Stoff seines Parkas in seinen Hals. Die Daunen flogen herum wie bei einer Kissenschlacht. *Sie wollen an deine Kehle*, durchzuckte es ihn.

Er versuchte sich aufzusetzen, aber jetzt hatten sie sich über beide Arme hergemacht. Vor ihm stand ein riesiger weißer Wolf mit gebleckten Zähnen, nur Zentimeter von seinem Gesicht entfernt. Er schien den Moment auszukosten, und mit dem letzten Gedanken dachte Jonas: *Das ist ein echter Killer. Er macht das zum Vergnügen.*

67

Kalyn lief über die Treppe am südlichen Ende hinauf, vorbei am ersten und am zweiten Stock, das Gewehr im Anschlag. Als sie sich dem Alkoven im dritten Stock näherte, hörte sie etwas – Knurren, Reißen, Schlürfen.

Im Alkoven war es stockdunkel. Sie hielt das Gewehr in der einen, die Taschenlampe in der anderen Hand. Der Strahl leuchtete auf ein Gewehr, auf Patronen auf dem Fußboden, zwei tote Wölfe und drei Wölfe, die fraßen. Sie blickten auf, die Schnauzen blutverschmiert, knurrten und bleckten die Zähne, um ihre Beute zu verteidigen.

Kalyns rechter Arm schmerzte vom Gewicht des Gewehrs. Die Wölfe wechselten Blicke, als wollten sie sich beraten; dann kam der große weiße Wolf auf sie zu. *Ich werde einhändig schießen müssen.*

Sie hielt den Lichtstrahl der Taschenlampe auf den weißen Wolf gerichtet, zielte und feuerte. Der Lauf schlug ihr ins Gesicht.

Sie fiel hin. Die Taschenlampe rollte über den Boden. Jetzt war es dunkel im Flur, sie hörte nur die Pfoten der Wölfe, die auf sie zukamen. Sie stand auf, pumpte, schoss erneut. Pumpte, schoss. Ein Wolf winselte. Pumpte, schoss. Pumpte.

Im Flur roch es nach Schießpulver, und es war jetzt still. Sie hob die Taschenlampe auf. Blut lief ihr übers Gesicht. Der Lauf des Gewehrs hatte sie an der Stirn getroffen.

Der Lichtstrahl durchdrang den Rauch. Auf dem Boden lagen drei tote Wölfe, aber der weiße und der graue Wolf waren nicht darunter.

Vorsichtig trat sie auf die Leiche im Flur zu – ein großer Mann lag auf dem Boden, gesichtslos und zerfleischt. *Zwei weniger. Gott sei Dank. Die Wölfe haben mir die Arbeit abgenommen.*

Sie ging auf die Treppe zu, die sie wieder in die Halle hinunterbrachte.

Will und Rachael schlichen durch den von Kerzen beleuchteten Durchgang.

An der Stelle, wo er sich auf den Veranda-Ausgang zu bog, blieb Will stehen. Er flüsterte: »Warte hier. Wenn sie tot sind, brauchst du das nicht zu sehen. Du hast schon genug gesehen.«

Er ging weiter.

Zu seiner Überraschung stieß er nur auf eine Leiche. Seans Körper lag in einer riesigen Blutlache. An der Tür hatte jemand Schneehosen, eine Schneemaske und einen weißen Parka abgelegt.

Aus einem der oberen Flure hallten vier Schüsse.

Will rannte zurück zu Rachael.

»Was zum Teufel war das?«, fragte sie.

»Ich weiß nicht.«

»Sind sie tot?«

»Sean ja, Ken ist weg.«

Wills Funkgerät knisterte.

»Der zweite böse Bube ist tot«, sagte Kalyn.

»Wie?«

»Wölfe. Sie sind durch ein eingeschlagenes Fenster im südlichen Alkoven hereingekommen. Ich habe einen erschossen und zwei waren bereits tot, also laufen noch zwei hier frei herum. Passt auf. Sie sind äußerst gefährlich.«

»Sean ist tot«, antwortete Will. »Wo sein Dad ist, weiß ich nicht, also muss noch einer hereingekommen sein.«

»Geht einfach wieder zurück auf euren Posten im Nordflügel.

Devlins Stimme ertönte: »Leute?«

»Was ist, Baby?«

»Ist jemand von euch bei mir in der Nähe? Ich höre Schritte vor der Tür.«

»Halt das Gewehr bereit«, sagte Will. »Das sind nicht wir, aber wir sind schon auf dem Weg.«

68

In der Halle setzte Kalyn sich wieder auf den Stein vor dem großen Kamin. Aufmerksam beobachtete sie die Flure des Nord- und des Südflügels, die Treppen, die zu beiden Seiten der Halle bis unter die Dachbalken gingen, den Durchgang hinter ihr und die Tür zur Bibliothek, die verschlossen und verriegelt war. Sie legte das Gewehr auf den Boden und holte Munition aus der Tasche ihrer Fleecejacke. Als sie wieder nach der Mossberg griff, um sie zu laden, wurden schwarze Stiefel im Kamin hinter ihr sichtbar, die sich leise auf den Rost herabsenkten.

Devlin leuchtete ihr Gesicht mit der Taschenlampe an und legte den Finger auf die Lippen, damit die Frauen es sehen konnten.

»Schscht«, flüsterte sie. »Draußen ist jemand.«

Sie tauschte die Taschenlampe gegen das Gewehr, konnte sich aber nicht mehr erinnern, ob sie es durchgeladen hatte. Sie entschied sich jedoch zu warten, da schon das leiseste Geräusch sie verraten hätte. Sie schlich an die Tür und lauschte. Sie glaubte, hinter der Tür jemanden atmen zu hören.

Leise ging sie auf die Knie und drückte ihre Wange an den Teppich, um unter der Tür hindurch sehen zu können. In ihrem Raum war es dunkel, aber draußen im Gang flackerte eine Laterne.

Durch einen Spalt in der Tür sah sie die Spitzen von Männerstiefeln. Wenn sie einen Finger unter der Tür hindurchgesteckt hätte, hätte sie sie berühren können.

Ein paar Meter entfernt, unsichtbar in der Dunkelheit, begann der Säugling zu schreien.

Will und Rachael huschten durch den Durchgang zur Treppe. Hier herrschte absolute Dunkelheit. Es gab keine Laternen oder Kerzen.

»Soll ich die Taschenlampe einschalten?«, flüsterte Rachael.

»Nein. Geh langsam und taste dich mit einer Hand an der Wand entlang.«

Will war bewusst, dass sie unter Umständen direkt in den Tod gingen. Er stellte sich vor, dass auf der Treppe unter ihnen ein Mann kauerte, der sie durch seine Nachtsichtbrille sehen konnte und nur darauf wartete, dass sie ihm in die Arme liefen.

Vorsichtig gingen sie Stufe für Stufe hinunter. Wills Herz klopfte so heftig, dass er glaubte, ohnmächtig zu werden. Das hier war schlimmer als die Wölfe. Draußen hatte er seine Angreifer wenigstens kommen sehen.

Sie erreichten den Treppenabsatz. Will ließ seine Hand an der Wand entlanggleiten, damit er zur nächsten Treppe fand. Nach drei Schritten blieb er stehen.

»Was ist los?«, fragte Rachael.

»Ich sehe dort oben ein Licht. Warte hier.«

Will stieg die restlichen Stufen hinauf. Aus dem Bogendurchgang oben konnte er um die Ecke in den Flur blicken. Die Laterne an der Wand warf ihr Licht auf einen schwarz gekleideten Mann, der an der Tür zu Devlins Zimmer stand.

Will blickte sich um und winkte Rachael zu sich. Sie hatte ihn gerade erreicht, als im Zimmer das Baby anfing zu schreien. Sie hoben ihre Gewehre.

Der Mann drückte sein Ohr an die Tür. Will lief es kalt den Rücken herunter.

Er blickte seine Frau an, und sie sah, dass er lautlos die Lippen bewegte.

»Das ist Javier«, flüsterte Will.

Der Mann fuhr herum, und Kugeln prallten an der Wand der Treppe ab. Das Eisengeländer schlug Funken.

Will und Rachael erwiderten das Feuer, dann zogen sie sich

in den Bogendurchgang zurück. Will drückte Rachael gegen die Wand und flüsterte: »Bist du getroffen?«

»Nein, du?«

»Nein. Beweg dich nicht.« Will spähte um die Ecke. Im Flur hing der Rauch von Schießpulver. Die Tür war zersplittert, aber noch intakt. Niemand war zu sehen, nur Blutspritzer. Will winkte Rachael zu sich und flüsterte ihr ins Ohr: »Ich glaube, er ist hinten am Ende des Flurs, vielleicht fünf Meter entfernt. Alle Türen sind verschlossen, deshalb kann er nirgendwo …«

In diesem Moment öffnete sich knarrend eine Tür.

69

Kalyn schob die letzte Patrone in die Kammer und pumpte. Sie legte das Gewehr neben sich und nahm die Browning in die Hand.

Das Repetiergewehr war gut, wenn man nicht schießen konnte, aber in der Zeit, die es dauerte, um durchzuladen und erneut zu zielen, konnte man leicht erschossen werden. Die Wunde an ihrer Stirn blutete schon wieder, und ihr war ein wenig schwindlig.

Als sie das Blut, das an ihrer Nase entlang tröpfelte, abwischte, flog ihr die Browning aus der Hand und glitt auf dem Steinfußboden bis zur Tür der Bibliothek. Sie griff nach dem Gewehr, aber es war nicht da. Stattdessen spürte sie den Lauf heiß an ihrem Nacken.

»Du wirst mir deinen Namen sagen.«

Sie starrte zu Boden und schwieg.

»Bist du die Ex-FBI-Agentin?«

»Nein, ich war fünf Jahre lang hier in dieser Lodge gefangen. Aber ich kann dich zu ihr bringen. Sie ist gerade durch diesen Durchgang da hinten …«

»Steh auf.« Kalyn erhob sich. »Geh drei Schritte vor und dreh dich dann mit erhobenen Händen langsam um.« Kalyn gehorchte.

Am Kamin stand ein ganz in Schwarz gekleideter Mann, der mit ihrem Gewehr auf sie zielte. Unter dem Ruß auf seinem Gesicht sah man seine rötlichbraune Haut, und Kalyn fragte sich, ob er vielleicht Maya-Vorfahren hatte.

Er blickte Kalyn an und sagte: »Leider ähnelst du dem Foto, das ich von Kalyn Sharp habe. Hast du noch eine Waffe an dir?« Sie schüttelte den Kopf. »Zieh deine Jacke und deine

Hose aus.« Kalyn bewegte sich nicht. »Zieh sie besser jetzt aus, sonst dauert es länger und wird schmerzhafter.«

Aus dem Durchgang drangen Schüsse.

Will brüllte in den Flur: »Willst du davonkommen, Javier? Zwei von deinen Freunden sind schon tot.«

Eine kleine Explosion um die Ecke ließ den Boden beben.

Kurz darauf hörte Will, wie etwas über den Boden gezogen wurde. Er traute sich nicht, um die Ecke zu schauen.

»Hallo, Will. Hast du deine Frau gefunden?«

»Ja.«

»Ich hoffe, die äußerst kurze gemeinsame Zeitspanne, die euch vergönnt war, war die Schmerzen wert, die auf euch warten.«

»Hör mal, du kannst nirgendwohin, und wir sind beide bewaffnet.

Im Flur roch es auf einmal nach Tabak. *Vielleicht sollte ich es einfach wagen, ihn zu überraschen,* dachte Will.

»Erinnerst du dich noch an unser letztes Gespräch, Will?«

»Ja, du …«

»Ich habe dir und Kalyn angeboten, unsere unvermeidliche Begegnung in der Zukunft weniger schrecklich zu gestalten.«

»Javier …«

»Aber ihr habt mein Angebot nicht angenommen.«

»Jav …«

»Was, Will? *Was?* Was willst du mir vorschlagen? Dass wir es gut sein lassen? Glaubst du, ich bin die ganze Strecke hierher gereist, habe das ganze Geld ausgegeben, Kälte und Schnee ertragen und all das, was ihr mir und meiner Familie angetan habt, damit ich mich jetzt einfach wieder umdrehe und nach Hause zurückkehre? Bitte beantworte mir diese Frage.«

»Nein.«

»Gut gesagt.«

Will blickte Rachael an und flüsterte: »Wir müssen ihn töten.«

»Will, ich weiß, dass deine Tochter hinter dieser Tür ist. Interessiert es dich nicht, dass ich sie in meine Pläne mit einbeziehe?«

70

Fidel hatte Kalyn sorgfältig abgetastet. Sie schwitzte bereits, und ihre Hände zuckten.

Der Mann tänzelte wie ein Preisboxer um sie herum. Er grinste. »Sollen wir ein paar Runden boxen?«

Kalyn wich langsam zurück. Er folgte ihr.

»Wo ist Javier?«, fragte sie.

»Keine Sorge. Er kommt schon noch.«

Fidel tat so, als wolle er zuschlagen, nahm erneut Boxposition ein und ließ dann seine Faust vorschnellen.

Kalyn wich dem Schlag aus und dachte: *Nächstes Mal schießt du besser zurück.*

Er lächelte. »Du bist schnell. Trotzdem werde ich dir alle Zähne ausschlagen und die Knochen in deinem Gesicht zerschmettern. Und weißt du, was danach passiert?«

Fidel griff an. Kalyn trat zur Seite, aber sein Ellbogen erwischte sie am linken Auge. Sie taumelte zurück. Blut lief ihr warm übers Gesicht, als sie sich umdrehte und auf die Browning zusprintete. Sie lag an der Tür zur Bibliothek und schimmerte im Licht der Laterne.

Fidel pfiff. Sie erstarrte. Er trat mit der Mossberg in der Hand auf sie zu.

»*Vamos!*«

Sie war höchstens sechs Meter von ihm entfernt, keine Distanz für ein Gewehr. Er konnte sie gar nicht verfehlen, es sei denn, es geschah mit Absicht.

»*Vamos!*«

Kalyn ging zurück zum Kamin.

Er sagte: »Leg dich auf den Boden.«

Sie gehorchte und sah zu, wie er an die Bibliothekstür trat

und die Browning aufhob. Er nahm die Munition heraus und warf die leere Pistole erneut auf den Boden. Dann drehte er sich wieder zu Kalyn herum, wobei er immer wieder das Gewehr pumpte. Einen Moment lang dachte sie, er wolle Katz und Maus mit ihr spielen, aber sie hatte eher das Gefühl, dass er nicht genau wusste, wie er die Waffe bedienen musste. Als sie die Munition zu Boden fallen sah, verstand sie.

Er schleuderte das Gewehr durch die Halle, wo es gegen die Wand knallte.

»Steh auf.«

Kalyn rappelte sich auf. Ihr Kopf schmerzte.

Die Messerklinge funkelte im Licht der Laterne, als der Alpha auf sie zukam.

Will schob den Gewehrlauf näher an die Ecke heran, als Javier redete.

»Ich werde dich, deine Frau und Kalyn entwaffnen, und dann dürft ihr mir zusehen, wie ich sie langsam auseinandernehme.«

»Was hat meine Tochter dir getan, Javier?«

»Du liebst sie. Das reicht schon.«

Devlin packte das Gewehr fester. Sie musste einfach darauf vertrauen, dass sie es vor ein paar Stunden durchgeladen hatte. Sie stellte sich an die Tür, fand in der Dunkelheit das Schloss und drehte es langsam.

Als sie den Türgriff umfasste, versuchte sie sich daran zu erinnern, ob er gequietscht hatte. *Dreh ihn langsam. So langsam es geht.*

Der Türgriff drehte sich, und sie zog die Tür einen Spalt auf. Ein Lichtband fiel in den Raum. Devlin ließ den Türgriff los.

Die Stimme des Mannes klang nahe, als sei er nur ein paar Meter entfernt.

Erneut umfasste sie den Türgriff und zog die Tür ein wenig

weiter auf. Sie war von Schrotkugeln durchsiebt, um das Schloss herum und weiter oben am Rahmen. Sie spähte um die Ecke und blickte den Korridor entlang. Javier hockte an der Wand, neben einem schwarzen Rucksack, eine Zigarette zwischen den Lippen. In einer Hand hielt er eine Pistole mit einem Schalldämpfer und einem langen Magazin. In der anderen Hand hatte er eine Vorrichtung, die an einen überdimensionalen PEZ-Spender erinnerte. Er saß etwa drei Meter von der Treppe entfernt, wo Devlins Vater mit einem Gewehr hockte.

Als er sie sah, wurden seine Augen weit, und er schüttelte den Kopf. Mit den Lippen formte er lautlos die Worte: »Geh sofort wieder hinein.«

71

Kalyn streckte die Hände aus, während sie vor Fidel zurückwich. Seit den Schüssen vor ein paar Minuten hatte sie nichts mehr von den Innises gehört, und sie fragte sich, ob sie wohl tot waren.

Fidels Messer sah nicht besonders bedrohlich aus – ein schwarzer Plastikgriff mit einer Zehn-Zentimeter-Klinge. Beide Seiten waren gezahnt, und das Ende bog sich zu einer scharfen Spitze. Er hielt es in der rechten Hand und bewegte sich geschmeidig. In seinen schwarzen Augen stand harte Entschlossenheit.

»Macht dich das stolz? Gegen eine Frau so zu kämpfen? Du weißt doch, dass ich mich nicht wehren kann.« Sie wich zurück in den Flur des Südflügels, und Fidels Gesicht lag jetzt mehr im Schatten.

»Mit meinem Stolz hat das gar nichts zu tun«, sagte er. »Es geht nur darum, dir Schmerzen zuzufügen.« Er stieß zu – eine blitzschnelle, flüssige Bewegung –, und bevor Kalyn reagieren konnte, fühlte sich ihr rechter Arm plötzlich kalt an. Unter dem Ärmel ihrer Fleecejacke lief Blut hervor. Noch fühlte sie keinen Schmerz, nur eine schreckliche metallische Kälte. Als nächstes kam ein reißendes Geräusch: Das Fleece klaffte auseinander. Erneut ein eisiger Blitz. Dieses Mal breitete sich die Kälte über ihrem Bauch aus.

»Javier hat mich gewarnt, dich nicht zu berühren, aber ich glaube, er hat nichts gegen ein bisschen unschuldiges Necken.«

Ihr war schwindlig. Der Lehrer im Kampfsportseminar auf der Akademie hatte etwas gesagt, das ihr jetzt wie eine wahr gewordene Prophezeiung durch den Kopf ging. *Der gefährlichste Gegner ist jemand, der gut mit einem Messer umgehen kann. Eine solche Konfrontation musst du um jeden Preis vermeiden.*

Sie wich zurück in den Korridor. Sie konnte sich kaum noch auf den Beinen halten, das Blut lief ihr über die Schenkel und die Schienbeine bis in die Socken hinein.

Wenn du kopflos handelst, nimmt er dich langsam auseinander.

Sie konnte Fidel jetzt kaum noch sehen – er war nur eine Silhouette vor dem schwachen Licht aus der Halle.

Erneut kam er auf sie zu, und sie spürte den Luftzug, als die Klinge nur um Millimeter ihr Gesicht verpasste.

Er schnitt ihr in die rechte Hand und fügte ihr einen Schnitt über die Wange zu, knapp an ihrer Nase vorbei.

Sie waren jetzt mitten im Flur, und jeder Atemzug schmerzte tief in ihrer Lunge.

Sie stolperte über Suzannes Leiche, rappelte sich wieder auf. Fidel rutschte auf der Blutlache aus, fing sich aber wieder. Er drängte sie in den Alkoven. Im hellen Mondlicht, das durch das kaputte Fenster fiel, sah sie, dass ihre Fleecehose voller Blut war.

»Hoffentlich blutest du nicht zu sehr«, sagte Fidel. »Das ist ja nur das Vorspiel. Du darfst noch nicht kommen, das würde Javier mir nie verzeihen.«

Er fügte ihr einen Schnitt in den linken Oberschenkel zu, aber sie reagierte nicht auf den Schmerz, sondern drehte sich um, als wolle sie zur Treppe fliehen. Und Fidel machte genau den Fehler, auf den sie gehofft hatte – er sprang auf sie zu und holte weit aus, um sie mit dem Messer zu verletzen. Sie parierte den Angriff mit dem Ellbogen, und mit der anderen Hand packte sie sein Handgelenk. Mit einem raschen Ruck brach sie ihm den Unterarm. Es knackte leise, und er stieß einen Schmerzensschrei aus, den sie mit einem harten, wütenden Schlag auf die Kehle erstickte.

Mit aller Kraft packte sie Fidel an Arm und Schulter und schleuderte ihn zum Fenster.

Die Federn quietschten.

Fidel schrie.

Im Mondschein sah sie, dass er zwischen den rostigen Kiefern der Grizzly-Falle steckte. Die Zähne bohrten sich in seinen Rücken und seinen Bauch, und die Gelenke schlossen sich immer weiter.

Er schrie Javiers Namen.

Kalyn trat zu ihm und sah die Blutlache, die sich unter ihm ausbreitete.

Sie bückte sich, um sein Messer aufzuheben.

Por favor, flehte er. »Ich kann meine Beine nicht spüren.«

Kalyn lächelte, trotz ihrer eigenen Schmerzen. Er spuckte sie an.

»Ich will es mir leicht machen«, sagte sie. »Und dir auch. Leg deinen Kopf zurück. Zeig mir deine Kehle.«

Er sagte etwas auf Spanisch, das sie nicht verstand.

»Hör mal, ich habe noch anderes zu tun. Willst du hier sitzen bleiben und langsam verbluten, während die Falle immer weiter zuschnappt?«

»Dios«, flüsterte er. *»Dios.«* Er konnte sich noch nicht einmal bekreuzigen.

Fidel starrte an die Decke und dachte an eine Frau namens Maria.

Devlin legte das Gewehr an und versuchte sich zu erinnern, was Kalyn ihr vor ein paar Stunden gesagt hatte. *Es gibt einen gewaltigen Rückstoß, deshalb musst du dich dagegen stemmen. Ziel auf den Kopf oder unter die Taille.* Sie stand auf der Schwelle, einen Fuß im Zimmer, einen Fuß im Flur.

Devlin zielte auf den Kopf des Mannes und legte ihren Finger um den Abzugshahn.

Sie drückte.

Nichts geschah.

O Gott, ich habe nicht durchgeladen.

Das Baby schrie.

Javier blickte über die Schulter und sah Devlin in der Tür stehen.

Als Will auf den Flur hinaus trat und mit seinem Gewehr auf Javier zielte, rollte etwas über den Boden, zwischen seine Beine.

Will nahm verschiedene Bilder gleichzeitig auf: Devlin, die sich mit ihrem Gewehr abmühte; Javier, der sich abwandte und seinen Kopf schützte; Rachaels fragender Gesichtsausdruck, als das schwarze Ding vor ihrem linken Stiefel liegen blieb.

Und dann explodierte Wills Welt in einem gleißenden, blendenden Lichtblitz.

72

Kalyn hörte die Explosion, als sie Fidel das Magazin der Browning wieder abnahm. Sie humpelte durch die Dunkelheit des Flurs, um wieder ins Helle zu kommen, wo sie ihre Schnitte untersuchen konnte. Sie schmerzten schrecklich, vor allem der an ihrem Bauch, obwohl sie nicht mehr so stark zu bluten schien wie vorhin.

Zehn Meter, bevor der Korridor sich zur Halle öffnete, blieb sie stehen. Der weiße Wolf trottete am freistehende Kamin vorbei auf den Südflügel zu. Zuerst dachte sie, er hätte sie nicht gesehen, er wolle vielleicht zur Treppe, aber seine Nackenhaare sträubten sich bereits, und er knurrte tief in der Kehle – ein bösartiger, gutturaler Laut. Der Browning lag in der Halle, Fidels Messer hatte sie im Alkoven gelassen, und sie hatte keine Zeit mehr, das einzige unverschlossene Zimmer am Flur zu erreichen – der Raum, in dem ihre bewusstlose Schwester lag.

Im dritten Stock sind Waffen – ein Gewehr und eine Maschinenpistole.

Der Wolf tauchte in die Dunkelheit des Flurs ein, und sie drehte sich um und rannte, so schnell sie konnte, den Gang entlang. Bei jedem Schritt schoss ein scharfer Schmerz durch ihren Bauch.

Als sie den Alkoven erreichte, war der Wolf schon dicht hinter ihr. Die Distanz zwischen ihnen wurde mit jedem Schritt geringer. Auf der Treppe, dachte sie, würde sie sicher schneller sein. Er kam bestimmt nicht so schnell die Stufen hinauf.

Sie wandte sich zur Treppe.

Von oben kam der graue Wolf herunter. Als er sie sah, knurrte er. Seine Zähne schimmerten hell im Mondlicht.

Der weiße Wolf hatte sie fast erreicht.

Sie sah das Fenster. Die Scheibe war zerbrochen. Sie hatte keine andere Wahl. Entschlossen sprang sie hindurch.

Auf der anderen Seite versank sie tief im Schnee. *Der Haupteingang ist verriegelt,* dachte sie. *Aber wenn ich dagegen hämmere, lässt er mich sicher hinein. Ich muss nur erst einmal dorthin kommen.* Aber das war ein langer Weg, die ganze Länge des Südflügels entlang, durch tiefe Schneewehen.

Sie schwamm praktisch durch den Schnee. Ganze Klumpen fielen ihr in den Nacken und schmolzen unter ihrer Jacke. Der Wind hatte aufgefrischt und blies ihr den Pulverschnee ins Gesicht wie tausend feine Nadeln.

Es war eine helle Nacht mit einem riesigen Mond und sternenklar, aber vor ihren Augen wurde es immer dunkler. Nach etwa zehn Metern blickte sie zurück und sah den Kopf eines Wolfes aus dem Schnee auftauchen. Wie Delphinschwimmer kämpften sich die Wölfe durch den Schnee.

Will dachte: *Ich bin nicht tot.* Er setzte sich auf. Wie lange er bewusstlos gewesen war, wusste er nicht. Einen Moment lang sah er nur einen weißen Rahmen. Jemand, vermutlich Devlin, rief nach ihm, aber ihre Stimme war weit weg und undeutlich.

Langsam sah er wieder klarer, konnte Licht und Schatten unterscheiden. Rachael saß hinter ihm, ihre Hose war schwarz von der Detonation.

»Bist du okay?«, fragte sie. Aber er brachte keinen Ton hervor.

Devlin kniete vor ihm, und er versuchte, ihr an den Lippen abzulesen, was sie sagte, aber es gelang ihm nicht.

Er rappelte sich auf und taumelte gegen die Wand.

Kalyn bewegte sich jetzt schneller. Sie stöhnte bei jedem Schritt. Als sie das nächste Mal aufblickte, sah sie, dass sie vom Kurs abgekommen war und auf den See und den Steg mit den Wasserflugzeugen zumarschierte.

Die Wölfe waren immer noch hinter ihr her. Von dem weißen Wolf sah sie nur die Augen.

Sie erreichte das Ufer, wo kleine Wellen an den verschneiten Strand schlugen.

Die Wölfe kamen näher.

Sie blickte zum Eingang der Lodge, und da kam er durch den Schnee auf sie zugewatet, einen schwarzen Rucksack über die Schulter geschlungen, eine Maschinenpistole in der einen, eine Mossberg in der anderen Hand.

Der Schuss aus der Beretta durchdrang die Stille, und Kalyn sah, wie die Wölfe im Schnee verschwanden. Und dort würden sie bleiben bis zum nächsten Juni, wenn es taute und die Aasfresser kamen.

Javier blieb ein paar Meter vor ihr stehen. Der schwarze Rucksack war von Schrotkugeln durchsiebt.

»Du blutest«, sagte er.

Kalyn stand zitternd in der Kälte. »Dein Freund hat ›Fass sie nicht an‹ ziemlich großzügig interpretiert.«

»Du hast ihn getötet.«

Sie nickte.

Javier blickte zur Lodge. »Jetzt gibt es nur noch uns beide und die Innises.«

Kalyn spürte, wie Blut warm in ihren Stiefel tröpfelte.

»Und?«, fragte Javier und schraubte den Schalldämpfer von der Beretta ab. »Sollen wir?«

»Du kannst dich ja kaum auf den Beinen halten, Will.«

»Langsam kommt mein Gleichgewichtsgefühl zurück.« Er nahm Devlins Gewehr. »Ihr beide bleibt hier. Wie geht es deinem Bein?«

»Es tut ziemlich weh.«

»Trotzdem, du hast noch Glück gehabt. Die Blendgranate ist direkt vor dir losgegangen.«

»Was ist eine Blendgranate?«, fragte Devlin.

»Eine Granate, die nur einen hellen Lichtblitz produziert.«

Irgendwo hinter Ethans Raum donnerte ein Schuss.

»Ist das hier drinnen?«, fragte Rachael.

»Ich weiß nicht.«

Das Stakkato von Maschinengewehrschüssen war zu hören. Hier drinnen im Haus hörte es sich so an wie Perlen, die auf einen Glastisch sprangen.

Will trat in den Flur und machte die Tür hinter sich zu. In seinen Ohren rauschte es immer noch, und er konnte seine eigenen Schritte nicht hören, als er die Treppe herunter in den Durchgang lief.

Der Wind heulte und trieb den Schnee hoch vor ihm auf.

Kurz sah Will die Blutflecken am Seeufer, aber dann waren sie unter dem Schnee verborgen.

Wellen der Übelkeit überschwemmten ihn.

Er sah Spuren, die vom See in den Wald zu führen schienen, aber bei dem heftigen Wind verschwanden sie vor seinen Augen.

Er brach zusammen, kämpfte sich wieder hoch und versuchte, den Spuren zum Waldrand zu folgen. Seine Wangen brannten in der eisigen Kälte.

Vor neun Tagen war Kalyn Sharp zu ihm nach Hause nach Colorado gekommen.

Ist es vorbei?, fragte er sich. Mittlerweile konnte ihn nichts mehr überraschen.

Erleichterung stieg in ihm auf bei dem Gedanken, dass sie sich hier draußen möglicherweise gegenseitig umbrachten.

Nach zehn qualvollen Schritten blieb er stehen. Er hatte nicht mehr die Kraft, in den Wald zu laufen und im meterhohen Schnee nach ihren Leichen zu suchen. Er konnte kaum das Gleichgewicht halten. Aber er ging immer weiter – todmüde –, obwohl er eigentlich am liebsten ein Feuer im Kamin in der Bibliothek gemacht hätte und eingeschlafen wäre, mit Devlin und Rachael in den Armen.

73

Talisman

Devlin wurde in den Sitz gedrückt, als das große Wasserflugzeug sich in die Luft erhob. Der See verschwand im Dunst, die Lodge und die Flugzeuge am Steg wurden klein wie Kinderspielzeug.

Das Propellergeräusch wurde lauter, und die De Havilland Twin Otter dröhnte nach Süden.

Bis nach Anchorage waren es sechshundert Kilometer. Zwei Stunden bis in die Zivilisation. Devlin blickte sich in der Kabine um. Sie griff nach der Hand ihrer Mutter und verschränkte ihre Finger mit ihren. Rachael lächelte. Das Motorengeräusch war viel zu laut, um etwas zu sagen.

Devlin schaute aus dem Fenster und sprach ein Gebet für Buck Young. Der Buschpilot war gestern früh auf dem inneren See gelandet, hatte sie gefunden und war dann nach Fairbanks geflogen, um Hilfe zu holen.

Devlin blickte auf die Welt unter ihnen und dachte: *Irgendwo da unten, unter all dem Schnee, liegt Kalyn.* Ihr Vater hatte bis zum Morgengrauen nach den Leichen gesucht, aber der Wind hatte sie mit Schnee zugedeckt. Erleichterung und Trauer hielten sich bei Devlin die Waage. Sie würde sich immer an den Flug hierher erinnern, und noch Jahre später würde sie an diesen Moment denken, weil er sie für ihr ganzes Leben geprägt hatte.

Bald schon waren die Wolverine Hills nur noch bewaldete Erdwellen. Sie wandte sich vom Fenster ab, von dieser Wildnis, die sie nie wieder sehen würde, und schluckte, um den Druck auf ihren Ohren zu verringern.

Sie flogen über den Golf von Alaska. Glitzerndes, dunkelblaues Wasser erstreckte sich bis zum Horizont. Devlin beobachtete die Öltanker, die sich nach Süden zum Pazifik und zum amerikanischen Kontinent bewegten.

Die De Havilland wurde langsamer und flog tiefer. Jetzt flogen sie wieder über das Festland, und als Devlin aus dem Fenster blickte, konnte sie die Skyline von Anchorage sehen. Dahinter erhob sich die glänzende Eisfläche der Chugach Mountains.

74

Kurz vor ein Uhr mittags landeten sie auf der Lake Hood Seaplane Base. Zwei Reihen vor ihr begann eine Frau unkontrolliert zu schluchzen, so laut, dass jeder es hören konnte, sogar über dem Dröhnen der Propeller.

Eine weitere Frau begann zu weinen, dann eine dritte. Sie saßen alle auf Devlins Seite des Flugzeugs, und als sie über ihren Sitz blickte, sah sie, dass alle aus dem Fenster schauten.

Sie blickte durch die Scheiben, an denen das Seewasser herunterlief. Sie glitten auf eine Reihe von Anlegestellen zu, und direkt vor ihnen befand sich ihr Steg. Ein Dutzend Krankenwagen parkten an einem Ende, die hinteren Türen weit geöffnet, Sanitäter mit Liegen standen daneben. Hinter den Ambulanzen zahlreiche Streifenwagen mit blinkendem Blaulicht, die die Frauen zum Providence Alaska Medical Center eskortieren würden, angeführt von zwei Feuerwehrwagen, die ebenfalls dort standen. Ein Parkplatz in der Nähe füllte sich rasch mit Autos, Vans, drei neuen Trucks mit riesigen Satelliten auf den Dächern, die die Szene in die ganze Welt übertragen würden.

Am Ufer hatte sich eine Menschenmenge versammelt. Die Leute fotografierten, machten Videos. Feuerwehrleute und Polizisten standen entlang einer Absperrung.

Die Frau zwei Reihen hinter Devlin schrie plötzlich: »O Gott, da ist Jimmy! Es ist Jimmy! Er ist ein Teenager!«

Eine Handvoll von Leuten, die vor die Absperrung durften, hatte sich am Ende des Piers versammelt – Ehemänner, Geschwister, Kinder, Eltern –, und Devlin konnte sehen, wie sie riefen, weinten oder einfach Schilder hochhielten, auf denen stand »Ich liebe dich«.

Der Motor ging aus.

Devlin blickte ihre Mutter, ihren Vater an und sah, dass auch ihnen die Tränen übers Gesicht liefen. Alle waren so von ihren Gefühlen überwältigt, dass die ganze Luft aus der Kabine zu weichen schien. Die Frauen auf der anderen Seite des Gangs hatten sich abgeschnallt und aus ihren Sitzen erhoben, um durch die kleinen Fenster nach ihren Angehörigen Ausschau zu halten.

Die Pontons knallten dumpf gegen die Holzpfosten, und die Mannschaft machte sich daran, das Flugzeug festzumachen.

Die Familien der Frauen drängten sich am Ende des Piers, und Devlin sah einen Mann, der mit ausgestreckter Hand beinahe das Bullauge erreichte, hinter dem das Gesicht seiner Frau zu sehen war.

Seine Stimme war gedämpft, aber Devlin hörte ihn sagen: »O Gott, Melinda! O Gott!«

»Jeff!«

Ein Polizeibeamter trat zu dem Mann und klopfte ihm freundlich auf die Schulter. »Sir«, sagte er, »ich weiß, das ist ein besonderer Augenblick, aber es gibt Frauen an Bord, die sofort medizinische Hilfe brauchen.«

»Ich bin hier, Melinda!«, schrie er. »Hier!«

Der Polizist führte ihn und die anderen ein wenig vom Flugzeug weg.

Der Pilot öffnete die Tür der Maschine. Licht strömte herein. Devlin spürte die kalte Luft und meinte, das Meer zu riechen. Ein Sanitäter kam an Bord – ein junger Mann mit einem Bärtchen und modischen Koteletten. Seine Miene verfinsterte sich, als er die Passagiere sah.

Aber er fasste sich schnell und sagte: »Draußen warten genügend Krankenwagen.«

Rachael erhob sich und erwiderte: »Nehmen Sie zuerst diese Frau da vorne.«

Der Sanitäter kniete sich neben die Frau. »Wie heißt sie?«

»Natalie.«

Die Frau wog nur noch achtzig Pfund und war so traumatisiert, dass sie den Verstand verloren hatte.

»Mein Name ist Rick«, sagte er. »Ihre Familie ist hier, Natalie. Ich bringe Sie jetzt hinaus, ja?«

Er löste den Anschnallgurt und hob die Frau aus ihrem Sitz. Vorsichtig drehte er sich in dem engen Gang mit ihr um und brachte sie hinaus. Draußen nahm ein anderer Sanitäter sie entgegen, drückte sie an die Brust wie ein Kind. Die Augen der Frau waren offen, aber sie sah nichts. Jemand legte eine Decke über sie.

Ein Mann tauchte aus der Menge auf und taumelte auf Natalie zu. Er war leichenblass und sah aus, als habe er gerade ein Gespenst erblickt.

Rachael ergriff Devlins und Wills Hände. »Seht ihr, was ihr getan habt?«, flüsterte sie ergriffen. »Es geht nicht nur um unsere Familie.«

Draußen fragte der Sanitäter: »Ist das Ihre Frau, Sir?« Der Mann brachte keinen Ton heraus und konnte nur nicken.

»Kommen Sie mit. Sie können mit uns ins Krankenhaus fahren.«

75

Will erzählte seine Geschichte so oft, wiederholte sie ständig, sodass er gar nicht mehr nachzudenken brauchte, als er seine Aussagen bei den verschiedenen Dienststellen der Polizei und des FBI machte.

Das FBI hatte im letzten Jahr nach Kalyn Sharp gesucht, da herausgekommen war, dass sie das Bureau um 150 000 Dollar erleichtert hatte, die sie wahrscheinlich für die Suche nach ihrer Schwester gebraucht hatte. Sie bezeichneten sie als »skrupellos und mental instabil« und sagten, wenn sie nicht in Alaska ums Leben gekommen wäre, hätte sie eine hohe Gefängnisstrafe erwartet.

»Wissen Sie, wer das war?«, sagte Agent Messing, dessen westtexanischer Akzent schwer in dem schäbigen Hotelzimmer hing.

In zwei Tagen sollte Rachael aus der Psychiatrie der University of Colorado entlassen werden, und dieser junge DEA-Agent aus dem Phoenix Field Office saß auf der Couch in Wills und Devlins Hotel in Denver. Will hatte aus dem Fenster gestarrt. Er war die ständigen Befragungen leid, und er konnte den nicht abreißenden Strom der Agenten, die ihn bedrängten, nicht mehr ertragen.

»Kalyn sagte mir, er sei bei den Alphas«, erwiderte er.

»Nicht *bei*. Er war die Nummer zwei. Wir hatten eine Wanze in einem Lagerhaus in Tempe, in dem sie sich trafen. Außerdem eine in Javs Auto und eine in seiner Villa. Ich würde noch unter Eid aussagen, dass er der furchterregendste Typ ist, dem ich je begegnet bin.«

»Sind Sie ihm denn begegnet?«

»Einmal. In einem Starbucks in Scottsdale. Ich hatte ihn beschattet, und er hat mich angesprochen, während ich bestellte.«

»Was ist passiert?«

Der Agent knöpfte seinen zu engen Anzug auf und fuhr mit den Fingern durch seine blonden kurzen Haare, durch die die Kopfhaut durchschimmerte.

»Was denn?«, fragte Will.

Agent Messing schüttelte den Kopf. »Das ist nichts für die Öffentlichkeit, und es darf dieses Zimmer nicht verlassen.«

Will erhob sich und schloss die Tür zu Devlins Schlafzimmer, aus dem laute Musik drang.

Er setzte sich wieder, und Messing sagte: »Ich hatte Grund zu der Annahme, dass Javier wegwollte. Das kommt aus einer zuverlässigen Quelle.«

»Weg von was?«

»Von allem. Seiner Ehe. Den Alphas.«

»Warum von den Alphas?«

»Aus Gier wahrscheinlich. Was auch immer die Motivation war, es lag sicher nicht daran, dass er auf einmal gut geworden war und zu Gott gefunden hatte. Der Mann ist das personifizierte Böse. Aber wissen Sie, man verlässt die Alphas nicht einfach so. Wissen Sie, was ich meine?«

Will schüttelte den Kopf.

»Man schließt sich ihnen an, um zu töten, und man kann sie nur verlassen, wenn man tot ist. Im Licht dieser Entwicklung würden wir Mr Estrada gerne finden. Er war aus irgendeinem Grund unglücklich mit den Alphas, und er hätte einen großartigen Zeugen abgegeben. Wir hätten die ganze Bande auseinandernehmen können. Aus seiner Frau bekommen wir nichts heraus, aber wenn Sie irgendetwas wissen oder sich an irgendetwas erinnern …« Will schüttelte den Kopf. »Na ja, hier.« Messing reichte ihm seine Visitenkarte. »Wenn sich etwas ergibt, können Sie mich jederzeit anrufen, auch nachts.«

»Das mache ich.«

Messing stand auf, und Will schüttelte ihm die Hand. »Sie kriegen wahrscheinlich ständig Besuch von irgendjemandem von der Polizei.«

»Ja, es war eine anstrengende Zeit.«

»Dann will ich Sie nicht länger aufhalten. Es freut mich, dass Sie Ihre Familie zurückhaben, Mr Innis.«

Will brachte Messing zur Tür. Im Flur blieb er stehen.

»Darf ich Sie etwas fragen?«, sagte er zu dem Agenten.

»Fragen Sie.«

»Muss ich mir Sorgen machen?«

»Worüber?«

»Über einen Besuch mitten in der Nacht?«

Messing stieß einen leisen Seufzer aus und studierte den Teppich auf eine Weise, die Will nervös machte. Fast wünschte er sich, er hätte die Frage nicht gestellt.

»Ich weiß nicht, Mr Innis. Es ist schwierig abzuschätzen, was die Alphas tun oder nicht tun werden. Es hängt davon ab, ob Sie auf ihrem Radarschirm sind.«

»Glauben Sie, das bin ich?«

»Keine Ahnung. Mir ist klar, dass Sie das nicht tröstet, aber es ist leider die Wahrheit.«

»Was würden Sie an meiner Stelle tun?«

Messing wiegte den Kopf. »Ich sage Ihnen was. Sie können nichts tun, außer mit Ihrer Familie in irgendein überbevölkertes Scheißnest in der Dritten Welt verschwinden und untertauchen. Wenn die Alphas zu Ihnen kommen wollen, halten Sie sie nicht auf. Nicht mit einem Gewehr unter dem Bett. Nicht mit einem neuen Namen. Sie sind einfach die übelsten Scheißkerle, von denen Sie jemals gehört haben. Also leben Sie Ihr Leben, Mr Innis. Blicken Sie nicht zurück, und kaufen Sie sich keine Alarmanlage oder so etwas. Beten Sie einfach nur, dass Sie ein Leuchtpunkt auf ihrem Radar waren, der schon lange wieder verschwunden ist.«

76

Es war mittlerweile schon zwei Monate her, seit sie in Anchorage gelandet waren, Wochen, die ihnen wie Jahre vorgekommen waren. Fünf Wochen lang war Rachael in der Psychiatrie in Denver behandelt worden. Aber in den letzten Wochen vor Weihnachten waren sie zusammen gewesen im Farmhaus in Mancos, Colorado. Devlin war nicht krank, und Rachael war im achten Monat. Sie hatten eine Hebamme für die Hausgeburt engagiert, die irgendwann im Januar stattfinden würde. Will hatte sich mittlerweile mit der Tatsache abgefunden, dass das Kind in Rachaels riesigem Bauch nichts von seiner DNA hatte.

Er dachte an Devlins Geburt vor sechzehn Jahren, konnte sich immer noch an den Blitz erinnern, der eingeschlagen hatte, als sie ihren ersten Schrei getan hatte – diese starke, unauslöschliche Liebe, die sein Leben verändert hatte. Was ihn in den langen Dezembernächten wach hielt, war die Angst, dass er nichts für das neue Baby empfinden würde, und er fragte sich, wie man ein Kind großzog, das nicht zu einem gehörte.

Jede Nacht betete er zu Gott, dass der Blitz wieder einschlagen möge.

Es war ein kühler, kalter Weihnachtsabend gewesen, und zur Freude der Innises war bis jetzt nur wenig Schnee im Mancos Valley gefallen. Die Gipfel der Mesa Verde und die La Platas schimmerten weiß im Sonnenschein, aber im Tal waren die Wiesen grün, und der Bach war zu einem Rinnsal ausgetrocknet. Auch unter den Schwarzfichten, die um das Haus herum standen, lag kein Schnee, noch nicht einmal im tiefen Schatten – Devlin hatte am Nachmittag nachgeschaut.

Es ging ihr gut. Sie hatte Weihnachtsferien und wich ihrer Mutter nicht von der Seite – sie half ihr beim Kochen und Saubermachen und bereitete mit ihr das Kinderzimmer vor, das zu der Zeit, als sie mit ihrem Vater noch alleine im Haus gelebt hatte, leer gestanden hatte.

Nur nachts dachte sie manchmal an Alaska, wenn sie in ihrem Bett lag und auf den Wind lauschte, der durch die Fichten ging. Vor ein paar Nächten war ein Rudel Kojoten über die Weiden am Haus gezogen. Ihr böses, spöttisches Gelächter hatte sie geweckt. Sie hatte sich im Bett aufgesetzt und eine Minute lang geglaubt, wieder in den Wolverine Hills zu sein und den großen weißen Wolf mit den bösen, roten Augen vor sich stehen zu sehen.

Schließlich war sie aufgestanden, in die Küche gegangen und hatte sich ein Glas Wasser eingeschenkt. Dann hatte sie sich so lange an den Tisch gesetzt und dem Heulen der Kojoten gelauscht, bis ihre Hände nicht mehr zitterten.

Eine von Rachaels Therapeutinnen in Denver hatte etwas gesagt, das auf sie alle zutraf. Wenn du der Angst Raum gewährst, wenn du dich von ihr in Besitz nehmen lässt, dann gehört dein Leben nicht mehr dir. Sie hatte ihnen sogar ein Motto gegeben – präzise, banal und unvergesslich. Will hatte es mit schwarzem Magic Marker auf das Merkbrett am Kühlschrank geschrieben und es dreimal unterstrichen.

Scheiß auf die Angst!

77

Devlin reibt sich schon die Augen. Es ist neun Uhr abends, spät für eine Sechsjährige. Sie steht auf den Zehenspitzen und hängt das letzte Ornament an den Baum – einen durchsichtigen Glas-Kaktus. Ihre Eltern sitzen auf der Couch und trinken Hot Toddies im Arizona-Stil: frisch gepresster Orangensaft, heißes Wasser, Grand Marnier, Honig und ein Spritzer Cayenne.

Es ist ein warmer Dezemberabend. Devlin krabbelt auf das Sofa zwischen Rachael und Will.

»Seid ihr alle bereit für It's a Wonderful Life*?«, fragt Will.*

»Ich schlafe wahrscheinlich ein, bevor Harry im Eis einbricht«, sagt Rachael. Will macht den Fernseher an und steckt die Videokassette in das Videogerät. Mit der Fernbedienung in der Hand kehrt er zum Sofa zurück. »Will, mir ist kalt«, sagt Rachael. »Holst du mir mein Sweatshirt?«

»Ich weiß nicht, ob ich dieses grässliche Ding überhaupt anfassen möchte.«

Sie grinst. »Mach meine Alma Mater nicht schlecht.« Will hatte Jura an der Carolina studiert, während Rachael ihr Examen an der Duke gemacht hatte. Beide lagen kaum zehn Kilometer auseinander, aber größere Konkurrenten gab es wohl nirgendwo. Das marineblaue Sweatshirt war verblichen und man konnte den Schriftzug DUKE kaum noch lesen.

Will holt es aus der Kommode in ihrem Schlafzimmer und bringt es ihr.

»Danke, Liebling.« Er setzt sich zu seiner Familie auf die Couch und drückt Play*. Seine dunkelhaarigen Mädchen kuscheln sich auf beiden Seiten an ihn, und von Gefühlen überwältigt denkt Will, wie gut er es doch hat. Im Zimmer ist es dunkel, abgesehen von der Lichterkette am Weihnachtsbaum*

und dem Flimmern des Bildschirms. Und einen Moment lang, bevor der Film beginnt, ist es so still, dass man den Wind aus der Wüste hören kann.

78

Zehn Jahre später, in einem anderen Bundesstaat, in einem anderen Leben, dekorierten die Innises einen anderen Baum – eine Blaufichte, die Will vor zwei Tagen in einem kleinen Wäldchen am Fluss geschlagen hatte. Rachael lag auf der Couch im Wohnzimmer und sah zu, wie ihr Mann und ihre Tochter Weihnachtsschmuck und selbst gemachte Socken ans Kaminsims hängten. Im Kamin prasselte ein Feuer. Im Farmhaus roch es nach Holz, heißem Kakao und dem Harz der Blaufichte.

»Könnt ihr euch noch daran erinnern, wie wir Hot Toddies gemacht haben?«, sagte Rachael.

Will lächelte. »Mann, die waren gut.«

»Was ist das?«, fragte Devlin.

»Ein heißes alkoholisches Getränk. Wir haben sie immer mit Orangensaft, Grand Marnier … ich habe vergessen, was wir sonst noch hineingetan haben.«

»Cayenne«, sagte Rachael. »Das war die wichtigste Zutat.«

»Vielleicht können wir das ja nächstes Jahr machen.«

»Ja, definitiv.«

Devlin saß am anderen Ende der Couch, ihrer Mutter gegenüber, und massierte Rachael die Füße. »Ich habe eine tolle Idee«, sagte sie. »Lasst uns *It's a Wonderful Life* gucken, so wie früher.«

»Haben wir das Video noch?«, fragte Rachael.

»Nein«, antwortete Will. »Ich habe es mit allen anderen Sachen in Ajo gelassen. Aber ich könnte in die Stadt fahren und gucken, ob die Videothek noch auf hat.«

»Nein, fahr nicht«, sagte Rachael. »Wir heben es uns für nächstes Jahr auf.«

»Ja. Nächstes Jahr feiern wir noch einmal Weihnachten mit all unseren alten Traditionen.«

»Aber ich will noch nicht ins Bett, Dad. Können wir nicht noch ein bisschen aufbleiben?«

»Ja, klar, Baby. Natürlich.«

Rachael fröstelte plötzlich. »Will, mir ist kalt«, sagte sie.

Will ging auf Socken ins Schlafzimmer. Er wollte schon den Quilt vom Bett nehmen, als es ihm einfiel. Er zog die unterste Schublade an der Kommode neben dem Bett auf. Da lag er. Seit acht Wochen hatte er nicht mehr daran gedacht. Hatte nicht daran denken brauchen. Er holte Rachaels marineblaues Sweatshirt aus der Schublade heraus.

Er roch daran. Das Kleidungsstück roch schon lange nicht mehr nach ihr.

Einen Moment lang setzte er sich aufs Bett und drückte einfach nur Rachaels Sweatshirt ans Gesicht. Er ließ seine Hände über den weichen Stoff gleiten und dachte daran, wie lange er alleine geschlafen hatte, nur das Kleidungsstück im Arm. Als es schließlich Rachaels Geruch verloren hatte, hatte er es mit ihrem Parfüm besprüht.

Das brauche ich nicht mehr, dachte er. Er erhob sich, wischte seine Tränen weg und ging mit dem Sweatshirt in der Hand den Flur entlang zum Wohnzimmer. An der Tür blieb er stehen.

Sie saßen immer noch auf der Couch.

Seine Tochter. Sein ungeborenes Kind. Seine Frau.

Er dachte an all die Frauen, die er aus der Lodge gerettet hatte, und stellte sich vor, wie auch sie, in diesem Augenblick, mit ihren Familien, die nie erwartet hatten, sie wiederzusehen, Weihnachten feierten.

Er reichte Rachael das Sweatshirt und sagte: »Ich muss noch mehr Holz holen. Ich gehe mal kurz nach draußen.« Er ging in die Küche, schlüpfte in seine Stiefel und ging durch die Hintertür hinaus. Devlin setzte sich auf den kühlen Holzboden neben ihre Mutter.

»Wie war denn Weihnachten für dich und Dad, als ich weg war?«, sagte Rachael.

»Ich weiß nicht. Wir haben nicht viel gemacht. Es war einfach nur ... traurig. Wirklich traurig. Letztes Jahr haben wir zum ersten Mal einen Baum aufgestellt. Und wie war es bei dir?«

»Ich wusste gar nicht, wann Weihnachten war, Liebes. Für gewöhnlich wusste ich noch nicht einmal, ob es Dezember war. Aber ich kann mich erinnern, dass ich manchmal dachte: *Das fühlt sich an wie Weihnachten.* Aber ehrlich gesagt bin ich froh, dass ich es nicht wirklich wusste. Ich glaube, das hätte ich nicht ertragen.« Rachael sog scharf die Luft ein und zuckte zusammen. »Ooooh.«

»Was ist? Stimmt etwas nicht?«

Sie rieb sich über den Bauch. »Alles in Ordnung. Das war nur eine kleine Wehe.«

»Ist es denn schon Zeit?«

»Nein, Liebes. Das sind nur Senkwehen. Wenn es wirklich losgeht, merkst du es schon.«

»Wie?«

»Dann fluche ich wie ein Matrose.«

79

Es war eine kalte, windstille, sternenklare Nacht. Der Kies knirschte unter Wills Stiefeln.

Das Brennholz war am Steinkamin an der Seite des Hauses gestapelt. Er lud sich die Arme voll, trug es zur Veranda und ließ es vor der Treppe fallen. Auf dem Weg zurück zum Holzstapel blieb er stehen. In der Ferne schimmerte die Weide im Mondlicht. Schatten bewegten sich dort.

Er erstarrte. Das Herz schlug ihm bis zum Hals, als er erkannte, dass es etwa ein halbes Dutzend Rehe waren, die zum Trinken an den Bach sprangen. Im hellen Mondschein wirkten sie fast weiß, und er konnte ihren Atem sehen.

Will atmete langsam aus, als die Angst nachließ. Er fragte sich, ob es wohl immer so sein würde – diese atemlose Angst, wenn er um eine Ecke kam, wenn er Ausschau nach einer Bewegung hielt, wo keine sein sollte. Er konnte sich tausendmal sagen, dass die Alphas nicht nach ihm suchen würden, aber das bedeutete noch lange nicht, dass es nicht passieren würde. Messing hatte recht gehabt. Auf diese Dinge hatte er keinen Einfluss.

Leben Sie Ihr Leben, Mr Innis.

Scheiß auf die Angst.

Will griff in die Tasche und zog Javiers BlackBerry heraus, den er vor zwei Monaten aus Kalyns Rucksack genommen hatte, bevor sie ausgeflogen worden waren.

Er sorgte dafür, dass er immer aufgeladen war, und trug ihn in der Tasche wie eine Zeitbombe. Er wartete auf einen Anruf – von wem, wusste er nicht. Vielleicht von Javs Frau oder einem Alpha-Compadre.

Er schaltete ihn ein und blickte auf den Bildschirm. Bis jetzt hatte es keine Anrufe gegeben. Und es würde auch keine geben. Er hatte das Gerät als Talisman mit sich herumgetragen – jede Stunde hatte er nachgeschaut, ob es Nachrichten gab –, als ob die Alphas zuerst anrufen würden, bevor sie kämen, als ob seiner Familie ohne vorherige Warnung nichts passieren könnte, solange er aufpasste.

»Ich sollte das Scheißding wegwerfen«, sagte er laut. Er packte den BlackBerry fester und drückte dabei unabsichtlich auf einen Knopf an der Seite.

Auf dem Bildschirm tauchte eine Menüliste auf. SMS Outbox weckte sein Interesse, und er klickte den Ordner auf, wobei er sich fragte, warum ihm das nicht schon früher eingefallen war. Vielleicht fand er ja ein paar Telefonnummern und Adressen von Javiers Partnern, die er an Agent Messing weiterleiten konnte.

Die letzten beiden SMS waren an dieselbe Telefonnummer mit der Vorwahl von Phoenix abgeschickt worden.

Freitag, 19. Oktober 2007. 10.41 AKDT

J-Arctic Skies, Buck Young. Wir fliegen heute um 13.00 Uhr in die Wolverine Hills, 350 Kilometer westlich von Fairbanks. K.

Donnerstag, 18. Oktober 2007. 23.03 Uhr AKDT

J-Fairbank, Alaska. Heil angekommen, aber nur mit knapper Not. K.

Er öffnete den Kalender auf dem BlackBerry. Sein Herz schlug schneller, und sein Mund wurde trocken. Dreiundzwanzig Uhr am 18. Oktober war die Nacht, die er, Devlin und Kalyn in Fairbanks im Best Western verbracht hatten. Am 19. Oktober waren sie zu den Wolverine Hills geflogen. Der BlackBerry war an beiden Tagen in Kalyns Besitz gewesen.

Was zum Teufel? Sie hat ihm gesagt, wo er uns finden kann?

Und auf einmal wurde Will einiges klar – Details, die ihn gestört hatten, seit Kalyn das erste Mal vor ihm gestanden hatte, fügten sich plötzlich zu einem Ganzen.

Du und Jav, ihr wolltet weg, dachte er. *Und warum habt ihr uns mitgenommen?* Er lächelte, als es ihm klar wurde. *Weil es nicht gereicht hätte, wenn ihr nur verschwunden wärt. Ihr brauchtet Zeugen für euren Tod, um euch die Alphas und das FBI vom Leib zu halten.*

Er stand im Schatten seines Hauses und setzte in Gedanken alle Puzzleteile an die richtige Stelle. Es machte perfekten Sinn. *Was für eine Vorstellung.*

Sie hatten sein Leben und das seiner Tochter in Gefahr gebracht, aber er hatte Rachael wieder, hatte zweiundzwanzig Frauen zu ihren Familien zurückgebracht, und dafür hatte es sich doch gelohnt.

Will schleuderte Javiers BlackBerry gegen den Steinkamin, und das Gerät zersprang in tausend Einzelteile.

Er ging in den Garten, blickte auf die Weide und sah die Rehe, die immer noch am Mancos River tranken.

Er blickte zum Sternenhimmel und fragte sich, wo Kalyn jetzt wohl war. Er versuchte, sich einen Reim auf sie zu machen, aber sie war wie ein Glasprisma, das in unterschiedlichen Facetten funkelte. *Wer bist du?*

Die FBI-Agentin, die an einem kühlen Oktoberabend vor meinem Haus stand?

Die Femme fatale, die eine Familie kidnappte und einen Alpha mit vorgehaltener Pistole verhörte?

Die Frau, die sich liebevoll um meine mutterlose Tochter gekümmert und sich selbst in den Trailer eines Trucks begeben hat, um ihre Schwester zu finden?

Die Rehe hatten Witterung von ihm bekommen und hoben die Köpfe.

Die gebrochene Frau mit den vernarbten Handgelenken, mit der ich in Fairbanks beinahe geschlafen hätte?

Will ließ sich langsam ins dürre Gras sinken und blickte den Rehen nach, die weiterzogen.

Mögest du Frieden finden, Kalyn.

Über seine Schulter sah er den rötlichen Schein des Kaminfeuers und die Lichterkette, mit der Devlin den Weihnachtsbaum geschmückt hatte, durch die Fenster seines Hauses schimmern. Er hatte auf einmal das Gefühl, dass etwas zu Ende gegangen war, dass er sich auf einem Weg in etwas Neues befand. Und er hatte seine Familie bei sich.

Mehr brauchte er nicht zu wissen.

80

Er hatte seit fünf Minuten versucht, die Aufmerksamkeit der Frau hinter der Bar zu erringen, aber es war ihm nicht gelungen. Der Club war brechend voll, die Musik war schrecklich, und er wollte doch nur noch einen Drink vor dem Schlafengehen, etwas Starkes, das man nicht aus dem Nabel einer Frau schlürfen musste.

Ein harter Stoß riss ihn aus seinen verärgerten Gedanken, und er drehte sich um, aber es war nur ein sehr betrunkener junger Mann – vielleicht ein- oder zweiundzwanzig –, der in jeder Hand ein Corona Lime hielt. Offensichtlich nutzte er es aus, dass hier auch die Getränke inklusive waren. Seine Baseballkappe saß schräg auf seinem Kopf, und er trug kein Hemd, falls jemand sich an seinem muskelbepackten Oberkörper erfreuen wollte.

»Pass das nächste Mal besser auf, Freundchen, ja?«

Javier blickte auf seine Stiefel aus Leguanleder, über die Bier gespritzt war, als der Junge an ihn gestoßen war.

»Ich soll aufpassen? Du bist doch gegen mich gestolpert«, sagte Javier. »Warum soll *ich* dann aufpassen?«

Einer der Freunde des jungen Mannes packte ihn am Arm. »Komm, Brian, ich hab die Hammerfrau gefunden, die wir heute am Pool gesehen haben.«

Aber Brian riss sich los. »Nö, Mann.« Sein Gesicht war rot vor Wut. »Was hast *du* denn für ein Problem, Mann?« Er stieß Javier mit dem Finger an die Brust. *Cerveza* spritzte auf Javiers schwarzes Seidenhemd.

Er stand jetzt so nahe vor Javier, dass dieser seine von Alkohol geweiteten Pupillen sehen konnte.

»Nichts«, sagte Javier.

»Was?« Brian drehte Javier gespielt schwerhörig den Kopf zu.

»Nichts«, sagte Javier lauter.

Brian nickte. »Das habe ich mir schon gedacht.«

»Was hast du dir gedacht?«

»Was?«

»Du hast gesagt, ›Das habe ich mir schon gedacht‹. Als ob du dir vor meiner Antwort schon eine Meinung gebildet hättest.«

»Ja«, sagte Brian und zeigte auf sein Gesicht. »Ich wusste gleich, dass du ein braves Hündchen bist und nichts tun würdest.«

Javier nickte lächelnd. »Gute Menschenkenntnis, Brian.«

Dann drehte er sich wieder zur Theke und bestellte sich bei der Bardame etwas zu trinken. Der junge Mann wandte sich wieder zur Tanzfläche.

Er schlenderte zum Erste-Klasse-Deck des Kreuzfahrtschiffs. Die Gläser waren angenehm kühl in seiner Hand. Er konnte zwar auch hier noch die Bässe aus dem Club auf dem Oberdeck hören, aber es tat trotzdem gut, dem Gewühl der Weihnachtsgala entkommen zu sein.

Sie waren nur noch dreißig Seemeilen von der Ostküste Südamerikas entfernt. Der Sternenhimmel hier war überwältigend. So weit war er noch nie von Sonora weg gewesen.

Eigentlich hatte er vorgehabt, Kalyn heute Abend zu töten, aber er ging lieber auf Nummer sicher und wartete, bis sie in Rio waren. Vorfreude war doch die schönste Freude.

Sie legte die Hände auf die Reling und beugte sich vor, um auf das dunkle Wasser sechs Stockwerke unter ihr zu schauen. Die tropische Luft streichelte ihre Haut wie Seide.

Als Kalyn Schritte hörte, drehte sie sich um. Javier kam auf sie zu und reichte ihr ein Glas. Kalyn roch den säuerlichen Duft von Tequila.

»Patrón«, sagte er. »Entschuldigung, etwas Besseres hatten sie nicht.«

Sie stießen an und lehnten sich gegen das Geländer. Irgendwo in der Dunkelheit da draußen lag Brasilien. An Silvester würden sie Rio de Janeiro erreichen.

»Wie geht es Kalyn heute Abend?«

»Ganz gut. Lucy fehlt mir.«

Javier trank einen Schluck von seinem Tequila. »Ich habe viel an Raphael denken müssen.«

»Du wirst ihn wiedersehen.«

»Ich hoffe.«

Sie sagte: »Wir haben es gut gemacht, weißt du.«

»Das denke ich auch.«

»Fühlt es sich für dich nicht auch gut an?«

»Doch, schon.«

Lächelnd blickte sie ihn an. Sie dachte an die Nacht vor einem Jahr, als sie ihn endlich aufgespürt hatte. Er hatte einen Weg aus allem heraus gesucht – genau wie sie –, und sie hatte ihm eine Tür geöffnet. Und jetzt standen sie hier am Bug eines Kreuzfahrtschiffes auf dem Weg nach Südamerika, mit 425 000 Dollar, die Javier aus dem Safe in der Lodge in Alaska genommen hatte. Er machte ihr immer noch Angst. In seinen blauen Augen stand etwas Hartes, Unergründliches, aber eigentlich gefiel es ihr, dass sie Angst vor ihm hatte.

»Frohe Weihnachten, Jav.«

»*Feliz Navidad*, Kalyn.«

Kalyn beugte sich vor, sodass sich ihre Ellbogen berührten.

»Was tust du da?«, sagte Javier.

»Das.« Und sie küsste ihn, zum ersten Mal.

Als sie sich voneinander lösten, sagte sie: »Aber weißt du was?« Ihre Mundwinkel und ihre Zunge prickelten. »Du hast trotzdem meine Schwester verletzt, du beschissener Psychopath.«

Javier lächelte, aber sein Lächeln erlosch, und er sah ungläubig zu, wie Kalyn sich bückte, sodass ihre Knie beinahe die

Blutlache, die sich unter ihm sammelte, berührten. Sie schlang ihre Arme um seine Oberschenkel, wuchtete ihn auf die Reling, packte den Griff des Messers, das sie in seinem Bauch versenkt hatte, und stieß ihn in den Atlantik.